雲が描いた月明り

2

尹梨修《ユン・イス》
翻訳◉李明華

新書館

雲が描いた月明り

②

もくじ

第二巻　月暈《つきがさ》

雲が描いた月明り

②

月暈《つきがさ》

一　白紙の文《ふみ》の秘密

宮中にありながら、人目を忍ぶようにひっそりと佇む集福軒《チッポッコン》。だが、中に入ると四角く囲われた小庭には四季折々の花が咲き乱れ、夜には星がことのほかよく見えることから、歴代の王たちも好んでこの殿閣を訪れていた。

そんな集福軒《チッポッコン》にパク淑儀《スギ》が暮らし始めて早十余年。まだあどけなさを残していた少女は、いまや大人の女になっていたが、心はか弱いあの頃のままだ。

朝の陽がたっぷりと降り注ぐ庭先。だが、夏の盛りを過ぎた頃にもなると、その陽射しにも秋が感じられるようになった。縁側に腰かける淑儀《スギ》の薄い肩にも、そんな陽が射している。

「淑儀《スギ》様、だいぶ冷えてまいりました。お風邪を召される前に中へお入りください」

淑儀《スギ》の身を案じるオ尚宮《サングン》の声は沈んでいた。

王への文《ふみ》を断って二日が過ぎた。白紙を送り返されるだけとはいえ、淑儀《スギ》にとって、王との文《ふみ》のやり取りは王宮で生きていくための唯一の心の支えだった。だが、それすらも失った今、パク淑《ス》儀《ギ》の心にはぽっかり穴が開いていた。オ尚宮《サングン》を見上げる目も、どこか虚ろに見える。その目を、また向かい側の縁側に移して淑儀《スギ》はぽつりと言った。

「王様はよく、あちらに座っておられた」

そして、今度は門の方に目を移した。

「今日のような穏やかな日には、裏庭に咲く野菊をひと抱えも摘んで届けてくださったのに……」

遠い昔を懐かしむように、淑儀《スギ》は力なく微笑んだ。


パク淑儀《スギ》が宮中に召し抱えられたのは五つの時だった。普通なら、まだ親に甘えたい盛りの歳だが、幼い淑儀《スギ》の育った環境はあまりに過酷だった。

父は酒と博打に溺れ、淑儀《スギ》とその母を殴る蹴るの毎日。母は父の暴力と貧しさに耐え切れなくなり、ある日、まだ四つの淑儀《スギ》を置いて家を出ていった。母がいなくなると、父の淑儀《スギ》への折檻はさらにひどくなった。そんな淑儀《スギ》を案じて、ある時、近所に住む女が、娘を宮中へやってはどうかと持ちかけると、日頃から娘を邪魔に思っていた父はふたつ返事で淑儀《スギ》を奉公に出した。

そうして送り込まれた宮中は、まだ五つの少女には厳しく恐ろしいところだった。夜になると、年配の尚宮《サングン》の隣で泣きながら眠りについた。朝になれば母が迎えに来てくれる。春が来れば、父はすまなかったと謝って、きっと会いに来てくれる。

幼心に両親への希望を持ち続けたが、父も母も、ついに会いにくることはなかった。甘える相手のいない宮中での暮らし。親友のオ尚宮《サングン》と一緒の部屋になった時はつらさも少しは紛れたが、風が冷たくなると、枯れた木の葉を見て、どうしようもない寂しさが胸に募った。母のことは、もう顔すら思い出せなくなっていたが、それでもうっすらと記憶に残る母が無性に恋しくなる時があった。そんな時は竈《かまど》の前に屈み、火加減を見るふりをして泣いた。そこなら、たとえ人に見られても煙や火のせいにできた。

その日も竈《かまど》の前にしゃがんで泣いていると、

「なぜ泣いているのだ?」

後ろから耳慣れない声がした。低くて太い、男の声だった。

慌てて涙を拭い振り向くと、男物の黒い革の靴と赤い袞龍袍《コンリョンポ》が目に入ってきた。その出で立ちから、男が王であることに気がついて、淑儀《スギ》は飛び上がるほど驚いた。そして、慌ててお辞儀をした淑儀《スギ》に、王はもう一度尋ねた。

「どうして泣いているのだ?」

「いえ……目に煙が入ってしまい……」

「うそをつくでない」

「はい。い、いえ、うそではありません。本当に、煙が目に入っただけでございます」

「まだうそを申すのか? そなた、さては大うそつきだな?」

淑儀《スギ》は震え上がり、思わず顔を上げて、無礼にも王の顔を見てしまった。どんなお咎《とが》めを受けるのか、身構える淑儀《スギ》に王は意外にも笑いかけてきた。その笑顔は朧《おぼろ》げな記憶の中にある、温かい母のそれに似ていた。

それが始まりだった。涙を浮かべた大きな瞳に、王の優しい笑顔が映った時から何もかもが変わった。寒々とした日々に光が差し、一人で眠る夜も怖くなくなった。王は無邪気な子どものようでもあり、広い心で包んでくれる兄のようでもあった。自分には縁がないと思っていた幸せな日々。淑儀《スギ》は初めて愛されることを知った。

やがて翁主《オンジュ》を授かった時の王の喜びようは大変なものだった。人目も憚《はばか》らず子どものようにはしゃぎ、翁主《オンジュ》が生まれた日には、朝までお産が行われる部屋の前を離れなかった。

満ち足りた毎日。だが、不意に訪れた幸福が一方では怖くもあった。自分は長い夢を見ているのではないか、いつか蜃気楼のように消えてしまうのではないか。不安になるたびに王は言ってくれた。

「馬鹿なことを。余はいつまでも、そなたのそばにいる」

それは、淑儀《スギ》の胸の不安を吹き飛ばす魔法の言葉のようだった。

だが、その幸せは、ある日突然終わりを告げた。王が何も告げず、ぱたりと姿を見せなくなったのだ。何もかもが輝いていた風景は、その日を境に次第に色褪せていった。淑儀《スギ》は笑うことが少なくなり、一人で眠る夜がまた怖くなった。泣きながら眠りにつき、朝になると集福軒《チッポッコン》の縁側に出て、母の帰りを待つ少女のように王を待った。

明日はきっと来てくださる。

来月になればきっと。

季節が変わる頃には必ず……。

だが、二人で交わした約束は月日と共にあやふやになり、会いたい、ひと目顔が見たいと何度文《ふみ》を送っても、返ってくるのは何も書かれていない白い紙ばかり。過ぎた季節が二度と戻らないように、一度離れた王の心は、ついぞ戻ることはなかった。

「才尚宮《サングン》」

淑儀《スギ》は、ただ一人の友であり、いつもそばで自分を思ってくれる才尚宮《サングン》を呼んだ。

「はい、淑儀《スギ》様」

才尚宮《サングン》は返事をして、淑儀《スギ》の肩に夏掛けをかけた。

「王様は、何をしていらっしゃるの？」

「淑儀《スギ》様……」

「王様は、どうして会いに来てくださらないの？」

「………」

「あれほど誓った約束を、なぜお破りになったの？　一生守ってくださると、私のそばにいてくださると約束してくださったのに……」

「淑儀《スギ》様、お体に障《さわ》ります」

「大うそつきは王様の方ね。こんなに早く心変わりをなさるなんて。人の気持ちが、こんなにも簡単に変わるものとわかっていれば……」

「淑儀《スギ》様……」

嗚咽を漏らす淑儀《スギ》の肩を、才尚宮《サングン》はそっと抱き寄せた。こんな時も変わらずそばにいてくれるのは親友の才尚宮《サングン》しかいない。

「悲観なさってはなりません。淑儀《スギ》様のお顔に涙は似合いませんもの。王様はいらっしゃいます。きっと、淑儀《スギ》様に会いに来てくださいます」

「才尚宮《サングン》」

「はい、淑儀《スギ》様」

「王様に会いたい。お気持ちは変わってしまっても、私は今も、あの方が恋しい。頭ではわかっているのに、馬鹿な私は、どうしてもあの方との思い出にすがってしまうの。やめよう、諦めようと思うほど、あの方から離れられなくなってしまう。私はどうすればいい？　いっそ嫌いになれたら、忘れられたらいいのに……」

才尚宮《サングン》の胸の中で、淑儀《スギ》はさめざめと泣いた。恨みがないと言えばうそになる。思いが深い分だけ憎しみは募り、憎しみが募るほど、思いはまた深まっていく。

「無理に嫌いになることも、忘れようとなさることもありません」

後ろから不意に声がして、緑色の官服を着た宦官《かんがん》が現れた。見覚えのある、明るい笑顔でこちらを見ている。

「忘れることなどないのです」

「でも……」

「そんなにつらい思いをしてまで、なぜ無理に忘れようとなさるのです？　食事も喉を通らないほど苦しんでおられるうえに、もう書かないとおっしゃったお文《ふみ》も、書かずにはいられないではありませんか」

「どうしてそれを？」

ラオンは答える代わりに、墨のついたパク淑儀《スギ》の手に目をやった。それは、淑儀《スギ》が文《ふみ》を書いては破り、書いては破りを繰り返している証拠だった。

ラオンは片膝をついて、パク淑儀《スギ》を見上げて言った。

「お書きになったお文《ふみ》は、わたくしが承《うけたまわ》ります。きっと、王様にお届けいたします」

喜んで淑儀《スギ》様のお文婢子《クロルビジャ》を務めさせていただきます。

心の中でそう言って、ラオンは笑った。その笑顔が、出会った頃の優しかった王の笑顔に重なり、パク淑儀《スギ》の目から涙があふれた。


集福軒《チッポッコン》を出たラオンの手には、淑儀《スギ》の文《ふみ》がしっかりと握られていた。無駄なことだと冷ややかな目を向ける者もいたが、気に留めなかった。

「やっと諦めたと思ったが、また来たのか」

文《ふみ》を届けると、大殿《テジョン》の内官は呆れ果てて言った。

「いくら寄こしても答えは一緒だ」

「そうでしょうか」

「だからいい加減、無駄なことをするのはやめろ。お前のために言うがな、これまでお文婢子《クロルビジャ》を務めた宦官たちはその実、文《ふみ》を届けるふりをしていただけなのだ。馬鹿正直に届けたところで、白紙を返されるのがオチだからな。わかったらこれを持っていけ」

大殿《テジョン》の内官は、そう言って赤い封筒の束をラオンに押し渡してきた。

「これは？」

「見ての通り、王様のお返事を入れる封筒だ。もしまた淑儀《スギ》様に文《ふみ》を届けるよう頼まれたら、適当に時間を潰して、この中に白い紙を入れてお渡ししろ」

とどのつまり、少しは要領よくやれということらしい。ラオンは表情を硬くして言った。

「せっかくのお計らいですが、受け取れません」

「なぜだ？」

「私は淑儀《スギ》様のお文婢子《クロルビジャ》です。お文《ふみ》を届け、お返事をいただくのがお文婢子《クロルビジャ》の務めです」

「だから、そんなことはしなくていいと言っているではないか」

大殿《テジョン》の内官はうんざりして、無理やり赤い封筒を握らせようとしたが、ラオンは一歩も引き下がらなかった。

「淑儀《スギ》様はこれからもお文《ふみ》を書き続けるとおっしゃいました。ですから私は、淑儀《スギ》様がお文《ふみ》をお書きになる限り、これからもお届けにまいります」

どうしてそこまで頑《かたく》なになるのか、内官は不思議そうにラオンを見たが、やがて顔をしかめて吐き捨てるように言った。

「話のわからんやつだ」

「申し訳ございません」

内官は大きな溜息を吐いて大殿《テジョン》の奥へ戻り、しばらくして赤い封筒を持って再び現れた。質《たち》の悪いヒルのようだと、内心ではラオンを疎《うと》ましく思いながら、内官は乱暴に王の返事を差し出した。

「こんな馬鹿みたいなこと、いつまでさせるつもりだ」

ぶつぶつ文句を言いながら戻っていく内官の後ろ姿に、ラオンは舌を出した。

何を言われても構わない。人は誰しも何かに支えられて生きている。私にとって、母さんやダニの存在がつらい毎日の支えであるように、淑儀《スギ》様は今、王様に文《ふみ》を書くことが支えなのだ。

ラオンは王の返事を大切に懐《ふところ》にしまおうとして、ふと手を止めた。封筒から甘酸っぱい匂いがした。よく熟れたりんごの香りのような匂いだ。嗅いだだけで、口の中に爽やかなりんごの甘みと酸味が広がった。もしかしたら、今日は何か書いてくださったのかもしれない。ラオンは期待を膨らませながら、淑儀《スギ》のもとへ急いだ。

淑儀《スギ》が王の文《ふみ》を開くと、先ほどよりも、はっきりとりんごの香りがした。だが、そこにはやはり、何も書かれていなかった。りんごの香りと共に、文字まで飛んでいってしまったのだろうか。

ラオンはがっかりして淑儀《スギ》の部屋をあとにした。淑儀《スギ》の涙が、その足取りをさらに重くしていた。王様は一体、どういうおつもりなのだろう。いっそ何も返さなければ淑儀《スギ》様のお気持ちも整理がつくだろうに、わざわざ白紙を返して未練を持たせるようなことをして、もしかして王様は淑儀《スギ》様のお気持ちを弄《もてあそ》んでおられるのだろうか。ご自分はもう気持ちがないのに、淑儀《スギ》様にはいつまでも好きでいて欲しいという男の身勝手なのだろうか。

だが、ラオンには、どうもそうは思えなかった。そうではないとしたら、白紙のお返事にはどんな意味が込められているのだろう？

そんなことを考えながら歩いていると、後ろから袖を引っ張られた。

「これは、翁主《オンジュ》様ではありませんか！」

久しぶりに見る永温《ヨンオン》の顔。思いがけない再会に、ラオンは身を屈めてまっすぐ永温《ヨンオン》の目を見て言った。

「どうなさいました？　何かご用ですか？」

永温《ヨンオン》はラオンの手を取り、手の平に指で文字を書いた。

――ありがとう。

「お文《ふみ》のことでしたら、お気遣いには及びません。これはわたくしの務め、当たり前のことをしているだけです」

すると永温《ヨンオン》は首を振った。

――それでも、礼を言いたい。ありがとう。これからもよろしく頼む。

翁主《オンジュ》様とて、父上であられる王様が恋しくないはずがない。思い切り甘えてもみたいだろうに、そんな寂しさは微塵も見せず、ただひたすらにお母上を案じておられる。

母を思う幼い永温《ヨンオン》の姿に胸が痛み、ラオンは力強くうなずいた。

「ご安心ください。王様がお返事をくださるまで、わたくしはお文婢子《クロルビジャ》を辞めません。何度だって淑儀《スギ》様のお文《ふみ》をお届けいたします。たとえ淑儀《スギ》様が諦めようとなさっても、わたくしからお願いしてでも、お文《ふみ》を書いていただきます」

それを聞いて、永温《ヨンオン》は手の平に一文字一文字、刻み込むように文字を書いた。

――そなただけが頼りだ。信じている。

書き終えて笑顔を見せる永温《ヨンオン》に、ラオンも笑って応えたものの、自分があまりに無責任なことを言っているような気もした。果たして王様は、お返事を書いてくださるだろうか……。


「だから早くやめろと言ったのだ。このままでは一生お文婢子《クロルビジャ》のままか、あるいは」

「あるいは？」

ラオンは固唾《かたず》を呑んでト・ギの次の言葉を待った。

「職務を全うできなかったと責められて、絞首刑か、斬首刑になるかしかない」

ト・ギは手で首を斬る真似をした。二言目には絞首刑だ斬首刑だと脅すとはなんという人だと思いながらも、ラオンは無意識に首を手で隠した。

ラオンは今、ト・ギや仲間の小宦たちと共に、暎花堂《ヨンファダン》の前の芙蓉池《プヨンジ》の掃除をしている。水面に浮かぶ落ち葉を掬い上げながらおしゃべりに興じていたト・ギが、宜春門《イチュンムン》の方を見て、おや、という顔をした。

「あのお方は……」

ラオンも門の方に振り向いた。

「チェ内官様だ。東宮殿《トングンジョン》の薛里《ソルリ》が、何の用だろう？」

東宮殿《トングンジョン》といえば、世子《セジャ》の居所だ。そこの薛里《ソルリ》ということはつまり、世子《セジャ》の側近中の側近ということになる。昊《ヨン》の冷ややかな目を思い出し、ラオンは身震いがした。

「ト内官様、ちょっと行ってまいります」

「ホン内官、どこへ？」

「急用ができましたもので」

「急用って？」

ラオンは返事もそこそこに、急ぎ足でどこかへ行ってしまった。

「あんなに急いで、どこへ行くのだ？」

ト・ギはそうつぶやいて、すぐに納得顔でうなずいた。

「さては厠《かわや》だな」

涼しい顔をしているが、あいつも俺たちと同じ人間なのだ。ト・ギは丸い頬を掻きながら、遠ざかるラオンの後ろ姿を見送った。

「ちと尋ねたいことがある」

不意に、後ろから声をかけられ振り向くと、すぐ後ろにチェ内官が立っていた。年寄りらしい深いしわが刻まれたチェ内官の顔を見て、ト・ギは慌てて頭を下げ、恭しく挨拶をした。

「お勤めお疲れ様でございます」

すると、ト・ギのことは気にも留めず、チェ内官は言った。

「こちらに、ホン何某《なにがし》という小宦がいると聞いたのだが」

「ホン内官でございますか？」

ト・ギが聞き返すと、チェ内官はぱっと顔を赤らめた。

「さよう、そのホン内官とやらはいずこに？」

「たった今、厠《かわや》に行きましたが」

「厠《かわや》に？」

「はい。ホン内官に何かご用ですか？」

東宮殿《トングンジョン》の薛里《ソルリ》が一介の小宦を捜しにわざわざ昌徳宮《チャンドックン》にお越しになった。におう、におうぞと、ト・ギは目をぎらつかせた。久しぶりに宮中の情報通の血が騒いだ。

するとチェ内官は、すぐに表情を消して、いや、と言って首を振った。

「特に用ということではない。いらぬ詮索は無用だ」

東宮殿《トングンジョン》の薛里《ソルリ》になって幾年月。この魑魅魍魎《ちみもうりょう》の宮中で、伊達に世子《セジャ》様のおそばに仕えてきたわけではない。チェ内官はそれ以上はト・ギに見向きもせず、そそくさと厠《かわや》へ向かった。

チェ内官がここへ来た理由はただ一つ。ラオンを迎えに行くよう昊《ヨン》に命じられたためだ。だが、厠《かわや》にラオンの姿はなかった。勘のいいラオンは、気配を察していち早く逃げ出していたのである。

その頃、重熙堂《チュンヒダン》の文机の前に座り、昊《ヨン》は冴えない顔をしてしきりに指で机を打ち鳴らしていた。

「世子《セジャ》様、何か心配事がおありですか？」

悩ましそうにしている昊《ヨン》の様子を案じて、ユルが尋ねた。

「心配事？」

「先ほどから溜息ばかり吐いていらっしゃるものですから」

「僕が、溜息を？」

「はい、五十と三回ほど。そのため、恐れながらお声がけいたしました」

「心配事などない」

昊《ヨン》はそれ以上は何も言わず、しばらくの沈黙が流れた。その後も昊《ヨン》は相変わらず悩ましそうにしていたが、やがて立ち上がりユルに言った。

「出かけてくる」

「資善堂《チャソンダン》でございますか？」

「どうしてわかった？」

「今日だけですでに三回も行ってこられました」

「そんなに？」

自分はもう三回も資善堂《チャソンダン》に行っていたのかと、昊《ヨン》は驚いた。ラオンに自分の正体を知られた翌朝に見かけて以来、一度もラオンの姿を見ていない。資善堂《チャソンダン》に赴いても会えずじまいで、ならばと、ここへ連れてくるよう何度もチェ内官に命じたが、どれほど捜し回ってもラオンは一向に捕まらない。

完全に僕を避けている。

そう思うと、ふつふつと怒りが湧いてきた。

昊《ヨン》が出かけると言うので、チェ内官は急いで手提げ提灯を用意した。

「供は不要だ。すぐに戻る」

昊《ヨン》はにこりともせずにチェ内官を下がらせ、一人資善堂《チャソンダン》に向かった。ユルの言う通りなら、これで四回目になるが、今度もやはりラオンの姿はなかった。

ラオンのいない資善堂《チャソンダン》の庭先に佇んでいると、風が余計に冷たく感じる。今にも『温室の花の君様!』と、うれしそうに笑って飛び出してきそうな気がしたが、灯りのない資善堂《チャソンダン》は大きな洞窟のような不気味さを漂わせるばかりだ。

ふと思い立ち、昊《ヨン》は東の楼閣に向かった。ところどころに実がなる茂みの中を歩いていると、いつかラオンと再会した日のことが思い出された。あの時のラオンの驚いた顔が、残像のように草むらの上に浮かぶ。

春の日の陽炎《かげろう》のようなその姿を追って楼閣に向かおうとして、昊《ヨン》は不意に来た道を振り返った。

風にそよぐ誰もいない茂みに目を凝らし、静かに笑みを浮かべた。

「いつまで逃げ回るつもりだ?」

返事はなかったが、昊《ヨン》はしばらく笑みを湛えたまま茂みを見ていた。

昊《ヨン》が東の楼閣に向かってしばらく経つと、しんとした茂みの中から小さな影が現れた。その影は周りに誰もいないのを確かめて、ひょっこり顔を出した。ラオンだった。

ラオンは安堵の溜息を吐いて空を見上げた。頭上には痩せた半月が浮かんでいる。もうすぐ中秋を迎えたら、この月も旬を迎えた果実のように熟れた光を放つのだろう。目に沁みるような月明りに、昊《ヨン》の眼差しが重なった。

昊《ヨン》はこれまで通り接すればいいと言ってくれたが、いざそうしようにも、遠くに昊《ヨン》の姿が見えるだけで身がすくんでしまう。世子《セジャ》と宦官では、身分が天と地ほども違うのだ。目を合わせるのも恐れ多いというのに、友になどなれるはずがない。仮に以前のように一緒に過ごせたとして、そのせいで女人であることがばれてしまったら……。

恐ろしくて想像もしたくない。それに、先ほどの昊《ヨン》の笑みがどうにも心に引っかかる。まるで蜘蛛の巣に捕らわれた蝶になった気分だ。

「嫌な予感がする」

ラオンは思わずつぶやいて、それを掻き消すようにすぐに頭を振った。

「考えすぎ、考えすぎ。会わなければそのうち気持ちも離れると言うし、しばらく距離を置けば、いずれ私のことなんて忘れてしまうに決まっている」

ラオンは東宮殿《トングンジョン》のある方を見た。忘れて欲しいのは本心だったが、口に出してみると、なぜだか胸がちくりと痛くなって涙が出そうになった。

「あの月が悪いんだ」

ラオンは月を睨んでつぶやいた。

「月が、どうかしましたか？」

突然声をかけられて振り向くと、医女《イニョ》のウォルヒが夜空を見上げていた。

「ウォルヒ殿！」

いつからそこにいたのか、ウォルヒは足音もなく現れた。これでは幽霊と見紛われても仕方がないと思う一方で、今は救いの女神のように思えた。ビョンヨンのいない資善堂《チャソンダン》は寂しくて、とても独りではいられない。

「お元気でしたか？　あれから、まったくお見かけしなかったので、どうしていらっしゃるか気になっていました」

ラオンは思わずウォルヒの手を握り、矢継ぎ早に言った。ウォルヒはぽっと頬を赤らめて恥ずかしそうに顔をうつむかせると、そっと手をひいて、静々とうなずいた。

「おかげさまで、元気にしておりました」

「それは何より。今日はどうなさったのです？」

「先日、ホン内官様に祖母の供養をしていただいてから、今夜のように月明りの綺麗な夜は、祖母を思い出して資善堂《チャソンダン》を訪ねております」

「そうでしたか。しかし……」

ラオンはウォルヒの後ろを見て言った。

「チャン内官様はどうなさったのです？　資善堂《チャソンダン》には入りたくないと、あれほど嫌がっておられたではありませんか」

ウォルヒは一人ではなく、後ろにはチャン内官が影のようにぴたりとくっついていた。びくびくと落ち着かない様子のチャン内官を見て、ウォルヒは口元に手を当ててくすりと笑った。

「資善堂《チャソンダン》の門前にいたので、連れてきました」

「門前に？」

ラオンがまじまじと見つめると、チャン内官は、

「今朝の話の続きもありましたし、淑儀《スギ》様のことも気になったものですから」

と、ぎこちなく笑った。

「そんなことより、ホン内官、例の幽霊の正体は、本当にウォルヒさんなのでしょうね？」

「ええ、そうです」

「確かですか？」

「間違いありません」

ラオンは断言したが、チャン内官はそれでも不安で仕方がないらしい。

「本当に、幽霊は出ないのですね？　信じていいのですね？」

「大丈夫ですって。ずっと資善堂《チャソンダン》にいる私が一度も見ていないのですから」

「な、ならば本当に、いないのかもしれませんね……」

チャン内官はなおも安心できず亀のように首をすくめていた。草むらの虫が飛ぶ音にも驚いているのを見ると、チャン内官にとって、資善堂《チャソンダン》は呪われた殿閣のままらしい。だが、出ていこうとはせず、むしろラオンを案じた。

「ホン内官、何かあったのですか？」

「何がです？」

「先ほど溜息を吐いていたようですが、もしや淑儀《スギ》様のことで何かお悩みでも？」

昊《ヨン》のことですっかり忘れていたが、淑儀《スギ》のことを思い出し、ラオンは表情を曇らせた。

「それなのです」

先ほどの溜息は世子《セジャ》が原因だったが、淑儀《スギ》のことも気がかりだ。

「王様は、今日も淑儀《スギ》様に白紙を送られたのですか？」

チャン内官が尋ねると、ウォルヒは驚いて口を挟んだ。

「まだ白紙を？」

医女《イニョ》のウォルヒまで文《ふみ》のことを知っているのかと、今度はラオンが驚いた。

「どうしてそれを？」

「宮中に秘密などありませんよ」

チャン内官は大袈裟に笑い声を上げた。大きな声を出して、幽霊への恐怖心を吹き飛ばしたかった。

「王様はなぜ白紙を送られるのでしょう。私には、もう好きではない、愛情がないという意味に思えてなりません」

ウォルヒが言うと、ラオンは首を傾げた。

「もしそうなら、白紙とはいえ、わざわざお返事をくださるでしょうか。何とも思っていない相手には、むしろ何もしないと思うのですが」

「王様は、何とも思っていない、あなたへの気持ちは何も残っていないということを、白紙で伝えているのではありませんか？　はっきり言って差し上げればいいのに、回りくどいやり方をして、いたずらに淑儀《スギ》様のお心を苦しめているとしか思えません」

ラオンは人差し指を頬に当てて考えた。淑儀《スギ》様がつらい思いをすると知っていて、わざと白紙の返事を送る？　王様は、そんな残酷なことをなさる方だろうか。一方的に心変わりをした挙句、相手が苦しむのを知っていて弄《もてあそ》ぶような非道なことを。もしそうだとしたら、一体何のために？　おニ人の間に、周囲が知らない何かがあるのだろうか？

すると、チャン内官が言った。

「暗号とは考えられませんか？」

「暗号ですか？」

「ほかの人に気づかれないよう、淑儀《スギ》様にだけ伝わる特別な意味を込められたとか」

ウォルヒは首を振った。

「そうは思えません。だって王様ですもの。この国で一番偉い方が、臣下の目を気にする必要があるでしょうか？」

　確かに、ウォルヒの言う通りだ。この国で一番偉い王が、周囲の顔色をうかがう様子など想像もつかない。すると、チャン内官は含み笑いを浮かべて言った。

「もちろん、王様はこの国で一番偉い方です。しかしだからといって、周りの目を気にしなくていいかと言えば、そうではありません。たとえば先代の王妃であられる王大妃《ワンデビ》様や、王様の妃《きさき》であられる中殿《チュンジョン》様のことを、気にしないわけにはいかないのです」

　だが、ウォルヒは納得がいかない様子だ。

「もし周囲の視線を気にしていらっしゃるのなら、暗号など使わずに直接伝えて差し上げれば済むのではありませんか？」

「言葉にできない思いというものもあるのです。そんな時、男は言葉ではないやり方で、伝えようとするものなのですよ」

「男はって、チャン内官様は男ではないではありませんか。それなのに、どうして男の気持ちがわかるのです？」

　ウォルヒの思わぬ一言が、無防備なチャン内官の胸に突き刺さった。

「な、なんて惨いことを！」

　チャン内官が思わず声を上げると、今度はウォルヒが動揺して言った。

「他意はございません！　私はただ、宦官の方々は男ではないと恵民署《ヘミンソ》の医女《イニョ》たちが言っていたのを思い出して……」

すると、チャン内官は大きく息を吸って言った。

「体はそうでも、心は漢《おとこ》の中の漢《おとこ》です！」

小柄なチャン内官が精一杯胸を張り、しかもその声が裏返っていたので、ウォルヒは思わず笑ってしまった
「チャン内官様は本当に面白い方ですね」

「面白いですか？」

「はい！　一緒にいると、とても楽しいです」

「そんなにうれしそうに笑わないでください。困りましたね。どうやらウォルヒさんも私の虜《とりこ》になってしまった様子。残念ながら私はすでに高貴な方に仕える身、諦めてください」

ウォルヒはまた声を出して笑った。

「話が出たついでに言いますが、宮中に出仕する前、私がまだ男だった頃、友人たちから放火犯と呼ばれていました」

「放火犯？」

「ええ。私が街を歩くと、次々と女人の心に火がついてしまうものですから」

「女人の心に火が？　それも放火犯だなんて！」

ウォルヒはチャン内官の胸を拳で叩き、腹を抱えて笑った。そんな二人のやり取りをよそに、ラオンは考えていた。先ほどから、頭の中を同じ言葉が巡っている。

白紙、暗号、白紙、火……白紙、暗号、火、りんごの香り。

王様の返事と、冗談を言い合う二人の声が混ざって妙な言葉遊びのようだった。

放火犯……火……りんごの香りと白紙……。

ラオンはその場にしゃがみ、ぎゅっと目を閉じた。

火……暗号、白紙、りんごの香りと……火！

「そうだ！」

ラオンは立ち上がった。すると、その勢いに驚いて、チャン内官は悲鳴を上げるように尋ねた。

「ど、どうしました？」

「わかったのです！　そういうことだったのですよ！」

「何がわかったというのです？」

「今すぐ集福軒《チッポッコン》にまいります」

「この夜更けに、なぜ？」

「これで、淑儀《スギ》様は悲しまずに済むかもしれません」

その声が夜空にこだまするより早く、ラオンは暗闇の中を駆け出した。集福軒《チッポッコン》に向かうその顔には、一筋の希望が差していた。

二　その顔が気に入らぬ！

「淑儀《スギ》様にお会いしたい？」

才尚宮《サングン》は思わず聞き返した。淑儀《スギ》に取り次ぐにはずいぶん夜が更けている。戸惑う才尚宮《サングン》に、ラオンは頼み込んだ。

「お願いでございます。大事なお話があるのです」

才尚宮《サングン》は一度、中の様子をうかがったが、やはり首を振った。

「この時刻ではお取り次ぎはできない。今宵は帰りなさい」

「少しでいいのです」

「淑儀《スギ》様はすでにお休みになっておられる。一旦戻って、明日の朝、出直しなさい」

確かに、この時刻では仕方がない。ラオンが諦めて帰ろうとすると、奥の襖を開けてパク淑儀《スギ》が顔を出した。

「淑儀《スギ》様！」

才尚宮《サングン》は慌てて頭を下げた。淑儀《スギ》は才尚宮《サングン》には事情を尋ねず、ラオンに直接尋ねた。

「何の用だ？」

淑儀《スギ》の声には張りがなく、目はどことなく虚ろで唇も白く乾いている。桃の実のようだった頬はこけて、まるで魂の抜け殻のようだ。そんな淑儀《スギ》の姿に胸を痛めながら、ラオンは言いにくそうに願い出た。

「王様のお返事を、お見せいただきとうございます」

「王様のお返事を?」

「お願いでございます。王様がお送りくださったお返事を、わたくしにお見せください」

夜更けに急に訪ねて来て、ラオンが突拍子もないことを言うので、淑儀《スギ》は苦笑いした。だがすぐ真顔になると、短く一言、もう捨てたとだけ言って戸を閉めようとした。

「淑儀《スギ》様!」

ラオンはその場に跪《ひざまず》いた。淑儀《スギ》様は身をやつすほど王を思い続けている。そんな女人が、愛しい人からもらった返事を捨てるはずがない。

「王様は、お返事を書いてくださっていたかもしれません」

淑儀《スギ》は手を止めて、ゆっくりとラオンの方を振り向いた。

「今、何と言った?」

「王様は淑儀《スギ》様のお気持ちに応えてくださっていたかもしれないのです」

「あの方がくださったのは……白い紙ばかりだった。それなのに、お前は何を見ると言うのだ?」

淑儀《スギ》の声は震えていた。生気のない目に怒りが込み上げたが、その怒りはすぐに絶望に代わり、淑儀《スギ》は涙をこぼした。

「これ以上、自分で自分を苦しめたくないのだ」

「淑儀《スギ》様」

「短い間だったが、お前のおかげで何かが変わるかもしれないと希望が持てた。でも王様は……私をお捨てになった。もう覚えてもいらっしゃらないだろう」

「それは違うと思います」

「違う？　ならば何だと言うのだ？」

問いつめるように言う淑儀《スギ》に、ラオンは伏して頼んだ。

「恐れながら、お人払いをお願いいたします」

「人がいては話せぬのか？」

ラオンは伏したまま返事をしなかった。淑儀《スギ》は少し考えて、才尚宮《サングン》に言った。

「下がっていなさい」

「しかし」

「下がりなさい」

王の寵愛を失っても、内命婦従二品《ネミョンブチョンイプム》の威厳は強く、才尚宮《サングン》は渋々後ろ歩きで下がった。

「ほかの者たちも、百歩後ろに下がらせなさい」

「かしこまりました」

すぐに人々が動く音が聞こえ、そして静かになった。皆がいなくなったのを確かめて、淑儀《スギ》はラオンに言った。

「入りなさい」

ラオンは立ち上がり、淑儀《スギ》の部屋に入った。


二人は机を挟んで向かい合って座った。淑儀《スギ》はじっとラオンを見据えて言った。

「一介の宦官であるお前をここへ通したのは、お前がほかの者たちとは違うからだ」

「わたくしが、違う？」

「素直というか要領が悪いというか。お前は私が言ったことを、忠実に守ってくれた」

「どういう意味でございますか？」

「これまで、私が何度大殿《テジョン》にお文婢子《クロルビジャ》を送ったか、知っているか？」

「…………」

「優に千回は超えているだろう。忘れられた女の未練と、本当は陰で笑われていたかもしれない。これまでのお文婢子《クロルビジャ》は皆、最初の何度かは大殿《テジョン》に文《ふみ》を届け、あとは行くふりをするばかりだった」

「そのようなことは……」

「確かめなくとも、わかるものだ」

淑儀《スギ》は寂しそうに笑い、そして続けた。

「でも、お前は違った。毎回、王様に文《ふみ》を届け、お返事をもらってきてくれた。返ってくるのはいつも同じ、白紙と知りながら。ここまで私のために働いてくれたお文婢子《クロルビジャ》は初めてだ。だから私も、お前の願い通り皆を下がらせた」

「恐れ入りましてございます」

「聞こう。皆を下がらせてまでしたい話とは、何だ？」

「その前に」

ラオンは緊張で乾いた唇を舐めて言った。

「わたくしに、王様のお返事をお見せいただきとうございます」

淑儀《スギ》は枕元の螺鈿《らでん》の箱を手に取った。中には赤い封筒がぎっしりつめ込まれている。あえて見なくても、中身は白紙であることがわかる。

淑儀《スギ》は短く溜息を吐き、一番上の封筒をラオンに渡した。

開いてみると、中身はやはり白紙だった。ラオンはそれをじっと見て、いきなり自分の顔を近づけた。

「何をする！」

淑儀《スギ》は声を上げたが、ラオンは少しも動じることなく淑儀《スギ》の顔をまっすぐ見て言った。

「わたくしの祖父は、よくこう申しておりました。万物には、各々の色と形と香りがあると。この世の中のすべてのものに、固有の特徴があるということです」

「何が言いたい？」

「王様のお返事には、いつもおかしな点がありました」

「おかしな点？」

「はい。送られてくるのは毎回、同じ白紙ですが、その紙からはいつも甘酸っぱいりんごの香りがしておりました」

淑儀《スギ》も紙に鼻を近づけてみた。

「まこと、りんごの香りがする。でも、りんごの香りというには、いささか酸っぱい匂いが強い気がするが」

ラオンはうなずいた。

「わたくしの祖父は、それは大変な物知りでした。わたくしは幼少期を祖父のもとで過ごしたのですが、あの頃、祖父はわたくしに面白い話をたくさん聞かせてくれました」

「それが、この香りと何の関係があるのだ？」

「王様からいただくお返事からりんごの香りがした時、昔、祖父と交わした文《ふみ》のことを思い出したのでございます」

「祖父との文《ふみ》？」

「いつか祖父が、これはなぞなぞだと言って白紙の文《ふみ》をくれたことがありました」

「お前も私も、難儀な家族を持ったものだ」

「それが、そうではなかったのです」

「では何だ？」

「その紙は、秘密の文《ふみ》だったのです」

「秘密の文《ふみ》？」

淑儀《スギ》が聞き返すと、ラオンは突然、部屋の中に灯された蝋燭の火に白紙の文《ふみ》を近づけた。

「無礼な！　それは王様の……」

淑儀《スギ》はとっさにそれを止めようとして、言葉を失った。白紙の上に、文字が浮かび上がっている。

「これは、一体……」

淑儀《スギ》は目を見張り、ラオンと文《ふみ》を代わる代わる見るばかりだ。ラオンはそんな淑儀《スギ》の前に、静かに文《ふみ》を置いて見せた。

「これが、秘密の文《ふみ》でございます」

花散る春に初秋を思う
夜空には光り輝く運河が流れ
渡り鳥はどこへでも自由に飛んでゆけるというのに
愛しいあなたに会えぬまま、また一年が過ぎようとしている

白い紙には、淑儀《スギ》への秘めた思いが綴られていた。今や王より立場の強い中殿《チュンジョン》に気づかれないよう、王は淑儀《スギ》への気持ちを伝えていたのだ。きっと伝わると信じて。

「このような文《ふみ》を……どうやって……」

「りんごの酢でございます」

「りんごの酢？　そんな……」

白紙の文《ふみ》に込められた王の心を知り、淑儀《スギ》は涙を流した。それは淑儀《スギ》が初めて見せる喜びの涙だった。

その姿を見届けて、ラオンはそっと部屋を出た。集福軒《チッポッコン》をあとにしたラオンの耳元に、いつかの旲《ヨン》の言葉が響いた。

温室の花の……いえ、世子《セジャ》様。いつか、時は波のように過ぎて、人の気持ちを変えてしまうとおっしゃいましたね。しかしどうです？　月日は変わっても、愛する気持ちは決して変わることはありませんでした。愛した記憶は、魂に刻まれるものですから。

夜空を見上げると、頭上には天の川がきらきらと輝いていた。

翌朝、ラオンはいつものように陽が昇る前から学び舎《や》に向かった。胸のつかえが下りたからか、その朝の足取りはいつになく軽やかだった。

途中、誰かに見られている気がして振り向いたが、薄明るい道には誰もいなかった。

「誰かいるような気がしたけど、気のせいかな」

少し前から背中に妙な視線を感じていた。もう一度振り向いたが、やはり誰もいない。

「おかしいな」

やはり気のせいかと思いながら学び舎《や》に入ると、小宦仲間のサンヨルが手を振ってきた。

「おはよう、ホン内官」

するると、ラオンに気づいた小宦たちが、あちこちからラオンに声をかけてきた。落ちこぼれの小宦たちは、今や心強い仲間だ。ラオンが一人ひとりに会釈をして応えていると、大きな腹を揺らしてト・ギが駆け寄ってきた。

「ホン内官、どうした？　いいことでもあったのか？」

「いいえ、何もありませんが」

「そうか？　やけに、にこにこしているから、うれしいことでもあったのかと思ったよ」

「そうですか？」

ト・ギの言う通り、淑儀《スギ》の一件がとりあえずの解決を見たことで、今日のラオンは空も飛べそうなほど気分がよかった。もちろん、王はまだ淑儀《スギ》のもとを訪れておらず、二人は再会できていない。だが、淑儀《スギ》が待ち続けた時間は無駄ではなかった。これからはきっと、お二人だけの秘密の文《ふみ》に積もり積もった話が綴られることだろう。

ラオンは清々しい気持ちで門屋の縁側に腰を下ろした。ト・ギも隣に腰かけて、ラオンの耳元で声を潜めて言った。

「ところでホン内官、あの話を聞いたか？」

「あの話？」

「そのせいで、このところ宮中が騒がしいのだ」

「何かあったのですか？」

「おいおい、うわさに暗いにもほどがあるぞ」

ト・ギは人目を気にしながら話を続けた。

「これは内緒の話なのだが、ホン内官は特別だ。絶対に口外するなよ」

人差し指を唇に押し当てて、ト・ギは深刻そうな顔をして言った。ト・ギが知っているということは、すでに秘密ではないのだろう。

「何があったのです？」

「宮中で一番偉いお二人の機嫌が悪いそうだ」

「一番偉いお二人とは、どなたのことですか？」

ラオンが尋ねると、ト・ギは少しもったいぶるように薄い唇を開いた。

「俺たちだけの秘密だぞ」

「ご安心ください」

「ホン内官を信じて言うが、偉い方のうちお一人は世子様《セジャ》だ」

ラオンは心臓が口から飛び出るかと思った。最近は世子《セジャ》と聞くだけで息が止まりそうになる。ここまでくると、もはや病気なのではないかとさえ思えてくる。

「世子様《セジャ》が、どうしてです？」

「さあな、そこまではわからないが、何かお悩みがあるようで常に苛々しているというもっぱらのうわさだ」

「それは知りませんでした」

「あまりに気が立っておられるので、今に朝廷に嵐が起きるのではと大臣衆が戦々恐々としているそうだ。ホン内官もくれぐれも気をつけろよ」

もう手遅れです、とラオンは胸の中で返事をした。世子様《セジャ》であるとも知らず、友というには距離があると言ったり、近所の飼い犬に例えたり、そのうえくちづけまで……これまでの無礼を数え上げたらきりがない。

「何て馬鹿なことをしたの！」

ラオンはつい口に出して拳で自分の頭を叩いた。最近の癖だ。

そんなラオンの顔を、ト・ギは怪訝そうにのぞき込んだ。

「ホン内官？」

「あ、いえ、何でもありません」

ラオンは笑ってごまかした。

「ちなみに、もうお一方は？」

「その方は例の……」

「おい、そこの二人！」

ラオンとト・ギは後ろから怒鳴りつけられ、驚いて振り向いた。と、同時に眉間にしわを寄せた。

二人を怒鳴りつけたのは、マ・ジョンジャことマ内官だった。

「お前たち、朝っぱらからどこで油を売っているのだ！」

マ内官はほかにもケチのつけどころはないか物色するような目つきで二人に近づいてきた。

「おい、お前！　その恰好は何だ！」

重箱の隅をつつくとはこのことだ。ト・ギはマ内官の顔色をうかがいながら尋ねた。

「ホン内官の恰好が、どうかしましたか？」

「胸元の結び目がなっていない！」

「胸元の？　きちんと結べていますが」

「替え襟《トンジョン》もよれているぞ」

「それはホン内官のせいではなく、針房《チムバン》の女官が……」

「うるさい、口答えをするな！　私が言っているのだぞ」

あまりの剣幕に、ト・ギはびくりとなって首をすくめた。そんなト・ギを鬼の形相で睨みつけ、マ内官はラオンの額を指で突いて言った。

「淑儀《スギ》様のお文婢子《クロルビジャ》に戻ったそうだな」

「はい」

「なぜだ？　あそこなら楽ができると思ったか？」

「いいえ、そういうことでは」

「そういうことでなければ何だ？　どうせもらえるのは白紙の返事。それをわかっていながら自らお文婢子《クロルビジャ》に戻ったということは、宮中で真面目にお勤めをするつもりがないからではないのか？」

「…………」

あれは白紙ではないと言い返すわけにもいかず、ラオンは口をつぐんだ。だがそれは、マ内官をますます調子づかせてしまった。

「どうした、図星か？」

ラオンの額を突く指にも力が入る。ラオンが痛くて思わず顔をしかめると、マ内官はここぞとばかりに口撃を強めた。

「その顔は何だ？　文句でもあるのか？」

「いいえ、ありません」

「ほう、だがお前の目つきはそうではなさそうだ」

まるで獲物をいたぶるように、マ内官は逆らうことのできないラオンに迫った。今日はどんな手を使っていじめようか、考えるだけで楽しいという顔をしている。それは、強い者に弱く、弱い者にはとことん強く出る卑劣な者の顔だった。

その時、突然、硬い物がぶつかる大きな音がして、マ内官の顔が思い切り歪んだ。後ろから物凄い力で叩かれたのだ。マ内官は白目を剥いて振り返った。

「誰だ！　一体誰が私の頭を……」

声を荒げるマ内官の目の前に、透き通るように白い顔が現れた。

「私だ」

「な！」

マ内官は声も出ないほど縮み上がり、その場に平伏した。

「公《コン》、公主《コンジュ》様、ご機嫌麗《うるわ》しゅうございます」

地面に額をこすりつけ、ちらちら顔色を盗み見るマ内官を、明温《ミョンオン》は顔色一つ変えずに見下ろした。

「い、一体、何のご用で……」

自分がなぜ叩かれたのか、マ内官は見当もつかなかった。

「そのほう……」

明温《ミョンオン》はマ内官の頭から爪先まで忙しく目を走らせて言った。

「そのほうの顔が気に入らぬ！」

「はい？」

呆然と見上げるマ内官を置いて、明温《ミョンオン》はそれだけ言って去っていた。

マ内官はその場に石のように固まり、小宦たちは静まり返った。その姿を伏し目がちに見て、ト・ギがラオンに耳打ちした。

「例の二人目が明温公主《ミョンオンコンジュ》様だ。あの方もこのところ機嫌がすこぶる悪いらしい」

そこまで言って、ト・ギは首を傾げた。

「しかし、公主《コンジュ》様は何用でお越しになったのだろう。いつもはこの辺りにいらっしゃることもないのに」

「さあ、なぜでしょうね」

ラオンは平然と答えたが、その顔は引きつっていた。明温《ミョンオン》が自分に会いに来たのではないかと不安でならなかった。こんなことになるなら、母さんの言うことを聞いて逃げればよかったという後悔が押し寄せたが、あとの祭りだ。

三　やはり私に用事があるようだ

中秋の名月まであと四日。宮中は宴の準備に追われていた。皆、朝から座る間もないほど忙しかったが、仕事は一向に終わらない。ようやく帰路についた時は、すでに亥の上刻（午後九時）になろうとしていた。

「今日も疲れた」

真っ暗な資善堂《チャソンダン》に戻ると、ラオンは灯りもつけずに布団に寝転がった。明温《ミョンオン》に叩かれ、顔が気に入らないという言葉を浴びせられたマ内官は、手綱《たづな》を放たれた暴れ馬のように小宦たちに当り散らした。おかげで普段はしないところまで掃除をさせられ、全身が筋肉痛のように痛い。ラオンはぱんぱんに腫れた手足を伸ばし、大きく息を吐いた。

「お疲れ様、ラオン」

口に出して言うと、疲れていたのは体だけではないことに気がついた。

マ内官の頭を思い切り叩いた明温《ミョンオン》だったが、その登場に一番驚いていたのはラオンだった。動悸がして、額には嫌な脂汗が浮かんだ。ところが、明温《ミョンオン》はラオンには何もしてこなかった。マ内官を叩いたあともひと言声をかけることはおろか、目もくれずに去っていった。まるでラオンのことなど知らないというように。

ラオンには、それが余計に怖かった。先日はすんでのところで旲《ヨン》に助けられたが、マ内官を叩いた時の様子を見る限り、明温《ミョンオン》はまだラオンを許していないようだった。冷たくも切々とした明温《ミョンオン》の眼差しが思い出される。あの時、首に押し当てられた剣先の冷たさも。

このまま床に飲み込まれて消えてしまいたい。そうすれば、世子《セジャ》様に明温公主《ミョンオンコンジュ》様まで避けなければいけないこの状況から逃れられるのに。

それにしても、明温公主《ミョンオンコンジュ》様は、どういうおつもりなのだろう。知らないふりをされるより、いっそ怒られるか、マ内官のように叩かれるかしたほうが、こちらも気が楽というものだ。

「一難去ってまた一難と言うけれど……」

これでは一難去らないうちにまた一難が来た、だ。

暗い天井をぼんやり眺めながらそんなことを思っていると、梁《はり》の上に何かあるような気がした。気になって蝋燭に火を灯してかざしてみると、梁《はり》の上にはビョンヨンが寝ていた。

「キム兄貴！」

つい声が大きくなった。

「帰っていらしたのですか？」

ラオンは天井まで飛び上がるほど喜んだ。一日の疲れが吹き飛ぶようだ。

「ひどいではありませんか。何も言わずに行ってしまわれるなんて、私がどれほど寂しかったか。お仕事はもういいのですか？　いつお帰りになったのです？　ご飯は？　もう召し上がりました？」

ビョンヨンは返事はおろか振り向いてもいないが、ラオンはお構いなしに、不在の間にずっと話したかったことをまくし立てた。

「キム兄貴、ご存じでした？　温室の花の君様は、実は世子《セジャ》様だったのです！　びっくりして天地がひっくり返るかと思いましたよ。ねえ、キム兄貴。キム兄貴まで王族だったり、偉い方だったり、しませんよね？」

「………」

「まさか、キム兄貴まで世子《セジャ》様だということは、ありませんよね？」

「ない」

ぶっきらぼうで面倒臭そうな物言いも、久しぶりに聞くとうれしくなる。

「ですよね、世子《セジャ》様はこの世にただお一人。キム兄貴が身分を偽るわけがないですよね。ああ、よかった」

キム兄貴まで温室の花の君様のように高貴な身分の方だったら、宮中で初めてできた友を同時に二人も失うことになる。一緒にいることもできなくなって、もしかしたら、この広い資善堂《チャソンダン》に一人取り残されてしまうかもしれない。

「よかった、安心しました」

ラオンはほっとして、気が抜けたようにその場に座り込み、梁《はり》の上を見上げてしばらくビョンヨンの背中を見ていた。

「ちょっと、お痩せになった気がします」

ラオンが心配すると、ビョンヨンの肩がわずかにぴくりとなった。

「そうだ！　こんなことをしている場合じゃなかった。すぐに夕餉《ゆうげ》の支度をしてまいります」

「構うな」

「遠慮しないでください。すぐ作りますから、少しお待ちください」

「いいから」

いつの間に下りてきたのか、ビョンヨンは部屋を出ようとするラオンの腕をつかんで引き留めた。

「キム兄貴……」

久しぶりに間近で見るビョンヨンは、頬が痩せこけ、病人のような青白い顔をしていた。

「キム兄貴、どこかお悪いのですか？」

熱はないかと確かめようとしたが、ビョンヨンが避けるように顔を背けてしまったので、ラオンは仕方なく手を下ろした。

「キム兄貴」

「どこも悪いところはない」

「ですが、こんなにげっそりしていらっしゃるではありませんか。そんなに大変なお仕事だったのですか？　温室の花の君様、いえ、世子《セジャ》様から、反乱を主導した者の縁故を捜しに行かれたと聞きました。どんな人たちだったのです？　乱暴なことはされませんでしたか？　キム兄貴、どうして何も言ってくださらないのです？　何か答えてください」

ラオンが問いつめると、ビョンヨンはラオンの顔をじっと見つめて言った。

「お前……」

聞きたいことがあるのはビョンヨンも同じだった。どうして言ってくれなかったと逆に問い質《ただ》したかったが、心から心配そうにこちらを見つめるラオンの顔を見ていると、何も言うことができなかった。いや、本当は確かめたくなかった。確かめて、もし事実だったらと思うと、怖くて言葉が出なかった。

ビョンヨンはしばらくラオンを見つめ、何も告げずに部屋を出た。

「どこへ行かれるのです？　私も一緒にまいります」

「面倒だ」

「キム兄貴」

ラオンはすぐにビョンヨンを追いかけたが、すでにビョンヨンの姿はなかった。慌てて辺りを見回して捜したが、ビョンヨンはどこにもいなかった。

「キム兄貴……」

先ほどのビョンヨンの態度。明らかに避けられている気がした。ラオンには理由がわからなかった。ビョンヨンだけではない。明温《ミョンオン》のことも、人の気持ちはわからないことばかりだった。


翌朝、内班院《ネバンウォン》には朝早くから大勢の宦官が集まっていた。日課が始まる前に全員集合の知らせが回り、地位が高きも低きも、宮中の宦官が一堂に会した。

地響きのような太鼓の音と共に、ソン内官が石段の上に上がった。

「全員、そろっているな?」

宦官たちは一斉に頭を下げた。

「皆もよく知っているように、三日後に中秋の名月を祝う進宴《チニョン》が行われる。宴には王族の方々や朝廷の大臣方をはじめ、もうじき漢陽《ハニャン》に到着する清の使臣もお見えになる。わずかな失敗も許されない。万が一にも粗相があった場合には、罰は免れないものと思え。わかったら、皆、心して準備に当たるように」

ソン内官はそう言うと、石段の下に控えるマ内官に目で合図を送った。すると、マ内官は長い巻き物を開いて大きな声で読み上げた。

「王様と大臣の方々、それに清国の使臣が参列する宴席は、例年通り正殿《チョンジョン》で行われます。あちらの準備の指示は、大殿《テジョン》のハ内官が行う予定です。次に、内命婦《ネミョンブ》と……」

巻き物には宦官たちの所属と職位に合わせて、それぞれの役割がびっしり記されていた。役割を与えられた宦官たちは、ひとかたまりになって各々の持ち場に向かった。誰もが緊張の面持ちだ。

ただならぬ様子に、ラオンはト・ギに耳打ちした。

「今年の進宴《チニョン》は、とても重要なようですね」

「そりゃそうさ。言うまでもなく、王室が開く宴の中でも指折りの大事な宴だからな。それに、今年は清の使臣たちも参列なさる。上の方々が殊《こと》に緊張していらっしゃるのはそのためだよ」

「清の使臣が出席するのが、そんなに大変なことなのですか？」

するとト・ギは神妙な顔つきになって言った。

「宴とはいえ、飲めや歌えのどんちゃん騒ぎと思われては困る。使臣が出る宴には、この国の威信と面子がかかっているのだ。ソン内官様がわずかな粗相も許さないと言ったのはそのためだよ。他国に笑われるようなことなど、あってはならんからな」

なるほど。このところの異様な緊張感は、清の使臣を迎えるためだったのか。どうりで、宴の準備にしては、やけにぴりぴりしていると思った。

二人が話している間にも、役割を言い渡された者たちが次々に内班院《ネバンウォン》を出ていき、いよいよ小宦たちの番がきた。マ内官は巻き物から目を離し、一番端の列に並ぶ小宦たちに言った。

「お前たちは急ぎ、正殿《チョンジョン》と通明殿《トンミョンジョン》の絵と屏風を図画署《トファソ》に届けろ。呼ばれなかった者たちは各自持ち場に戻り、進宴庁《チニョンチョン》からの指示を待つように」

マ内官が言い終わるが早いか、小宦たちは足早に動き始めた。ラオンも皆に続いて内班院《ネバンウォン》を出ようとしたが、

「おい、そこの落ちこぼれども」

と、マ内官に呼び止められてしまった。ラオンやト・ギ、落ちこぼれの小宦たちは一斉に身構えた。今日はどんな嫌がらせをするつもりだろうと思っていると、案の定、マ内官は手を後ろに組んで何か企んでいるような笑みを浮かべて近づいてきた。

「お前たち落ちこぼれは、今すぐ丹鳳門《タンボンムン》に行け。そこに今日一日、お前たちが植える分の木と花が

用意されている」

マ内官は懐《ふところ》から一枚の紙を取り出して、ト・ギに投げた。

「木は百本、花は五千株だ。植える場所や木と花の種類、さらには色の配置までこと細かにそこに書き記しておいた。絶対に間違えのないようにな」

ト・ギは泣き顔になって言った。

「そんなにたくさん、私たちだけで植えろとおっしゃるのですか？」

今日一日で、それも、たった五人で終わらせるなど無理に決まっている。

ところが、マ内官はあごを突き上げ、ト・ギを見下ろして言った。

「この私が、朝からお前たちを相手に冗談を言うように見えるか？」

「しかし」

「うるさい！　まったく、使えないやつらほど口だけは達者だ。さっさと動け。それとも、また痛い目に遭いたいのか？」

このままでは何をされるかわからず、ラオンは慌てて二人に割って入った。

「いえ、すぐに取りかかります」

そして、ト・ギの背中を押して内班院《ネバンウォン》を出た。小宦仲間たちはうつむいたまま二人のあとに続いた。

「マ・ジョンジャの悪党め！　犬も食わないクソ野郎だ」

通明殿《トンミョンジョン》の長い塀に沿って菊の花を一株植えるたびに、ト・ギはマ内官の悪口を言った。隣で木を植えるための穴を掘りながら、ラオンは額の汗を拭って笑った。

「まだ気が収まりませんか？」

「収まるものか。これは完全に俺たちに対する嫌がらせだ。腹が立たない方がおかしい」

「まあまあ、もうそれくらいにしましょうよ」

「いいや、だめだ。俺は絶対に許さないぞ」

「では、悪口だけでもやめてあげてください。私の祖父はよく言っていました。悪口を言うと、言われた相手より、そばでそれを聞くものが嫌な思いをするそうです。それではこの花たちがあまりに可哀想ではありませんか。雨風にも耐えて、やっと咲いたそばから嫌な思いをさせられたのでは、花も不憫というものです」

それを聞いて、ト・ギは薄紫の菊の花を改めて見た。薄く柔らかい花びらが風に揺れて、まるで泣いているようだ。

「俺としたことが、嫌な思いをさせてすまなかった。だがな、恨むべきは俺じゃなく、マ・ジョンジャだ。全部あいつのせいだ。だから、お前たちも一緒にマ・ジョンジャを恨んでくれ」

申し訳なさそうな顔をしてそんなことを言うので、ラオンは声を出して笑ってしまった。すると、ト・ギは今度は不思議そうに言った。

「ホン内官は腹が立たないのか？」

「そりゃあ立ちますよ」

「だったら、どうしてそんなに機嫌よくいられるのだ？」

「怒っても何も変わりませんから。変わらないなら、笑って過ごす方がよほど体にいいでしょう。誰かを憎んで腹を立てるより、こうして花や木に触れられることを楽しんだ方が、ずっと気持ちよくいられます」

「へえ、見た目は女みたいなのに、中身は心の広い男だね。見上げたものだ」

「褒めすぎですよ。ただ名前負けしないように生きていきたいだけです」

「名前負けって？」

「私の、ラオンという名前は、思い煩うことなく楽しく生きるようにという願いを込めて、祖父が付けてくれました。せっかく楽しく生きられるようにと名付けてもらったのですから、無駄にしては罰が当たります。それに、私は今が一番楽しいです」

ラオンはそう言って笑った。王宮に来る前は苦労続きだった。その日その日を生きるのが精一杯で、仲間と笑い合う余裕などとても持てなかった。それが、宮中に来てからビョンヨンと出会い、昊《ヨン》とも再会し、大変な中でも楽しいと感じられることが多くなって、肩の力もだいぶ抜けた。

「いい心がけだな」

ラオンの笑顔は、水面を照らす陽の光のようで、ト・ギも自然と笑顔になった。

もしかしたら、名前にはまじないのような力があるのかもしれないとト・ギは思った。ホン内官の名前を呼ぶと、呼んだ人も楽しい気持ちになる。ホン内官がいるだけで周りが明るくなるのは、そのためかもしれない。

気がつくと、ト・ギの苛々していた気持ちも不思議と落ち着いていた。

ト・ギは微笑みながら花に向き直り、ふと顔を上げた。

「あれ？　またいらっしゃった」

ラオンも振り向くと、明温《ミョンオン》がこちらに向かって歩いてきていた。薄桃色の唐衣《タンウィ》を羽織り、金箔をあしらった青い裳《チマ》を着て、十人余りの女官たちを従えている。ラオンは慌てて隠れられるところを探したが、そこは塀続きで見当たらない。今やラオンにとって、明温《ミョンオン》は世子《セジャ》以上に避けなければならない相手だ。

ラオンが右往左往しているうちに、明温《ミョンオン》ら一行はラオンとト・ギのそばまで来てしまった。周りの小宦たちは公主《コンジュ》の予期せぬ登場に慌てて頭を下げ、ラオンとト・ギも続いて頭を下げた。

まもなくして、足音が近づいてきて、うつむくラオンの目に金色の牡丹が華やかに刺繍された靴が見えた。

心臓の音が耳まで聞こえてくる。今度こそ何かされるに違いない。ラオンは覚悟を決めた。

ところが、明温《ミョンオン》は今度もラオンに声をかけることなく行ってしまった。ラオンは拍子抜けして、呆然と明温《ミョンオン》の後ろ姿を見送った。てっきり自分を咎めに来たのだと思ったが、明温《ミョンオン》の胸中を測りかね、ラオンは首を傾げた。

すると、隣で分厚い二重あごを掻きながら、ト・ギが言った。

「どうもおかしいんだよな」

「何がです？」

「ご自分の殿閣からめったにお出にならない方が、最近はやけに表を歩かれるようになったと思ってな」

「長く床に伏していらっしゃいましたから、気晴らしがなさりたいのでしょう」

ラオンは自分に言い聞かせるように言った。

「いや、そういう方ではないからおかしいのだ。それに、今日だけでもう二度もあの方をお見かけしている」

「二度も？」

「気づかなかったか？　ちらと見かけただけなので、俺の見間違いかと思ったが、先ほど丹鳳門《タンボンムン》にいらしたのは間違いなく明温公主様《ミョンオンコンジュ》だった。間違いない」

「き、気づきませんでした。きっと、散歩でもなさっていたのでしょう」

「丹鳳門《タンボンムン》で見かけたのは卯の刻（午前五時から七時）、今は巳の上刻（午前九時）だぞ。散歩にしては長すぎる」

「確かに、散歩にしては長すぎますね……」

「だろう？　普段は昌徳宮《チャンドックン》になど近づきもしない方が、どうしてこうしょっちゅうお見えになるのか」

「そうですね、よくお見えになりますね……」

ラオンは笑顔を引きつらせて、ト・ギの話に相槌を打った。やはり、明温公主《ミョンオンコンジュ》は私に用があるようだ。


「公主様《コンジュ》、公主様《コンジュ》」

公主《コンジュ》の教育係である保母尚宮《ポモサングン》が、息を切らして明温《ミョンオン》を呼び止めた。

「公主様《コンジュ》、もう少しゆっくりお歩きください。いえ、もう歩くのはおやめください」

保母尚宮《ポモサングン》は明温《ミョンオン》の唐衣《タンウィ》の袖をつかんで訴えた。すると、明温《ミョンオン》はようやく立ち止まり、保母尚宮《ポモサングン》に振り向いて言った。

「軽く散策でもと勧めたのは、そなたではないか」

明温《ミョンオン》が言うと、保母尚宮《ポモサングン》は息も絶え絶えに言った。

「わ、わたくしは、気晴らしに少し散歩をなさってはと申し上げたのであって、一日中とは申し上げておりません。これではまたお体に障《さわ》るかと心配でございます。もう二時《ふたとき》も歩きっぱなしで……公主様《コンジュ》はお疲れにならないのですか?」

「もうそんなに?」

言われてみれば、確かに足がじんじんしている。部屋の中にこもって思い悩んでいるより、ずっといいと思い出てきたが、結局は考え事をしていて時が経つのも気づかなかった。

明温《ミョンオン》は思いつめたように自分の爪先をじっと見つめた。

馬鹿な足。どうしてあの男《ひと》の方にばかり行こうとするの？

しばらく爪先を見ていたが、明温《ミョンオン》は不意にすっきりした顔で振り向いた。

「今日のところは、これくらいにしておこう」

言うが早いか、明温《ミョンオン》は昌慶宮《チャンギョングン》に戻っていった。保母尚宮《ポモサングン》はほっと安堵の色を浮かべたが、すぐに怪訝そうな顔をしてつぶやいた。

「今、今日のところはと、おっしゃいましたか？」

嫌な予感がして、保母尚宮《ポモサングン》はもう一度、明温《ミョンオン》に確かめた。

「まさか、明日もお続けになるおつもりですか？」

「そのつもりだ。いや、必ずそうする」

保母尚宮《ポモサングン》は眩暈《めまい》がするようだった。

「一体､どうなさったのですか？　まだどこかお悪いのですか？　ならば医官をお呼びいたします」

「そのほうの目には、私がおかしく見えるのか？」

「いえ、そういうわけではございませんが」

答えに困り、保母尚宮《ポモサングン》は目を泳がせた。

「おかしく見えるのだな」

二時《ふたとき》も歩き続けて気づかないのだから、本当にどうかしているのだろう。何をしているのか、何がしたいのか、自分でもわからない。私はまだ、あの者に未練があるというのか。

「いいや。私はあの者が卑しく、取るに足らない男であることを確かめたいだけだ」

「公主様《コンジュ》？」

「こちらのことだ」

明温《ミョンオン》は案ずる保母尚宮《ポモサングン》にそう言って、再び歩き出した。ところが、向かう先は昌慶宮《チャンギョングン》のある方向ではなかった。

「公主様《コンジュ》、どちらに行かれるのですか？」

保母尚宮《ポモサングン》は引き留めるように行き先を確かめた。

「一つ、寄るところがある」

「まだ寄るところがおありになるのですか？」

先を急ぐように歩き出した明温《ミョンオン》のあとを、保母尚宮《ポモサングン》は刻み足で追いかけた。


内班院《ネバンウォン》の執務室に、思わぬ客人が訪ねてきた。

「これはこれは、明温公主様《ミョンオンコンジュ》ではありませんか！」

マ内官に進宴《チニョン》に関する指示を出していたソン内官は、慌てて立ち上がり、明温《ミョンオン》のもとへ駆け寄って頭を下げた。

「明温公主様《ミョンオンコンジュ》が、このようなむさ苦しいところへ、何用でございますか？」

「ソン内官に、折り入って頼みがあって来た」

「なんと！　公主《コンジュ》様から頼み事とは、身に余る光栄にございます。何なりとお申し付けくださいませ。公主《コンジュ》様たってのご命令とあらば、このソン内官、この身を賭してでも果たして差し上げます」

「そなたの身を賭す必要はない」

「ははは、さようでございますか。では、どうぞ何なりとおっしゃってくださいませ。耳を澄まして、一言一句、拝聴いたします」

「私の殿閣に、力仕事のできる者を送って欲しいのだ」

「力仕事のできる者、でございますか？」

「長らく床に伏していたので、部屋の中が陰気な感じがして気が滅入るのだ。今ある家具をもっと華やかなものに変えたい。内侍府《ネシブ》の者たちを何人か送ってくれるか」

「なるほど、そういうことでございましたか。お任せください。わたくしめが選りすぐりの者たちをすぐに宝慶堂《ポギョンダン》にお送りいたします」

「選りすぐる必要などない。ここへ来る途中、ちょうどいい者たちを見かけた」

「どんな者たちでございますか？」

明温《ミョンオン》は窓の外をちらと見て言った。

「通明殿《トンミョンジョン》の塀の下に、花を植えている者たちを見かけた」

「通明殿《トンミョンジョン》の塀の下に、花を植えている者たちとおっしゃいますと……」

ソン内官が誰のことかわからず困っていると、傍《かたわ》らで深くうつむいて小さくなっていたマ内官がそっと耳打ちした。

「落ちこぼれの小宦たちのことをおっしゃっているようです。今朝、通明殿《トンミョンジョン》の周りに秋の花を植えるよう命じておりました」

「落ちこぼれの小宦たちということは……」

成績も振舞いも、小宦の中で一番、出来損ないの厄介者たちではないか！

ソン内官は血相を変えて首を振った。

「お言葉ですが公主《コンジュ》様、あの者たちは見習いの小宦たちでございます」

「力仕事をするのだから構わぬ」

「しかし」

「あ、あの者たちで十分だ」

明温《ミョンオン》は『あの者たち』という時、少し力を込めた。だが、ソン内官は渋い顔つきで手の平を揉み合わせて言った。

「それが……」

「何だ？　申してみよ」

「あの者たちには、すでにほかの方からのご命令を承っておりますもので」

ソン内官はさらに強く手を揉み合わせて、明温《ミョンオン》の顔色をうかがった。案の定、明温《ミョンオン》はキッと目尻を吊り上げた。

「ほかの方？　それは誰のことだ？」

誰がこの私を邪魔しようというのだ？

ソン内官は言いにくそうに答えた。

「それが……世子様《セジャ》でございます」

明温《ミョンオン》は目を丸くした。

「兄上が？」

またも兄に邪魔をされたのかと悔しがる明温《ミョンオン》に、ソン内官はすり寄るように厭らしい笑みを浮かべて言った。

「それでは、宝慶堂《ポギョンダン》には、ほかの者をお送りいたします。落ちこぼれの小宦たちとは段違いの精鋭を選りすぐって……」

「もうよい」

明温《ミョンオン》は吐き捨てるように言うと、ソン内官の話が終わりもしないうちに執務室を出ていった。

四　背中に感じる硬いもの

東宮殿《トングンジョン》に五人の小官たちが一列に並んで入ってきた。まだあどけなさの残る顔は汚れ、服も泥だらけだ。花や木を植える途中、急いで手と足だけ洗ってきたが、宦官の小綺麗な身なりとはおよそ程遠い。五人は不安そうに互いの顔を見合わせた。

「こんな恰好で世子《セジャ》様にお会いしていいのだろうか」

「お厳しい方らしいからな」

五人は今、世子《セジャ》に呼ばれてここに来ている。

「それにしても、世子《セジャ》様はなぜ我々をお呼びになったのだろう?」

東宮殿《トングンジョン》を見渡しながらサンヨルが言うと、ト・ギは豊かな頬を揺らして言った。

「俺に言われてもわからんよ。ホン内官は、何か聞いているのじゃないか?」

「さあ、私も特に聞いたことは……」

平静を装って答えたが、ラオンの顔は硬く強張《こわば》っていた。あの日、草むらで聞いた『いつまで逃げ回るつもりだ?』という旲《ヨン》の声が耳元で響いている。

今日ここへ呼んだのは、もう逃がさないという意味なのだろうか。王世子《ワンセジャ》と落ちこぼれの宦官の卵。天と地ほどの身分違い、いや、空を飛ぶ鳳凰と地中を這う蟻ほど、本来ならかかわることのない存在だ。もちろん、こちらは降り立った鳳凰に踏み殺される蟻の立場だ。この不釣合いな関係を思うと、昊《ヨン》の言ったことが余計に気にかかった。

「我々のできが悪すぎて、世子《セジャ》様のお気に障《さわ》ったのだろうか？」

サンヨルが言うと、ト・ギはきっぱり否定した。

「俺たちが一度でもあの方の目に留まったことがあるか？　俺たちじゃ、あの方の気に障《さわ》ることもできんよ」

「確かに、そうだよな」

「ト内官の言う通りだ」

サンヨルは苦笑いを浮かべ、ふと首を傾げた。

「それなら、なぜお呼びになったのだろう」

「そんなこと、俺にわかるかよ」

宮中に、世子《セジャ》の恐ろしさを知らない者はいない。五人はまるでいけにえの子羊になったような心境だった。普段からめったに動じることのないト・ギでさえ、緊張して表情を強張《こわば》らせている。皆、あのことだろうか、このことだろうかと過去の失敗を思い出し、きついお咎めを受けるのではないかと気が気でない。

「た、大したことではないよな？」

ト・ギが不安を口にすると、後ろから声がした。

「案ずるな」

五人が振り返ると、そこにはチェ内官が立っていた。

「チェ内官様！」

こちらに向かって近づいてくる老人に、ト・ギは慌てて頭を下げた。そして、次々に頭を下げる五人を吟味するように見渡して、チェ内官は手を後ろに組んで言った。

「今日お前たちをここへ呼んだのは、用事があってのこと。だから安心しなさい」

「そうだったのですね！　その深いお心も知らず、見当違いな心配をしておりました」

チェ内官が穏やかに微笑むと、五人はようやくほっと胸を撫で下ろした。だが、同時に、ますます理由がわからなくなった。優秀な宦官ならほかにいくらでもいるのに、なぜ落ちこぼれの自分たちが呼ばれたのだろう。

そんな五人の胸中を察したのか、チェ内官はラオンを除く四人に言った。

「お前たちは、このユン内官について行きなさい」

ト・ギとサンヨル、そしてほかの二人は、さっそくユン内官のあとに続いた。皆が遠ざかると、チェ内官はラオンに向き直り、意味ありげな眼差しで上から下まで舐めるように見て言った。

「なるほど。お前がホン・ラオンか」

「はい、そうですが……」

出し抜けに自分の名前を出され、ラオンは戸惑った。

「黄金の手を持つ内官というのは、そなたのことだったのだな」

チェ内官は苦々しい失態を思い出した。ほんのわずかな手違いで、世子《セジャ》から無言で睨まれる日々。

主君の意向を汲み取れなくなるとは、私も年を取ったものだ。自分が情けない。

チェ内官が渋い顔をして黙り込んでいるので、ラオンは気になってわけを尋ねた。

「どうなさったのです?」

「ふむ、こちらの話だ。では改めて、ホン内官、私について来なさい」

チェ内官はそう言って、わけも言わずに歩き出してしまった。ラオンは仕方なくチェ内官のあとに続いた。

「何度もそなたを訪ねたが、そのたびにどこかへ行っておったな」

東宮殿《トングンジョン》を出たところで、チェ内官に急に話を持ち出され、ラオンはどきりとして目を泳がせた。昦《ヨン》が捜しに来ることはわかっていたので、嫌な予感がするたびに逃げるようにしていた。そのせいで、図らずもチェ内官を困らせていたと知り、ラオンは申し訳ない気持ちになった。

「これからはどこへ行くにも、必ず周りの者に行き先を告げておきなさい。そうすれば私も無駄足を踏まずに済む」

逃げ回っていたことには気づかれていないようで、ラオンは安堵した。

「必ずそういたします」

これで、はっきりとわかった。どれほど逃げ回ったところで、ここは世子《セジャ》の手の平の上でしかなく、世子《セジャ》の鶴のひと声で逃げようのない状況が作られる。これが権力というものか。

チェ内官について東宮殿《トングンジョン》の中を進んでいくうちに、つい先日、小宦仲間と掃除したばかりの芙蓉《プヨン》池《ジ》を過ぎ、やがて后苑《フウォン》の中に入った。奥に続く狭い小道に差しかかった時、ラオンは不意に辺りを見渡した。宮中に来た初日、チャン内官から宮廷のしきたりについてあれこれ聞かされたが、その時、絶対に近づいてはならないと言われたのがこの場所だった。王室の方々や、その方々にお許しを得たごくわずかな人のみが入ることを許された秘密の園、后苑《フウォン》。

鬱蒼と茂る森には、早くも秋の匂いが漂っていて、ラオンは緊張しつつも胸いっぱいに空気を吸い込んだ。草木は色づき始め、小山の頂からは清らかな小川が流れていて、ところどころに池や東屋が点在している。青々とした松の木と哀愁の紅に染まる木々の葉は、夏から秋への移ろいを感じさせる。鮮やかながら派手すぎず、上品で華やかな風景に、ラオンはたちまち心を奪われた。恍惚とした目で森の中を眺めながら進み続け、額にうっすら汗が滲む頃、チェ内官は『砭愚榭《ピョムサ》』と書かれた小さな殿閣の前で立ち止まった。

「砭愚榭《ピョムサ》？」

「愚かさを追い出すという意味だ」

「あの、ここはどういう？」

「世子《セジャ》様のお気に入りの場所だ」

「そのようなところに、なぜわたくしを？」

「ここで待っていなさい。すぐに世子《セジャ》様がいらっしゃる」

チェ内官はラオンを置いて、森の中へ戻っていった。一人残されたラオンは、戸惑いながら初めて訪れた殿閣の中を見回した。人気のない森の中にひっそりと佇むその殿閣は、これといった家具もなく、がらんとしている。

「温室の花の君様……じゃなかった。世子《セジャ》様はいつお見えになるのだろう」

どこからともなく聞こえてくる鳥のさえずりを聞きながら、ラオンは殿閣の前をゆっくり歩いた。こうしていると、わずかな間も永遠のように長く感じる。何気なく庭を見渡すと、片隅に飛び石が敷かれているのが見えた。

「へえ、あんなところに飛び石がある」

一定の間隔で並べられた平らな石は、まるで人の足跡みたいだった。ラオンは好奇心が湧いて、飛び石に駆け寄った。

「表面が滑らかなのを見ると、ずいぶん踏まれた石みたいだ。でも、どうしてこんなところに飛び石があるのだろう」

ラオンは石の上に足を乗せて、順番に踏んでいった。

「わかった！」

この石はきっと、歩き方を練習するために置かれたに違いない。その証拠に、飛び石に沿って進むと、両班《ヤンバン》の士大夫《サデブ》のような八の字の歩き方になる。一つひとつの石の幅が狭いのは、子どものために作ったためだろう。

ラオンはくすりと笑った。石の上を歩いていると、自分まで両班《ヤンバン》になった気持ちになる。

「この飛び石を考えた人ってすごい。誰が使っていたのだろう」

「僕だ」

突然の人の声に驚いて、ラオンは振り向き様に重心を失い、石の上から落ちそうになった。そのまま尻餅をつく覚悟をしたが、もう少しのところで背後に硬いものがぶつかり、助かった。

「相変わらずそそっかしいな」

頭上からそう言われ、恐る恐る見上げると、長身の男がこちらを見下ろしていた。端正な顔立ちに、冴えるような鋭い眼差し。その顔は、紛れもなく世子昊《セジャヨン》だった。

ということは、この背中に感じる硬いものは、世子《セジャ》様の胸？

ラオンは青くなった。


とっさに体が動いた。物が倒れそうになったら、無意識に手を伸ばして支えようとするだろう。ましてや目の前で人が倒れそうになったら、助けるのは当然のことだ。ところが、小さな頭を支えるこの胸は熱を持っている。潤んだ瞳に見つめられ、体の奥が疼くのを感じる。その初めての感覚に、昊《ヨン》は戸惑った。

だが、それを怒っているのだと勘違いして、ラオンは慌てて昊《ヨン》から離れた。ラオンが離れると、昊《ヨン》は今度は寂しい気持ちになった。

この感情は、何だ？

驚いた野うさぎのような目でこちらを見上げるラオンを、昊《ヨン》はじっと見つめ返した。

つくづくおかしなやつだ。そのうえ、かなり鈍感と見えて、こちらの気持ちには少しも気づいていない。

「せ、世子《セジャ》様……ご機嫌麗《うるわ》しゅう……」

「よせ」

旲《ヨン》はラオンが平伏そうとするのを止めた。そんなふうに自分に接して欲しくなかった。身分など気にせずに、以前のようにあだ名で呼んで、無礼な言葉の一つも吐いて欲しかった。

「地面は冷たい」

「はい？」

「ここには僕とお前の二人だけだ」

「は、はい……」

「ほかには誰もいない。二人の時は友のままだと言ったではないか」

「しかし……」

「今日は気もそぞろだな。何を言っても『はい』か『しかし』しか返事をしない」

「はい？」

「その間の抜けた返事はもういい。ついて来い」

旲《ヨン》はラオンの手を引いて、砭愚榭《ピョムサ》の中に入った。中はすべての窓が開け放たれていて、木の濃い匂いが漂っている。どこか懐かしい感じがして、ラオンは次第に緊張がほぐれていった。しばらくすると気持ちも和らいで、ラオンはようやく旲《ヨン》に話しかけられるくらいになった。

「ここは、どういう場所なのです？」

「僕の秘密の場所だ」

「世子《セジャ》様の、秘密の場所?」

ラオンは改めて部屋の中を見渡した。家具は書卓と、読み古された本が並ぶ本棚のみ。その本棚の隅に、幼い男の子が好きそうな小さな木の剣が置かれていた。ラオンの視線を共に追いながら、旲《ヨン》が言った。

「子どもの頃、よくここで過ごした。お前が踏んでいた飛び石を、僕も同じように踏んで歩き方を覚えたものだ」

庭の飛び石には、旲《ヨン》の子どもの頃の思い出がつまっていた。

「では、この木の剣も?」

「幼馴染が初めてくれた贈り物だ」

「幼馴染とは、もしかして、キム兄貴のことですか?」

「ああ」

旲《ヨン》はいつの間に淹れたのか、ラオンに茶を差し出した。

「お茶も淹れられるのですか?」

「言ったろう。ここは僕の秘密の場所だ。家臣とはいえ、誰彼構わず入れるわけにはいかない」

「恐れ入ります」

ラオンは手が震えた。王から賜った酒を後生大事にする人たちもいるというのに、世子《セジャ》が直々に淹れてくれた茶を目の前で飲めるはずがない。

「冷めないうちに」

昊《ヨン》に勧められ、ラオンは恐縮しながら、

「では」

と言って、ひと口茶をすすった。

「おいしい！」

口に含んだ瞬間は苦いと思ったが、後味は朝露のように甘く、飲み干したあとには口の中に香ばしい風味が残った。

すると、昊《ヨン》は自分の湯呑みに茶を注ぎながら言った。

「どうだ？」

「け、結構なお手前でございました」

茶の味などわからないが、きっと二度と味わえないであろう贅沢な味に違いなかった。

それを聞いて、昊《ヨン》は笑い出した。

「茶のことではない」

「はい？」

「いつまで逃げ回っているつもりだ」

「そのことでしたか」

「言ってみろ。また会ってみて、どう思った？」

ラオンは少し迷ったが、正直に言うことにした。

「世子《セジャ》様が、このようなことに権力を利用なさる方だとは思いませんでした」

「世子《セジャ》である僕もまた僕だ。世子《セジャ》が権力を使って何が悪い？」

「ご自分のお立場を利用して一介の宦官を呼び出すなんて、それこそ権力の乱用です」

「世子《セジャ》は権力を乱用してもいいのだ」

昊《ヨン》が恥ずかしげもなくそう言うので、ラオンは笑いを吹き出してしまった。

「やっと笑ったな」

ラオンが笑うのを見て、昊《ヨン》も顔をほころばせた。すると、ラオンははっとして、とっさに手で口を覆った。目の前にいるのは温室の花の君様ではなく、この国の世子《セジャ》様だ。前みたいに言いたいことを言って笑ったら、どんなお咎めを受けるかわからない。礼儀正しく、気を緩めては命取りになると、ラオンは自分自身に言い聞かせた。

そんなラオンの態度に、昊《ヨン》は寂しそうに笑った。そして、ラオンを呼んだ理由を伝えた。

「お前を呼んだのは、あることを命じるためだ」

「どんなご命令でしょう？」

「もうすぐ清から使臣が来る」

「うかがっております」

「そのことで、折り入って頼みたいことがあるのだ」

「どんなことでございますか？」

「知っての通り、僕には非常に些細だが、一つだけ欠点がある」

昊《ヨン》が何を言っているのか、ラオンはにわかにはわからなかった。昊《ヨン》は間違いなく、これまでラオンが見てきた男たちの中で一番、完璧な男だ。容姿端麗で頭がよく、この国の世子《セジャ》という絶対的な力を持ち合わせている。おまけに誰もが認める冷徹なほどの完璧主義者だ。そんな男に欠点があると言われて、そうですねと思えるはずがない。知っての通りとは何のことだろう？

考えているうちに、ふと、あることが頭に浮かんだ。

「もしかして」

ラオンは身を屈め、昊《ヨン》に尋ねた。

「女人の顔を覚えられないことでございますか？」

「覚えていたか」

「そのこととわたくしと、何の関係があるのです？」

「清から来る使臣の中には、女人の貴賓も複数人、含まれている。世子《セジャ》である僕が、貴賓の顔を覚えられないようでは面目が立たない」

それはそうだが、なぜ自分が呼ばれるのかは、ラオンはいまいちわからなかった。

「そういうことでしたら、打ってつけの方がいます」

「もしや、あの黄金の手を持つという、チャン内官のことではあるまいな？」

黄金の手と言う時、昊《ヨン》は特に力を込めた。すると、ラオンはあっけらかんと言った。

「そうです。チャン内官様は、一度見た人の顔を絶対に忘れません。女人の顔を覚えるためということなら、わたくしよりチャン内官様の方がずっと役に立つはずです」

「それはだめだ」

ところが、昊《ヨン》はきっぱり断った。

「なぜでございますか？」

「宮中において、僕が信じられる者は二人だけ、二人の友だけだ」

ラオンは瞳を輝かせた。胸が幸福感で膨らむようだ。友と言われたことよりも、昊《ヨン》が信じられる二人の中に自分が含まれていることがうれしかった。

だが、すぐに我に返った。相手は世子《セジャ》様で、これは高貴な方のお戯《たわむ》れだ。私は一介の宦官であって、この方にとっては男でも女でもない、その他大勢の宦官の一人でしかない。身のほどをわきまえよう。

胸の中で自分に言い聞かせるラオンをよそに、昊《ヨン》は話を続けた。

「だからお前に頼みたいのだ。必要なら、誰かほかの者を伴ってもいい。その代わり、清の使臣一行が帰郷するまでの間、僕のそばにいてくれ」

「そうおっしゃられても……」

「これは命令だ」

「先ほどは友とおっしゃったではありませんか」

ラオンが唇を尖らせると、昊《ヨン》は微笑んだ。

「ならば、友の頼みということにしておこう」

「物は言いようとはこのことですね」

「何とでも言え。だがこの件は、お前に引き受けてもらいたい」

昊《ヨン》はまっすぐラオンの目を見つめて言った。うそ偽りのない黒い瞳に見つめられ、ラオンの心は揺らいだ。

そんな目で見ないでください。そんなに見つめられたら、本当に世子《セジャ》様のものにでもなったような気がして、勘違いしてしまいそうです。

五　災難続きの一日

二人が砭愚榭《ピョムサ》を出たのは、西の空の果てが茜色に染まる頃だった。

そして、砭愚榭《ピョムサ》からほど近い愛蓮亭《エリョンジョン》に差しかかった辺りで、行く手に黒い影が動くのが見えた。

「あいつ、ここまで来ていたのか」

昊《ヨン》がつぶやくと、ラオンもその視線を追って影を認めた。

「どなたです？」

「明温《ミョンオン》だ」

「明温公主《ミョンオンコンジュ》様？」

ラオンはすぐさま隠れるところを探したが、昊《ヨン》に後ろ襟をつかまれてしまった。

「いつまで逃げ隠れするつもりだ？」

ラオンは昊《ヨン》に後ろ襟をつかまれたまま、今にも泣き出しそうな顔をして言った。

「では、どうすればいいのです？　今は隠れるしかないではありませんか」

「どうすればいいか、教えてやろうか？」

「いい方法があるのですか？」

「こうするのだ」

昊《ヨン》は身を屈め､ラオンの耳元でささやいた。昊《ヨン》の話を聞くや､ラオンは目を見開いて昊《ヨン》を見上げた。

「そのようなこと、本当にしていいのですか?」

「いいも何も、ほかに方法がないだろう」

「ですが……やはり、わたくしにはできません」

「できる。いや、やるのだ」

「わたくしには無理です。そのようなことをすれば、公主《コンジュ》様のお怒りを買いかねません。いえ、怒りを通り越して恨まれるかもしれませんよ。女の恨みほど怖いものはないと言いますから」

「恨みならとっくに買っていると思うけどな」

「それは……、言いわけのしようもございません」

「だから言っているのだ」

「しかし、世子《セジャ》様」

「ほかに何ができる? せいぜい逃げ隠れするのが関の山だろう」

「顔を見なければ、気持ちは自然と離れるものです。しばらく会わなければ、公主《コンジュ》様も気持ちの整理をつけられるでしょう」

「お前のために、生まれて初めて恋を煩い、苦しみ、お前に会うために今朝も二時《ふたとき》を過ぎるほど歩き続けた娘だ」

「ご存じだったのですか?」

「宮中で起こることは、何でも僕の耳に入るようになっている」

「…………」

千里眼とはこの方のためにある言葉らしい。ラオンはぐうの音《ね》も出なかった。

「お前が逃げれば逃げるほど、明温《ミョンオン》はお前を追いかける。本当に明温《ミョンオン》のためを思うなら、僕の言う通りにするのだ」

「念のためにうかがいますが、そのようなことをして、万一、公主様《コンジュ》がわたくしに別の感情を抱かれたら、その時はどうなさるおつもりですか？」

ラオンが旲《ヨン》を見つめて尋ねると、旲《ヨン》もラオンの目をのぞき込んで言った。

「宦官になったお前に思いを寄せるほど、僕の妹は馬鹿ではない」

「そうですよね」

ラオンは自分が宦官であることを思い出した。宦官である以上、余計な心配は無用……と思いたいところだが、それで済む話でないことは世子様《セジャ》もご存じのはずだ。それなのに、なぜそのような提案をしてくるのか、ラオンは言い返す代わりに旲《ヨン》を睨んだ。すると、旲《ヨン》もむっとして見返してきた。

「何だ？」

「別に。何でもありません」

ラオンはあからさまに頬を膨《ふく》らませている。

「なら、さっさと歩け」

「言われなくても行きます！」

旲《ヨン》に背中を押され、ラオンは渋々、歩き出した。

明温《ミョンオン》は愛蓮亭《エリョンジョン》の周りをうろうろしていた。歩くたびに、足元の落ち葉から乾いた音がする。もう一里は優に歩いている気がする。ずいぶん長い間そうしていたが、兄の旲《ヨン》に気づかれると、明温《ミョンオン》は一目散に駆け出した。

「兄上！」

兄を呼んだものの、明温《ミョンオン》の視線は旲《ヨン》の後ろに隠れるラオンに向けられていた。妹の視線に気づいたが、旲《ヨン》は何事もないように言った。

「おお、ヨンではないか。ここで何をしているのだ？」

明温《ミョンオン》は何か言いかけたが、思い直し、とぼけた顔をして言った。

「久しぶりに、兄上にお会いしたくてまいりました」

「珍しいな。お前が僕に会いたくなることもあるのか」

「まあ、兄上ったら。妹が兄上に会いたいと思うのは当たり前のことです。今日はとても天気がいいので、兄上と舟遊びでもと思ったのですが」

「舟遊びか。行きたいのは山々だが、残念だな。これから仕事に戻るところなのだ」

明温《ミョンオン》は肩を落とした。

「では、お茶だけでも……」

そんな明温《ミョンオン》の話に被せるように昊《ヨン》は言った。

「悪いが暇がないのだ。代わりにこの者を置いていこう。僕ほどではないが、なかなか話の面白いやつだぞ」

明温《ミョンオン》は一瞬、喜色を浮かべたが、すぐにつんと澄ました顔をして首を振った。

「嫌です。私は兄上がいいのです」

「今日だけだ。中秋の名月を祝う進宴《チニョン》の準備で、僕は今、目が回るほど忙しい」

「仕方がありませんね。でも兄上、そちらの宦官をずいぶん特別扱いなさっているようですけど、どういう間柄なのです？」

昊《ヨン》はにこりと笑って答えた。

「特別な縁のある者だ。だからお前も、特別に思ってやってくれ」

「私には、いたって普通の宦官に見えますが」

「そうか。ならば無理に話し相手をさせることは……」

「で、でも、そんなにお忙しいなら仕方ありません。兄上の代わりは務まらないでしょうけれど、この者に茶の相手でもさせます」

不本意そうに言う明温《ミョンオン》を見て、昊《ヨン》は少し胸が痛んだ。明温《ミョンオン》の茶を用意する者なら、ほかにも大勢いる。今、後ろに控えている女官や宦官の数だけでも十人以上はいるが、わざわざラオンに茶の相手をさせると言う。昊《ヨン》は明温《ミョンオン》の本心に気づいたが、あえて知らないふりをすることにした。

「では、僕は行くよ」

昊《ヨン》がその場を去ろうとすると、ラオンは慌てて小声で呼び止めた。

「世子《セジャ》様！」

「妹にうまい茶を淹れてあげてくれ」

ラオンは明温《ミョンオン》に聞こえないよう、声を低くして訴えた。

「わたくしを置いて行かれるのですか？」

「仕事が山積みなのだ」

「そんな……」

「しっかりな」

「世子《セジャ》様！」

昊《ヨン》は置いて行くなと必死に目で訴えるラオンを残し、無常にも一人東宮殿《トングンジョン》へ戻っていった。


それからしばらくして、観纜池《クァンラムジ》に一隻の小舟が浮かべられた。二人がぎりぎり向かい合って座れるくらいの小さな舟だ。ラオンと明温《ミョンオン》は、茶の膳を間に挟み、向かい合って座った。ラオンは黙って櫓《ろ》を漕いでいたが、何気なく前を向いた時、ちょうど明温《ミョンオン》と目が合った。明温《ミョンオン》に話しかけるきっかけを探していたラオンは、今だと微笑んだ。

ところが、明温《ミョンオン》はそっぽを向いてしまった。

まだ許していただけていないらしい。

ラオンは苦笑いを浮かべた。

再び重々しい沈黙が流れ、居心地の悪さを紛らわせようと、ラオンは空を見上げた。突き抜けるような青空の下、赤や黄色の葉をつけた木の枝が頭上に伸びている。晴れ渡る空、美しく染まり始めた木々、小さく波打つ水の音。何て贅沢なのだろうとラオンは思った。これまでは紅葉を愛でる暇などなかったので、ありがたみが余計に身に染みる。これほどゆったりとした穏やかな時を過ごせる日が来るなんて、夢にも思わなかった。

「いいご身分だな」

だが、明温《ミョンオン》の一言で、ラオンは現実に引き戻された。ラオンが顔を向けると、明温《ミョンオン》は空《あ》いた湯呑みに目をやった。茶を淹れろということらしい。ラオンが茶を注ぐと、明温《ミョンオン》は一杯、二杯と無言で飲み干し、三杯目を飲み終えたところでラオンに言った。

「兄上とは、どこで知り合ったのだ?」

「公主《コンジュ》様のことでお会いしたのが最初でございます」

「私のことで?」

「あれはまだ、公主《コンジュ》様と文《ふみ》のやり取りをしていた頃のことでした。公主《コンジュ》様から会いたいという文《ふみ》をいただき、わたくしはキム様に代わって、約束の場所にまいりました。そこで、世子《セジャ》様にお会いしたのでございます」

そして、世子《セジャ》様とキム様がそういう関係であることを知った。

だが、待てよ、とラオンは思った。考えてみれば、キム様ことキム進士《ジンサ》の末息子が恋文を交わしていたのは、世子様《セジャ》ではなく明温公主様《ミョンオンコンジュ》の方だ。ということは、世子様《セジャ》が同性を好むというのは私の勘違いなのだろうか？　いや、それはない。現に世子様《セジャ》はチャン内官様にご執心だと聞いている。やはり世子様《セジャ》は男がお好きなのだろう。

何気なく明温《ミョンオン》の方を見ると、明温《ミョンオン》は暗い顔をして一点を見つめていた。それを見て、ラオンも暗い気持ちになった。

「兄上が、私に一言の断りもなく？」

明温《ミョンオン》が動揺しているのがわかり、ラオンはまさかと思った。

「ご存じなかったのですか？」

「知らなかった。では、便りが途絶えたのは、そのためだったのか？」

「はい。あの日以来、文《ふみ》をしたためることができなくなってしまいました」

「もしかして、そなたが宦官になったのも、兄上が理由なのか？」

明温《ミョンオン》はラオンの官服に目を留めて聞いた。

「そうとは言い切れません」

「どういうことだ？」

「一番の理由は、お金のためでございます」

「お金のため？」

「事情があり、大きなお金が必要だったのです」

「お前が、自ら望んで宦官になったということか？」

「望んだと言うより、大金に騙され、ちょっとした証文に欺かれたとでも言いましょうか。前の判《パン》内侍府事《ネシブサ》パク・トゥヨンという方が……」

「パク・トゥヨン？　あの爺のせいなのだな！」

明温《ミヨンオン》は突然怒り出し、膳を叩いて立ち上がった。だが、そのせいで舟が大きく傾いてしまった。

「公主様《コンジュ》、急にお立ちになられては危のうございます！」

ラオンはとっさに明温《ミヨンオン》を支えようとしたが、舟は大きく揺れてあっという間に転覆し、二人は水の中へ投げ出されてしまった。

幸い池は浅く、大事に至ることはなかったが、二人とも頭からびしょ濡れになった。

「公主様《コンジュ》、大事はありませんか？」

池が浅いとはいえ、突然のことでひどく驚かれているに違いない。

ラオンは明温《ミヨンオン》に手を差し出したが、明温《ミヨンオン》は驚いて手を引っ込めてしまった。

「か、構わぬ！」

「底がぬかるんでおります。滑らないよう、わたくしの手をおつかみください」

「構わぬと言っているだろう」

明温《ミヨンオン》はラオンの手を頑なに拒み、自分で歩いて陸に上がろうとした。ところが、水を含んだ服は思いのほか重く、案の定足を滑らせて、もう一度、水の中に倒れ込んでしまった。

「公主様《コンジュ》！」

ラオンは急いで明温《ミョンオン》を抱き起こそうとした。

「離せ！　大事ない」

明温《ミョンオン》は、それでもラオンの助けを拒んだ。そうこうしているうちに、遠くから二人の様子を見守っていた女官や宦官たちが慌てて水の中に飛び込んできた。

「公主《コンジュ》様！」

「なんということ！」

「お怪我はございませんか？」

明温《ミョンオン》はあっという間に皆に取り囲まれた。大事な公主《コンジュ》に風邪を引かせては一大事と、保母尚宮《ポモサングン》たちは血相を変え、明温《ミョンオン》を背負って大急ぎで走り出した。

「待て！　止まれ！」

明温《ミョンオン》は言ったが、動転した尚宮《サングン》たちの耳には入っていない。保母尚宮《ポモサングン》に背負われたまま、明温《ミョンオン》は後ろを振り返った。ラオンが陸に上がる姿が、どんどん遠ざかっていく。

不意に、明温《ミョンオン》は笑みを浮かべた。

「そういうことだったのね」

ずっと気がかりだった文《ふみ》が途絶えた理由がやっとわかった。詳しい事情を聞くことはできなかったが、明温《ミョンオン》にとって大事なのは、ラオンが自分の意思で文《ふみ》のやり取りをやめたわけではなかったということだった。

ラオンは大金のためと言っていた。宦官になったのも、前の判内侍府事《パンネシブサ》パク・トゥヨンに騙されてのことだと。それを聞けたおかげで、胸のつかえがとれて、自ずと笑みがこぼれた。

ふと、池のほとりで服を絞るラオンと目が合った。明温《ミョンオン》はとっさに真顔に戻り、保母尚宮《ポモサングン》の背中に顔を埋めた。


「大丈夫かな？」

遠ざかる明温《ミョンオン》の後ろ姿を見ながら、ラオンはつぶやいた。濡れた服の隙間から初秋の風が入り込み、ラオンは身震いした。ただでさえ冷えた体が凍りつきそうだ。

「もたもたしていたら風邪を引きそう」

一歩踏み出すごとに、地面に足跡ができていく。ラオンは急いで資善堂《チャソンダン》に向かった。


資善堂《チャソンダン》に夜の帳《とばり》が下りる頃、旲《ヨン》とビョンヨンは無言で盃《さかずき》を傾けていた。ラオンのいない酒盛りは静かなものである。

重々しい静寂を破ったのは旲《ヨン》だった。

旲《ヨン》はひと口酒を呷《あお》り、ビョンヨンに言った。

「どうだった？」

昊《ヨン》が尋ねたのは、農民による反乱を主導した洪景来《ホンギョンネ》の血筋のことだ。

「見つけたよ。だが……」

ビョンヨンは酒を口に含み、ラオンの姿を思い浮かべた。小さな顔からはみ出しそうな笑顔が脳裏に焼きついている。自分を見上げる黒い瞳も。

それを振り払うように、ビョンヨンは頭を振った。

「すでに引っ越したあとだった」

昊《ヨン》は含みのある目でビョンヨンを見た。親友の顔に、一瞬だが迷いのようなものが浮かんだのを、昊《ヨン》は見逃さなかった。

「お前に隠し事をされるとはな」

「………!」

ビョンヨンが動揺しているのがわかったが、昊《ヨン》はそれ以上は聞かなかった。

「思ったより入り組んだ事情がありそうだ。お前がすんなり話せないほどの事情がな」

ビョンヨンの空《から》になった盃に酒を注ぎながら、昊《ヨン》は続けた。

「一つ、約束してくれ」

「約束?」

「いずれ話せる時が来たら、その時は包み隠さず話して欲しい。できるか?」

ビョンヨンも、じっと昊《ヨン》を見てうなずいた。

「わかった」

「信じるぞ」

二人はそのまま、しばらく無言で盃を交わした。そして、何杯か呑み干して、ビョンヨンが言った。

「最近、宮中が騒がしいようだ」

「清の使臣を迎えるまで、あと三日。使臣をもてなす進宴《チニョン》で、これまであたためてきた歌と踊りを披露する予定だ」

「いよいよ始まるのか」

「やっと一歩といったところだ」

「しかし、あの外戚連中が大人しく従うとは思えんぞ」

「今回は清の使臣の面前だ。いかに外戚とはいえ、使臣に見られていては何もできんさ。進宴《チニョン》を機に、必ず王権を取り戻す」

昊《ヨン》は決心したように目に力を込めた。

「この手で作り上げてみせるよ。あるべきものがあるべき場所に収まり、すべてが調和をなす国を、この地に築いてみせる」

拳を握る昊《ヨン》を見て、ビョンヨンは言った。

「それで、例の件はどうなった？」

「例の件って？」

「世子《セジャ》様の致命的な欠点だよ」

「致命的とは大げさだな」

「前に清国に行った時も、側室と女官の顔を見分けられず、大事になるところだったのだぞ。病気と言ってもいいくらいだ」

昊《ヨン》は苦々しい顔をして唇を舐めた。

「そのことなら、すでに手は打ってある。ホン・ラオンが協力してくれることになった」

「ラオンが？」

「ああ。宴の間、そばにいるよう言っておいた」

「宴が終わるまで、ずっとか？」

何か気がかりなことがあるのか、ビョンヨンが聞き返した時、ちょうどラオンが帰ってきた。

「ただいま帰りました」

その声に振り向いて、ビョンヨンは目を見張った。髪はびしょ濡れで、唇は紫色になっている。

「どうした？　雨でも降っているのか？」

ビョンヨンはすぐに立ち上がり、自分の上着を脱いでラオンの肩にかけた。

「いえ、これは……」

ラオンは指先で濡れた髪に触れた。官服は着替えたが、髪はすぐには乾かなかった。ラオンは昊《ヨン》を睨み、

「事情は、友の仮面を被った温室の花の世子《セジャ》様にお尋ねください」

と言った。本当は、友のふりをする鬼！　悪魔！　と言いたかったが、さすがのラオンも世子《セジャ》が相手ではそこまで正直になることはできなかった。たとえ友人だとしても。

「温室の花の世子様《セジャ》？」

昊《ヨン》が睨み返すと、ラオンは逃げるように布団の中に入った。

「話し相手になってやれとは言ったが、まさか水遊びをするまでの仲になったとはな」

「水遊びではなく、水の中に落ちたのです」

「落ちた？」

どういうことだと、昊《ヨン》は身を乗り出して事情を尋ねようとした。

「ホン・ラオン！」

ところが、そこへ突然、虎の吠えるような怒鳴り声が聞こえてきた。振り向くと障子越しに大きな影が映っていた。その影は戸を蹴破《けやぶ》るような勢いで、ずかずかと部屋の中に入ってきた。床が割れそうなほど大きな足音を立てて現れたのは、いかにも気性の荒そうな男だった。男は昊《ヨン》とビョンヨンの顔を睨むように見て、布団の中にいるラオンに気がつくと、いきなりラオンの首根っこをつかんで持ち上げた。

「ホン・ラオン、貴様！」

「な、何をなさるのです！」

「ホン・ラオン！　貴様、あれほど破廉恥なことをしておいて、無事に済むと思ったか！」

突然現れた男に破廉恥などと暴言を吐かれ、ラオンは目をむいた。そんなことを言われる覚えはもちろんない。

宙で足をばたつかせながら、ラオンはなんて災難続きの一日だろうと思った。

六　優しくしないで

「貴様、無事で済むと思ったか！」

左捕盗庁の従事官《チャポドチョンチョンサグァン》を務めるチェ・ジェウは、親の仇のようにラオンを睨みつけた。

「わ、私が、何をしたと言うのです！　まずはこの手を離して、それからお話しを！」

チェ・ジェウに胸倉をつかまれ、ラオンは額《ひたい》に青筋を立てながら必死で手を振り払おうとした。

だが、チェ・ジェウはびくともせず、ラオンが抗《あらが》えば抗《あらが》うほど首はさらにきつく絞められていった。

「宦官の分際でか弱い女を弄《もてあそ》ぶとは、とんでもない野郎だ！」

チェ・ジェウの顔つきがいっそう険しくなり、ラオンはいよいよ息ができなくなった。意識が朦朧としてきて、もうだめかと思った矢先、ビョンヨンがチェ・ジェウの肩を叩いた。それは久しぶりに再会した友に親しみを込めて叩く程度の軽いものだったのだが、途端にチェ・ジェウの顔色が変わった。叩かれた時は肩をちくりと刺されたような感じがしただけだったが、急に腕に力が入らなくなり、ラオンの胸倉をつかんでいられなくなった。

ラオンは床に倒れ込み、激しく咳き込んだ。炅《ヨン》はすぐさまラオンを支え、苦しそうに息をするラオンの背中をさすった。

「大丈夫か？」

「な、何とか……」

ラオンは目に涙を浮かべている。短い間の出来事だったが、本気で死ぬかもしれないと思った。その姿に、昊《ヨン》もつらくなった。

「どういうことだ？」

ラオンは首を振った。

「わかりません」

「この男は、お前が女人の心を弄《もてあそ》んだと言っているぞ」

「まったく心当たりのないことです」

宮中で知り合った女人といえば数えるほどしかいない。そのうち三人は、宦官の自分では相手にもならない高貴な方たちだ。

「おかしいな。あの様子では、ただ事ではなさそうだが」

昊《ヨン》が疑うのも無理はなかった。それほど、チェ・ジェウは殺気立っていた。血走った目は憎しみに満ちていて、睨まれるだけで心臓が縮み上がる。

昊《ヨン》はラオンが怖がっているのに気づき、さっと立ち上がると、チェ・ジェウとラオンの間に立った。ちょうど二人の間を遮《さえぎ》る形になり、ラオンはやっとチェ・ジェウの目を避けることができた。

もしかして、私を守るために？

信じられない思いで見上げると、昊《ヨン》は無表情のまま傍観者のように様子を見ていた。この冷徹な温室の花の世子《セジャ》様に、そんな優しさがあるはずないかとがっかりしたが、それでも盾になってくれているような気がして安心できた。

一方、チェ・ジェウの怒りの矛先はビョンヨンに向いていた。

「貴様、何者だ！　お前もこいつの仲間か？」

チェ・ジェウは怒りのままにビョンヨンに殴りかかった。大きな拳を振るたびに、空を裂く音がする。岩をも砕きかねない勢いだ。まともに食らえば生身の人間の体ではひとたまりもないだろう。

このままでは、キム兄貴が危ない！

ラオンは居ても立ってもいられず、止めに入ろうとした。

だが、昊《ヨン》はそんなラオンを引き留めた。

「案ずるな」

「何をおっしゃいます！　あの拳を見てください。キム兄貴にもしものことがあったら、どうなさるおつもりですか！」

ビョンヨンがやられるのを、黙って見ていることなどできるはずがない。ましてや、自分のせいとあらばなおさらだ。

だが、昊《ヨン》は少しも退こうとせず、ラオンの肩を押さえて言った。

「お前のキム兄貴を信じられないのか？」

「信じる信じないの問題ではありません！」

「あの程度の相手に、お前のキム兄貴がどうにかなるとでも思っているのか？　だとしたら、お前はあいつのことを何もわかっていない」

「でも、このままでは……」

「まあ、見ていろ。あいつは無謀な戦いに挑むような男ではない」

ラオンは結局、二人の喧嘩を見守るしかなかった。

チェ・ジェウの大きな拳が、四方八方からビョンヨンに襲いかかる。左捕盗庁《チャポドチョン》の従事官《チョンサグァン》だけあって、その迫力も半端ではない。ビョンヨンは左右に避けるのがやっとで、徐々に追いつめられているのがわかる。今にも一発食らいそうな状況だ。

はらはらしながら見守っていたが、ラオンはふと、ビョンヨンが片方の手を後ろに回しているのに気がついた。一方的に攻められているように見えて、実は片手で十分な相手だったのだ。

ラオンは、ようやく昊《ヨン》の言ったことが理解できた。ビョンヨンにとって、チェ・ジェウは本気を出すほどの相手ではなかった。だが、チェ・ジェウはまだそれに気づかず、歯を食いしばって必死に拳を空《から》振りさせている。

「小癪な！　鰌《どじょう》みたいにくねくねしやがって！」

その様子を見かねて、昊《ヨン》はビョンヨンに言った。

「こいつはどうやら、痛い目に遭わないとわからないようだ」

ビョンヨンはうなずいたが、それはチェ・ジェウの怒りに油を注いだ。

「何だと？　おい、貴様、本気を出していなかったのか？　面白い。いつまで余裕をかましていられるか、見てやろうじゃないか。だが、それで俺を倒せなければ、その時は貴様が死ぬことになるぞ」

言うが早いか、チェ・ジェウは両腕を手鉤のように広げてビョンヨンに突進した。逃げ道をふさぎ、それから攻撃を加える寸法だ。だが、ビョンヨンは相変わらず、悠々と漂う雲のように動くだけだった。

と、その時、ビョンヨンは柳のようにしなり、次の瞬間、張りつめた弓から放たれた矢のようにチェ・ジェウの胸をひと突きした。まさに電光石火の如く、鋭く尖った錐《きり》のような一撃だった。チェ・ジェウが苦しそうな声を漏らしてよろめくと、ビョンヨンはすかさずチェ・ジェウの膝と肩を踏み台にして飛び上がり、空中で一回転して背中に強烈な蹴りを食らわせた。チェ・ジェウは大きな音を立てて床の上に倒れ、ビョンヨンはその上に馬乗りになり低い声で言った。

「これ以上騒いだら、容赦はしない」

チェ・ジェウは震え上がった。脅しではない。この男は本気で自分の首を折るつもりでいると、本能が告げていた。

チェ・ジェウが動かなくなったのを見て、ラオンはようやく安堵の息を吐いた。ビョンヨンを案ずるあまり、戦いが終わるまで息を吸うのも忘れていた。

「言った通りだろう？」

旲《ヨン》が言うと、ラオンはむっとして言い返した。

「キム兄貴が怪我でもしていたら、どうするおつもりだったのですか？」

「あり得ないね」

「ですから、もしもの場合です。万一の時のことを言っているのです」

すると、旲《ヨン》はきっぱり首を振った。

「あの程度で怪我をするだと？　馬鹿を言うな。それに、あいつにもしものことが起こるほどの状況なら、僕が黙って見ていると思うか？」

それはつまり、キム兄貴の身に危険が及んだら、温室の花の世子《セジャ》様が助太刀《すけだち》するということだろうか？

ラオンは白くすらりと伸びた昊《ヨン》の指を見て、目を泳がせた。この手で人を殴り、喧嘩をする姿など想像もつかない。

すると、昊《ヨン》が耳打ちをしてきた。

「今なら落ち着いて話せそうだが、どうする？　お前が自分で聞いてみるか？」

「そうしたいのはやまやまですが……」

チェ・ジェウはビョンヨンに押さえつけられてもなお、歯を食いしばってラオンを睨みつけている。これほど感情的になっている相手と何をどう話せばいいのだろう。それに、そもそも私が何をしたと言うのだろう？

ラオンは怖いやら悲しいやらで、なかなかチェ・ジェウに話しかけられなかった。すると突然、慌ただしい足音を立てて、小さな人形が部屋の中に飛び込んできた。何事かと思ってよく見てみると、人形と思ったのは医女《イニョ》のウォルヒだった。ウォルヒは肩で息をしながら四人の様子を見ると、すぐに概ねの状況を理解して愕然となった。ビョンヨンがそっと下がると、ウォルヒは青ざめた顔をしてチェ・ジェウに近づいた。

「ウォ、ウォルヒ殿」

チェ・ジェウは飛び起きた。

「今度は何をなさったのです？　どこまで私を困らせれば気が済むのですか？」

ウォルヒは目に涙を溜めている。チェ・ジェウは先ほどの暴れ牛のような姿とは打って変わって、おろおろと慌て始めた。

「お、俺はただ……」

言い訳の一つも搾り出そうと、口をぱくぱくさせるチェ・ジェウに背を向けて、ウォルヒはラオンに向き直った。

「ホン内官様、お怪我はありませんか？」

「私のことなら、ご心配なく」

危うく三途の川を渡りかけたが、間一髪、ビョンヨンに助けられたことは言わなかった。チェ・ジェウとウォルヒの様子を見て、おおよその察しがついたからだ。気が動転していて気がつかなかったが、この男は初めてウォルヒを訪ねた時に見かけた、あの巨漢の男だった。

「ウォルヒ殿」

「はい」

「少し、よろしいですか？」

ウォルヒは裾で涙を拭い、黙ってうなずいた。

二人は部屋を出て、資善堂《チャソンダン》の東の楼閣に向かった。そして、楼閣に着くなりラオンは言った。

「ウォルヒ殿、何があったのか聞かせていただけますか？」

「私がいけないのです」

「ウォルヒ殿が？」

「ええ。仲間の医女《イニョ》たちが、資善堂《チャソンダン》は呪われている、恐ろしい幽霊が出るとあんまり言うものですから、私は、資善堂《チャソンダン》は呪われてなどいない、幽霊など根も葉もないうわさだと言いました。そして、その勢いでホン内官様のことまで話してしまったのです。そのせいで、このようなことに……」

「どういうことです？」

「それが……」

ウォルヒは時折、鼻をすすりながら、ラオンに事情を話し始めた。

ラオンの話をして以来、ウォルヒの話に度々ラオンの名前が出るようになった。ウォルヒとしては、祖母の供養をしてくれた恩人の話をしていたつもりだったが、周囲の見方は違った。相手が宦官とはいえ、ウォルヒが男のことを話題にするのは初めてで、医女《イニョ》たちは内心、冷やかし半分で話を聞いていた。

そしてある日、ついに仲間の医女《イニョ》から、ホン内官とやらのことを好きなのではないかとからかわれてしまった。

「そういうことじゃないわ！」

ウォルヒは首を振って否定したが、信じてもらえなかった。

「何がそういうことじゃないよ。恋する乙女って顔しちゃって」

すると、ウォルヒがたちまち熟れた梅のように赤くなったので、医女《イニョ》たちは互いに顔を見合わせ、声を立てて笑い出した。男でも女でもないと言われる宦官だが、実際には多くの女官が宦官との恋に落ちていた。一生涯を王に捧げて生きなければならない女官たちにとって、宦官は互いをよく理解し合い、時に情を通わせ合える相手でもあった。

まだ恋のこの字も知らないウォルヒに、先輩医女《イニョ》たちは恋のいろはを教えようとした。女たちが恋の話に花を咲かせていると、しばらくしてどこからか荒い息が聞こえてきた。まるで怒れる闘牛の鼻息のようだった。その息に気がついて、ウォルヒが何気なく顔を上げると、背後から大男がこちらを見下ろしていた。左捕盗庁《チャポドチョンチョン》従事官《サグァン》のチェ・ジェウである。チェ・ジェウは何が気に入らないのか、ウォルヒとほかの医女《イニョ》たちをひとしきり睨み、突然、怒声を上げた。

「男の風上にも置けない野郎だ。少しばかり見た目がいいからと、無垢な婦女子を愚弄するとは許せん。おのれ、ふざけた宦官め！」

チェ・ジェウは腕をまくり、やはり闘牛のように走り去っていった。

ホン内官様が大変なことになる。ウォルヒはそう直感し、すぐにチェ・ジェウのあとを追いかけた。

いつも突然、現れては言いがかりをつけてくる男だ。あの様子ではホン内官様に何をするかわからない。

だが、資善堂《チャソンダン》に着いた時にはすでに遅かった。

「一体、私が何をしたと言うのです？　そんなに私がお嫌いですか？　たった一度、煎じたばかりの薬をこぼされたことが、そんなに許せないのですか？」

ウォルヒは目に涙を堪え、腹の底からチェ・ジェウに怒っていた。その鈍感さに、ラオンはやれやれという気持ちになったが、相手がウォルヒなら仕方がないとも思えた。これまで出会った女人の中で、ウォルヒは今時、珍しいほど純真な少女だった。亡くなった祖母の供養のため、夜更けにこっそり資善堂《チャソンダン》に来て泣いていたのを見れば一目瞭然だ。

「ウォルヒ殿、その、煎じたばかりの薬をこぼしたというのは？」

「あれはちょうど、半年ほど前のことでした。熱く煎じた薬を運ぶ途中、チェ従事官《チョンサグァン》様とぶつかってしまったのです」

「なるほど、それがきっかけだったのですね」

チェ・ジェウにとっては、一目惚れだったに違いない。

「それ以来、度々、私の前に現れては言いがかりをつけてきたり、怖がらせたりしてくるようになったのです」

ウォルヒは悔しそうに唇を噛んだ。だが、ラオンは内心、笑ってしまった。一体全体、男というものは体ばかり大きくて中身はいくつになっても子どものままだ。まあ、ウォルヒ殿に一方的に思いを寄せているあの男が純朴すぎるのかもしれないけど。

「思うに、あの方はウォルヒ殿のことが好きなのではないでしょうか」

「そんな！」

ウォルヒは目を見張った。

「そんなはずはありません」

「私にはそう見えます。あの方は間違いなく、ウォルヒ殿をお慕いしています」

「まさか、そんなこと！　絶対にあり得ません。だって、会うたびに怒鳴ってきて、あの大きな目で睨んでくるのですよ？　一度だって優しくしてくださったことがないのです」

「好きだからこそ、優しくできなくなってしまう男もいるのです」

「どうしてです？」

「さあ、どうしてでしょうね」

それがわかれば苦労はしない。好きな人に素直に優しくできない性《さが》が、男にはあるのだ。


ウォルヒとの話を終え、ラオンが資善堂《チャソンダン》に戻ると、チェ・ジェウは別人のように大人しくなっていた。ラオンはチェ・ジェウの向かいに腰を下ろし、単刀直入に尋ねた。

「ウォルヒ殿のことが、好きなのですね？」

チェ・ジェウの顔がみるみる真っ赤になった。わざわざ確かめるまでもなさそうだ。ラオンは短く溜息を吐き、チェ・ジェウに言った。

「私の祖父はよく言っていました。女人とは、割れやすい器のようなものだと」

「どういう意味だ？」

チェ・ジェウはラオンに聞き返した。強面《こわもて》のせいで、普通にしているだけで睨みを利かせているように見えてしまう。

「器は割れやすく、扱い方を少し間違えただけで、もろくも割れてしまいます。女人も同じで、荒々しい態度で接してしまっては、相手を怖がらせるだけです。気持ちを伝えるのは結構ですが、相手の気持ちを考えずにただ思いをぶつけるだけでは、女人は警戒して逃げてしまいます。ましてや、ウォルヒ殿のようにか弱い方ならなおさらです」

「しかし、女は悪い男が好きなのだろう？　あまり優しいのは嫌われると聞いたぞ」

ラオンはきっぱりと首を振った。

「人それぞれ顔が違うように、男の好みも千差万別、十人十色です。悪い男が好きな人がいると思えば、優しくて思いやりのある殿方を好む人もいます。考えてみてください。従事官《チョンサグァン》様が悪い男を気取って接した時、ウォルヒ殿は喜んでいましたか？」

「いや、喜んではいなかったが……だが、それは嫌がるふりをしているだけではないのか？　本当はうれしいのに、そっけなくしているだけだと聞いたが」

「それはどなたに？」

「俺の仲間たちだ」

嘆かわしいったらない。無知ならともかく、中途半端に知識があるのが一番タチが悪い。お仲間とやらは、大した経験もないくせに、あちこちから話だけを聞いて知ったふうなことを言い、勝手な女人像を作り上げ、めちゃくちゃな助言をしたに違いない。

「嫌なふりをしているのではなく、女人が嫌だと言う時は、本当に嫌がっているのです。従事官《チョンサグァン》様が悪い男を気取り乱暴に接してしまったせいで、ウォルヒ殿は従事官《チョンサグァン》様に嫌われていると誤解しているのですよ」

「何だと？」

チェ・ジェウは青くなった。

「お、俺は、どうすればいい？」

大きな体をして瞳を潤ませ、すがるようにラオンを見るチェ・ジェウは、まるで初心な牝牛のようだ。ラオンは笑いを噛み殺した。

「そのお気持ちを、ありのままに伝えるのです。この世には、言葉にしなければ伝わらないことがたくさんありますから」

「しかし、それでは嫌われるだけだと……」

「いいですか？　今後、お仲間の話は一切聞いてはいけません」

「でも、あいつらは都で名の知れた妓楼《ぎろう》という妓楼で浮名を流したと言っていたのだ。女を知り尽くした者たちなのだぞ」

「それで、その方たちの言う通りにして、結果はどうでしたか？　ウォルヒ殿と心を通わせることができましたか？」

チェ・ジェウはぐうの音《ね》も出なかった。肩を落とし、深く顔をうつむかせ、真面目な顔をしてラオンに尋ねた。

「一つ聞いてもいいか？」

「どうぞ」

「ウォルヒ殿とは、その……どういう関係なのだ？」

「いい友人です」

「友人？　本当に友人なのだな？」

「はい」

それを聞いて、チェ・ジェウの表情は雲が晴れたように明るくなった。そして突然、ラオンの手を握って言った。

「お前、本当はいいやつだったのだな」

感激するチェ・ジェウと、大柄な体に似合う分厚い手を訝しそうに見て、ビョンヨンはさりげなく二人の間に割って入った。

「そんなことをしている場合ではないのではないか？」

その声にチェ・ジェウが振り向くと、いつからそこにいたのか、ウォルヒが部屋の前に立っていた。窓から差し込む夕日が、ウォルヒの顔を照らしている。チェ・ジェウは今の話を聞かれたのではないかと慌てたが、すぐに何かを決心したような面持ちで、堂々とウォルヒに近づいて言った。

「ウォルヒ殿。じ、実は、お、お、俺は……俺は、あなたをお慕いしている！　初めて会った時から、ずっとあなたをお慕いしている！」

チェ・ジェウは大きな声で、はっきりと自分の思いを伝えた。だが、悲しいかな、あまりに力が入りすぎて、それは告白というより脅迫のようだった。そのせいで、ウォルヒは怖がって耳をふさいでしまった。

「そんなに大きな声で言わないでください」

「す、すまない。ウォ、ウォルヒ殿。それで、受け入れてくれるか？」

ウォルヒはチェ・ジェウとラオンの顔を代わる代わる見て、両手で顔を覆い、資善堂《チャソンダン》を飛び出して行ってしまった。小柄なウォルヒが走り去る様は、動きの速い小動物のようだった。残されたチェ・ジェウは、口をあんぐりさせたままその場に立ち尽くすばかりで、ラオンは見かねて、チェ・ジェウの脇腹を突いて言った。

「早く追いかけませんと！」

「お、追いかける？　おお、そうか！　これは、かたじけない」

チェ・ジェウは一礼し、地響きを鳴らしながら走り出した。

「ウォルヒ殿！　ウォルヒ殿、待ってくれ。返事を聞かせてくれ」

懸命に逃げるウォルヒを、やはり懸命に追いかけるチェ・ジェウの姿がおかしくて、ラオンは吹き出した。

「見た目の通り、愚直なお方だ」

恥ずかしくて逃げる女人に、追いかけながら返事を催促する男は初めてだ。もしかしたら、ウォルヒ殿のように心根の優しい奥手な女人には、あれくらい馬鹿真面目な男がちょうどいいのかもしれない。初々しく、清々しい二人の姿から、ラオンは目が離せなかった。

「変わったやつだ」

すると、隣で昊《ヨン》が言った。

「何がです?」

「あの娘はお前に惚れているようだが、僕の見間違いか?」

「いえ……お見立ての通りです」

いつからか、ラオンを見るだけで、ウォルヒはぽっと顔を赤らめるようになった。今、逃げているのも、チェ・ジェウに告白されたからではなく、ラオンの前で告白されたのが恥ずかしくて、悲しいからかもしれない。

「なぜだ?」

「はい?」

唐突に昊《ヨン》に聞かれ、ラオンはきょとんとなった。

「皆、何がよくてお前に惚れるのだ? 妹のヨンといい医女《イニョ》の娘といい、なぜ女たちはお前を好きになる?」

昊《ヨン》は本気で不思議に思っているようで、ラオンは少しむっとした。

「さあ。女人が好きになるだけの何かが、わたくしにあるからではないでしょうか」

「男らしい顔つきをしているわけではないしな」

「可愛げがあるではありませんか」

「胸板が厚いわけでもない」

「貸せるくらいの肩はあります」

「そのうえ、学識もない」

失礼な、と、ラオンは思わず声を荒げそうになった。そんなことを真顔で言われたら、さすがに不愉快だ。

「温室の花の世子《セジャ》様は、女心を何もご存じないのですね」

「どういう意味だ?」

「男らしい顔つきや広くて厚い胸板や、学識ある殿方を好まぬ女人は確かにおりません。しかし、女人がもっとも重視するのは、条件よりも心です。女心というものは、思いやりのある男の心にこそ惹かれるのです」

「なぜそう言い切る?」

「なぜって、それは、わたくしが女だから……」

と言いかけて、ラオンはとっさに口を押さえ、旲《ヨン》の顔色をうかがった。

「女だから?」

「いえ、つまり、わたくしが女心をよく知っているから、好かれるのではないかと、こう申し上げたかったのです」

ラオンはそう言って、ごまかし笑いを浮かべた。相変わらずの、晴れた空のような明るい笑顔に、旲《ヨン》もつられて笑った。だがすぐにいつもの冷たい無表情に戻った。ラオンはなぜ旲《ヨン》が急に硬い顔をするのか、不思議に思った。

「どうかなさいましたか?」

「今わかった」

「何がです？」

「皆がお前に惚れる理由だ。その笑顔だよ」

「わたくしの笑顔ですか？」

「ああ。これからは、やたらめったら笑うな」

「笑うなって、自然に出てくるものは仕方がないでしょう」

「我慢しろ」

「どうやって我慢するのです？」

「宦官とは耐え忍ぶもの。そんなことも知らないのか？」

「そんなの、こじつけです」

「これは命令だ」

「友と言いながら、何かあると命令、命令って」

「気の置けない友ではないと言ったのは、どこの誰だっけ？」

「あの時は、だって……」

ラオンは返す言葉が見つからず、唇を尖らせた。旲《ヨン》は立ち上がりながらそれを見て、ラオンに言った。

「何だ？　不満でもあるのか」

「笑うなと命じられたものですから」

「それはそうだが、その顔、なかなか醜いぞ」

「では、どうしろとおっしゃるのです！　あれもだめ、これもだめ。一体、どうすればいいのですか？　言う通りにするので教えてください」

「だから、それは……」

自分でもどうしたいのかわからず、昊《ヨン》は口ごもった。本音を言えば、自分以外の人にラオンが笑うのも、ひねくれて唇を尖らせるのも、どちらも嫌だった。昊《ヨン》はうまい言い訳はないかと目を泳がせて、何か閃《ひらめ》いたように目を大きく開き、傍《かたわ》らの掛け布団を頭からラオンに被せた。

「何をなさるのです！」

「もう寝ろ」

ラオンが布団をはいで顔を出すと、昊《ヨン》はすでにいなくなっていた。

「呆れた。一国の世子《セジャ》ともあろう方が、ああ言ってみたりこう言ってみたり。この国の行く末が心配になるわ」

ふと視線を感じて上を向くと、ビョンヨンがじっとこちらを見下ろしていた。だが、目が合うと、ビョンヨンは視線を逸らしてしまった。

「キム兄貴、先ほどはありがとうございました。キム兄貴が助けてくださらなければ、今頃どうなっていたか、考えただけでも恐ろしいです」

「礼には及ばん」

いつもよりぶっきらぼうな返事だったが、ラオンはうれしかった。優しい言葉は言わなくても、いざという時、ビョンヨンはいつもそばで守ってくれる。時には父のように厳しく、時には頼れる兄のように。そんなビョンヨンがいてくれるだけで幸せに思えた。

しかし、隙間風でも吹いているのか、急に悪寒がして、ラオンは掛け布団を頭から被り直した。だが、体の芯からぞくぞくする感じはしばらく経っても収まらなかった。


暗闇の中、ビョンヨンは目を覚ました。まだ夜も明けていない時刻だが、つらそうに寝返りを打つ音と、荒い息遣いが聞こえてくる。少し迷ったが、ビョンヨンは梁《はり》から飛び下りた。次第に暗闇に目が慣れて、布団の中で丸くなり、ラオンが苦しそうに息をしているのがわかった。すぐに枕元に近づいて額に手を当ててみると、ラオンの額は火のように熱く、夕方、濡れて帰ってきたことが思い出された。

すると、ビョンヨンに気がついて、ラオンが薄く目を開けた。

「キム兄貴……」

「具合が悪いのか?」

「大したことはありません」

「世話が焼けるやつだ」

「その台詞《せりふ》、久しぶりに聞きました」

熱にうなされながら、うれしそうに笑うラオンを見て、ビョンヨンは少し腹が立った。

「何も言うな」

ラオンはへへっと笑い、熱冷ましに冷たい水でも浴びてこようと起き上がった。だが、半ば起き上がったところで眩暈《めまい》がした。

「どうした？」

「支度をして、仕事に行きます」

「まだ夜中だ。もう少し横になっていろ」

ビョンヨンは引き留めたが、ラオンは行くと言って聞かなかった。ビョンヨンは仕方なく、ラオンの肩を押さえて無理やり寝かしつけた。

「ゆっくり寝ていられないのです。今日から忙しくなるので、上からもいつもより早く来るように言われています」

「少しくらい遅れても誰も何も言わん。だから、黙って寝ろ」

ビョンヨンに押さえつけられているうちに、ラオンも瞼が重くなってきた。体がだるく、寒気までしてきて、がたがたとあごが震えた。布団に潜り込みたかったが、もはや掛け布団を引き上げる力もない。すると、見かねたビョンヨンが、首元まで覆うように掛け布団をかけてくれた。

キム兄貴……。

目を閉じていても、ビョンヨンが布団をかけ直してくれたのはわかった。ラオンは目を閉じたまま微笑んで、不意に悲しそうに言った。

「キム兄貴」

「……………」

「私に、あまり優しくしないでください」

「急にどうした？」

「あまり優しくされると、何でもかんでも甘えたくなって、いけません」

「……………」

「風邪なんて、どうってことはありません。こんなもの、何日かすれば治ります。ご飯が食べられなくても平気です。丸々十日も何も食べられないことがありましたが、それでも倒れませんでした。でも、いつもそばにいてくれた人がいなくなるのは、死ぬほどつらかったです。あんな苦しい思いをするのは、もう嫌です。だから、これ以上私に優しくしないでください。キム兄貴、私に、優しくしないで……」

ラオンの声が小さくなっていった。体の熱に飲み込まれるように、ラオンは眠った。

そんなラオンの寝顔を見て、ビョンヨンは切なくなった。お前も、苦労したのだな。俺と同じように……いや、俺よりずっと、つらい思いをしてきたのだろう。

ビョンヨンは懐《ふところ》の中にしまってある文《ふみ》のことを考えた。ラオンが反乱を指揮した洪景来《ホンギョンネ》の子孫であることを示す証拠だ。だが、ビョンヨンが知った事実はそれだけではなかった。

俺は、どうすればいい？

ビョンヨンはじっとラオンの寝顔を見つめた。

「……ったく、世話が焼けるやつだ」


部屋の中の様子が、ぼんやりと浮かんできた。障子を通って入ってくる黄色い朝日。この明るい光が差し込む様は、いつ見ても胸が高鳴る朝の風景……。

などと悠長に目覚めを楽しんでいる場合ではなかった。

「遅刻だ！」

ラオンは飛び起きたが、目の前がひどく歪んだ。そして激しい眩暈《めまい》がして下を向くと、布団の上に何かが落ちた。手ぬぐいだった。それも、濡れている。

振り向くと、ビョンヨンは枕元に座ったまま、壁にもたれて眠っていた。

「キム兄貴……」

背中に感じる安心感。いつも後ろから見守ってくれる人がいる心強さを、ほかの何に例えよう。胸の奥が温かくなり、今すぐ表に駆け出して、私にもこんなに強い味方がいるのと、道行く人たちに自慢したくなる。

するとビョンヨンが目を覚ました。

「キム兄貴」

「もう起きたのか？　もう少し寝たらどうだ」

「一晩中、ここにいらしたのですか？　私のために、すみません」

「こういう時は、謝るより礼を言うものだ」

「ありがとうございます。おかげさまで元気になりました」

腕に力こぶを作って見せるラオンを、ビョンヨンはしばらく見つめた。

「お前は、わがままを言ったこともないのか？」

「わがままですか？」

「まだ子どもみたいな歳のくせに、どうしていつも気丈に振舞おうとする？　具合が悪ければ、悪いと言えばいい。無理に我慢する必要などない」

「キム兄貴、私は……」

急に熱いものが込み上げてきて、ラオンは喉元がぎゅっと絞めつけられた。それをごまかすように枕の布を触っていると、ビョンヨンが大きな手の平で額を押さえてきた。

「うるさい。黙って寝ろ」

ラオンを再び横にならせると、ビョンヨンは首元までしっかり掛け布団をかけて、また壁にもたれて目を閉じた。ずっとここにいるからと言うように、ビョンヨンはラオンの枕元を離れなかった。

七　世子《セジャ》の命令

「使節団はどの辺りだ？」

早朝から、東宮殿《トングンジョン》やその周辺まで入念に見回って、昊《ヨン》は影のように後ろに従うチェ内官に尋ねた。

「今朝、水原華城《スウォンファソン》を出たそうにございます。恐らく今夜中には漢陽《ハニャン》入りし、宿舎となる太平館《テピョングァン》に到着すると思われます」

「抜かりがあってはならない」

「心得ております」

「進宴《チニョン》の準備はどうだ？」

「一切を取り仕切る進宴庁《チニョンチョン》の官吏から宮人たちまで、一丸となって取りかかっており、あとは最後の点検をするだけだそうです。ご心配には及ばぬかと存じます」

「心配？　いや、むしろ楽しみだよ」

昊《ヨン》は笑みを浮かべ、チェ内官を振り向いて言った。

「先方から返事は聞けたか？」

「パク・トゥヨン様より、じきにいい知らせをお届けできそうだと言付かりました」

「そうか」

「いかなる木も、斧を振り続ければ倒れるもの。世子様《セジャ》におかれましては、安心して玉体を大事になさることだけをお考えいただくように、ともおっしゃっていました」

「前の判内侍府事《パンネシブサ》がそこまで言うなら、今度こそ期待していいということか」

昊《ヨン》は表情を明るくして、袖口から手の平ほどの大きさの本のようなものを取り出し、チェ内官に手渡した。

「此度の進宴《チニョン》の式次第を記した笏記《ホルギ》だ。進宴《チニョン》に参列する大臣の人数分、用意してくれ」

「かしこまりました」

「領議政《ヨンイジョン》が読む祝辞については、格別の注意を払って筆写するように」

「世子《セジャ》様、本当に実行なさるのですか？」

チェ内官は笏記《ホルギ》にさっと目を通し、心配そうに昊《ヨン》に尋ねた。すると、昊《ヨン》は東宮殿《トングンジョン》の門前に立てられていく帳《とばり》を見ながら言った。

「あとに引くわけにはいかないのだ」

昊《ヨン》の目には、揺るぎない決意が宿っていた。チェ内官はうなずき、丁寧に笏記《ホルギ》をしまった。眠る獅子が、いよいよ目覚めの時を迎えようとしているのだと思った。ここへ来るまで昊《ヨン》が歩んできた長い道のり。そして、これからの一歩一歩に、どれほどの重圧がかかるか計り知れない。それを知るだけに、チェ内官も覚悟を決めた。

それからしばらく、昊《ヨン》は東宮殿《トングンジョン》で開かれる内宴の準備状況を、一つひとつ綿密に確認して回った。そしてふと、チャン内官の姿を見つけて足を止めた。

あれは確か、驚異の記憶力を持ち、黄金の手を持つという宦官だ。

昊《ヨン》が見ていると、チャン内官の後ろからラオンが現れた。その様子から、チャン内官のあとを追いかけてきたことがわかり、昊《ヨン》は傍目にもわかるほどむっとした顔になった。チェ内官は何か気に障《さわ》ることがあったのではと案じ、昊《ヨン》の顔色をうかがいながら尋ねた。

「世子《セジャ》様、何か、お気に召さないことがございましたか？」

ところが、昊《ヨン》は短く、

「いや」

と答えるだけだった。

長年仕えてきた主の意中が読めず、チェ内官はますます不安になった。そんなチェ内官をよそに、昊《ヨン》は独り言を言った。

「あの二人、どうしていつも一緒にいるのだ？」

一体、何のことかと思ってチェ内官も昊《ヨン》の視線を追って見てみると、昊《ヨン》はチャン内官とラオンが前後に並んで歩いているのを見ていた。チェ内官は見てはいけないものを見たような気がして、慌てて頭を下げた。

「進宴《チニョン》が行われる間、ホン内官をお世話役に命じられたとうかがいました」

「ああ、そうだが」

「そのことで、チャン内官は世子《セジャ》様のお世話をする際の心得を、ホン内官に教えているようです」

すると、昊《ヨン》はさらに不機嫌そうに言った。

「それなら、僕に直接聞けばいいではないか。わざわざチャン内官に教わる必要があるか」

チェ内官は驚いた。世子昊《セジャヨン》といえば、宮中のしきたりを体現するような人物で、宮中の者たちの間では、呼吸さえも宮中のしきたりに従ってなさると言われているほどだ。その世子《セジャ》が、まだお役目もいただいていない小宦のことになると人が変わったように順序もしきたりも関係なくなってしまう。それに、今度は大事な進宴《チニョン》での補佐役まで任せてしまわれた。世子《セジャ》たっての希望とあって、仕方なく手筈を整えたが、世子《セジャ》が幼い頃から仕えてきたチェ内官にとって、最近の世子《セジャ》のすることは理解できないことばかりだった。

あの若い小宦は何者なのか。世子《セジャ》様はどういうおつもりであの者をご寵愛なさるのか。

内心、首を傾げながらラオンを見ていると、再び昊《ヨン》が言った。

「それにしても、ずいぶん顔色が悪いな」

「世子《セジャ》様、顔色がどうかなさいましたか？」

「いや、こちらのことだ」

昊《ヨン》はラオンの姿を見届けて、やはりむっとした様子でその場をあとにした。


一方、昊《ヨン》に見られていたことなど知る由《よし》もないラオンは、チャン内官と共に東宮殿《トングンジョン》の裏手に向かった。足取りに力はなく、いつ倒れてもおかしくないほどふらついている。その様子を心配して、チャン内官はラオンに言った。

「ホン内官、顔色が悪いようですが、どうしたのです？」

「お気遣いには及びません。軽い風邪を引いたのですが、おかげさまでよくなりました」

本当はずっと意識が朦朧としている。立っているのがやっとで、指先から体中の力が抜け出ていくようだ。

「それはいけませんね。ずいぶん悪いのではありませんか？」

「もう大丈夫です。ぐっすり寝て、だいぶ回復しました」

「それで今朝は遅れたというわけですか」

「申し訳ありません」

「いえいえ、謝ることはありませんよ」

チャン内官は人目を避け、ラオンを静かなところに連れていった。そして陽の当たる岩の上にラオンを座らせると、真剣な顔をして話を始めた。

「ホン内官、我々のような宦官に一番大事なことが何か、わかりますか？」

「一番、大事なことですか？」

「健康です。この宮中において、宦官が健康を失うということは、すなわち存在価値がなくなるということです。宮中は、使い道のなくなった宦官に優しいところではありません。ここで生き抜くには、何より健康で、使える存在になることです。ですから、我々にとって大事なのは、一に健康、二に健康なのです」

「肝《きも》に銘じます」

人を物のように言われるのは不本意だが、宮中に来た以上は従うほかに道はない。

「本当に、休まなくていいのですか？」

「ええ、大丈夫です。見てください、この力のみなぎった顔を」

ラオンは無理やり笑って見せた。すると、チャン内官は声を潜めた。

「では、先ほどの続きを話しますので、しっかり聞いてください」

「お願いします」

「此度の進宴《チニョン》で、ホン内官は世子《セジャ》様の補佐役という特別なお役目を仰せつかりました」

「はい」

「世子《セジャ》様がそのような特命をお下しになったのには、何かお考えがあってのことと思いますが、いくら何でもホン内官には時期尚早ではないかと思います」

「どういうことですか？」

「世子《セジャ》様の一番おそば近くでお仕えするということは、それだけホン内官が世子《セジャ》様のご寵愛を受けている証拠です」

「そんなことはありません」

温室の花の世子《セジャ》様は、ご自分の弱みを人に知られたくないだけだ。だが、世子《セジャ》の秘密を口外するわけにもいかず、ラオンは言葉を呑み込んだ。

「同じく世子《セジャ》様のご寵愛を受ける身として、私が忠告できることは」

ラオンは遠い空に、チャン内官の話をする時の昊《ヨン》の顔を思い浮かべた。あの嫌そうな顔を見る限り、チャン内官を気に入っているとはとても思えなかったが、チャン内官はなおも深刻そうな顔で話を続けた。

「ご寵愛を受けるということは、それだけ多くの人の嫉妬を受けるということです」

「嫉妬ですか？」

そんなことは考えてもみなかったので、ラオンはにわかに不安になった。

「私は、どうすればいいのでしょうか」

「案ずることはありません。私を誰だとお思いですか？　世子《セジャ》様のご寵愛を一身に受ける、黄金の手を持つチャン内官ですよ。世子《セジャ》様のご寵愛をいただいても周囲の嫉妬をかわせる、私の秘策をホン内官に特別に伝授して差し上げます」

「さすがはチャン内官様！」

ラオンの羨望の眼差しに気をよくして、チャン内官は大きく胸を張った。

「先ほど、東宮殿《トングンジョン》を見て回りながら、私が指さした場所を覚えていますか？」

「もちろんです。チャン内官様に教えていただいたのですから、簡単には忘れません」

「いいでしょう。その調子で、しっかり覚えていてください。五年も東宮殿《トングンジョン》に仕える中で見つけた特別な場所です。世子《セジャ》様にもっとも近い場所でありながら気づかれにくい、言ってみれば天恵の要塞のような場所です」

「そんな場所とは知りませんでした」

誰が就いても一年ともたない東宮殿《トングンジョン》に、チャン内官が五年もい続けることができたのは、その要塞があったおかげだった。世子《セジャ》が現れる頃になると、目につかないよう要塞に身を隠していたので、顔を覚えられずに済んだというわけだ。

「でも、その天恵の要塞を覚えてどうするのです？」

「宴の間、ホン内官は私が教えた要塞に身を潜めていてください。そこから様子をうかがって、世子《セジャ》様が必要となさる時だけ出ていくのです」

「チャン内官様、それはつまり？」

「決して目立ってはならないということです」

「………」

チャン内官の話は、お世辞にも尊敬できるものではなかった。世子《セジャ》に目をつけられないよう身を隠し、周囲の嫉妬をかわすため、やはり人目につかないよう細心の注意を払う。常に人の目を気にしてばかりで、以前のラオンなら聞く耳をもたなかっただろう。だが細く長く、平穏無事に宮中での三年間を生き抜くには、チャン内官の保身術、もとい処世術が必要だ。

「チャン内官様のお教え、深く胸に刻んでおきます」

「さすがはホン内官、おわかりいただけたようで何よりです。では、次に」

「はい」

「ここに、世子《セジャ》様のご起床とご就寝、朝食、昼食、夕食、そして夜食を召し上がる時刻に食べ物の好き嫌い、世子《セジャ》様に随行する際にホン内官が口にしてはいけない食べ物など、世子《セジャ》様に関することがすべて記されています。ここに書かれている内容を覚えておけば、大いに役立つはずです」

「わかりました」

「まあ、これさえ抑えておけば、此度の大役も難なくこなせるでしょう」

「本当に助かりました。チャン内官様がいてくださらなければ、私はどうなっていたかわかりません」

「そんなにかしこまらないでください」

「いいえ、心からお礼を言います」

「礼などいいのですよ。それより、ホン内官」

「はい」

「いえ、よしましょう。まだ本調子ではない人に、お願いするわけにはいきません」

「何です？　おっしゃってください」

「では、今すぐ東宮殿《トングンジョン》の庭園に行ってください」

「東宮殿《トングンジョン》の庭園に？」

「そこの管理を任されている尚苑《サンウォン》のキム内官が、今日は奥様のご実家の都合で宮中に来られないそうです」

「奥様のご実家とは、あの奥様ですか？」

ラオンは宦官に妻がいたことに驚いた。

「ええ、その奥様です」

「宦官に奥様の実家があるのですか？」

するると、今度はチャン内官が驚いて言った。

「ホン内官、ご存じなかったのですか？　宦官も家庭を持つことができるのですよ。宮中の外に暮らす出入番の宦官の中には、まれに妻を娶《めと》る人もいるのです」

宦官は奥が深い。しかし、宦官の夫婦とはどんな感じだろうと、ラオンは想像してみた。自分が知る家庭とはどこか雰囲気が違う気がした。

「宦官が結婚できるなんて知りませんでした。それで、チャン内官様、東宮殿《トングンジョン》の庭園に行って何をすればいいのです？」

「このところ日照り続きで、花や草木が枯れかかっているのです。すぐに水やりをしないと、宴の日を迎える前に枯れてしまうだろうと、キム内官が心配していました。ただ、水は井戸から汲んで撒くしかないそうなのです」

「そういうことでしたら、お任せください。今日のうちに蘇らせてみせます」

「広い庭園に一人で水を撒くのは無理だと、内侍府《ネシブ》に応援を頼んだのですが、あちらも人手が足りないようでマ内官に断られてしまいました。私が一緒にできればいいのですが」

「チャン内官様には、世子《セジャ》様の寝所の掃除がありますから」

「そうなのです。私がいないと、東宮殿《トングンジョン》は仕事が進まないもので」

「チャン内官様の黄金の手が憎いですね」

「まったくです。ほどほどが一番なのに、どうも私は何事もできすぎるようです」

チャン内官は愚痴だか自慢だかわからないことを言い、ふと振り向いて石のように固まってしまった。

「せ……世子《セジャ》様？」


チャン内官は慌てて頭を下げたが、昊《ヨン》はそれには目もくれず、射貫くようにラオンを見て言った。

「顔色がよくない」

すると、すかさずチャン内官が明るい声で言った。

「ホン内官は風邪気味だそうでございます」

「具合が悪いならなぜ休まなかった？　薬は飲んだのか？」

昊《ヨン》は心からラオンを案じていたが、それを悟られるのが嫌で、わざと憎まれ口を叩いた。

「ほかの者にうつしたらどうするつもりだ？」

すると、チャン内官は瞳を輝かせ、手まで振って言った。

「ご心配には及びません。わたくし、誰よりも丈夫ですので、風邪も逃げてしまいます」

「何かあってからでは遅い。今日は薬を飲んで、ゆっくり休むようにしろ」

昊《ヨン》は言ったが、ラオンは断った。

「わたくしは平気です」

「僕が平気ではないのだ」

「どういう意味です？」

思わず本音が口に出て、昊《ヨン》は慌てた。

「どういうって……進宴《チニョン》の間中、お前は僕の傍《かたわ》らにいるのだぞ。あいにく僕は、チャン内官ほど丈夫ではない。もしもだ、お前のせいで僕まで風邪を引いたら、どう責任を取るつもりだ？」

「それは……」

寝坊して遅れただけでも申し訳がないのに、このまま休めば周りに迷惑がかかる。ラオンは困ってしまった。すると、昊《ヨン》はそんなラオンを無視してチャン内官に話を振った。

「黄金の手を持つチャン内官とやら、そなたはどう思う？」

「わたくしのような愚か者が、何を申し上げてよいやら……」

昊《ヨン》に『黄金の手』と言われて、チャン内官は完全に舞い上がっていた。

「世子《セジャ》様の、おっしゃる通りでございます」

「見ろ、黄金の手を持つチャン内官もこう言っているではないか。宦官は、主君の健康を我が身のように大事にできなければならない。言い換えれば、宦官は我が身を主君の体と同じように大事にできなければならないということだ。わかったら、すぐに帰って回復に努めよ」

「今日はまだ、仕事が山のように残っているのです」

「安心しろ。お前の仕事くらい、ここにいる黄金の手を持つチャン内官が片付けてくれる」

ラオンは呆れて言葉も出なかった。いくらお人よしのチャン内官でも、ここまであからさまなよ、いしょに乗るはずがない。

ところが、チャン内官は上機嫌で相槌を打った。

「もちろんでございます。ホン内官は何も心配せず、資善堂《チャソンダン》に戻ってゆっくり休んでください。あとのことは、この黄金の手を持つ私が何とかします」

チャン内官はうれしそうに両手を開いて見せた。世子《セジャ》に褒められたのが、よほどうれしいらしい。呆気にとられるラオンを残して、チャン内官は跳ねるように東宮殿《トングンジョン》の庭園に向かって去っていった。後ろ姿までうれしそうなチャン内官を、ラオンは呆れ半分、申し訳なさ半分で見送った。

「ちょっとひどいのではありませんか」

チャン内官がいなくなると、ラオンは旲《ヨン》にちくりと刺すように言った。

「それは心外だな」

「調子のいいことを言って、わたくしの仕事までチャン内官様に押しつけたではありませんか」

「ではお前は、その体で仕事をするというのか？」

「これはわたくしの役目です。自分が楽をするために、仲間に迷惑をかけるわけにはいかないのです」

「宮中は柔軟性に欠けると怒っていたやつが、こういう時はどうしてこう堅物なのか」

「あの時は、母と妹が心配で気持ちに余裕がなかっただけです」

「母と妹を心配するように、少しは自分の体も労わったらどうだ」

「でも、これは違うと思います。考えてもみてください。わたくしのせいでチャン内官様の仕事を増やしてしまいました。申し訳なくて、チャン内官様に合わせる顔がありません」

頑として聞き入れようとしないラオンに、昊《ヨン》は軽い拳骨を食らわした。

「お前は何もわかっていない」

「痛いです」

「宮中は、厳しい上下関係で成り立っている。宮中での上下関係は、権力の大きさを測る尺度でもある。チャン内官は世子《セジャ》である僕の特命を受けて庭園の手入れをするのだ。特命とはすなわち、特別な寵愛に通じる。当然、チャン内官の立場も、それだけ強まることになる。これでも僕が悪いことをしたと言うのか?」

「ものは言いようとはこのことですね」

ラオンに睨まれ、昊《ヨン》は目を泳がせた。

「終わりよければすべてよしだ。おかげでお前は休める、チャン内官は特権を得た。まさに一石二鳥ではないか。つべこべ言わずに、帰って休め」

「………」

「何だ、その目は」

「みんなに、こうなのですか?」

「まさか」

ラオンは胸がふわりと浮くのを感じた。

「では、もしかして」

「お前は友だからだ」

私は友だから……。

温室の世子《セジャ》様は、何もおかしなことを言っていない。それなのに、友という響きが、なぜだか胸に突き刺さる。

ラオンはそれを悟られまいと、あえて旲《ヨン》を遠ざけるように言った。

「今後は、おやめください」

「どうして？」

「わたくしの祖父はよく言っていました。人にはそれぞれ、守るべき本分があると。わたくしは宦官です。世子《セジャ》様には世子《セジャ》様の、わたくしにはわたくしの本分があります。わたくしは、与えられた本分を果たしたいのです。世子《セジャ》様が、それでもわたくしの本分をおわかりいただけないのなら」

「どうするというのだ？」

「わたくしも黙っていません」

ラオンは自分なりに凄んでみたが、その似つかわしくない姿に旲《ヨン》は笑ってしまった。だが、すぐに真顔になって、少し怖い口調でラオンに言った。

「それは、僕への脅しか？」

旲《ヨン》の顔つきが変わったのがわかり、ラオンは怖くなった。できることなら、少し前に戻って自分が言ったことを取り消したかったが、ここで怯《ひる》めば旲《ヨン》の思うつぼだと思い、あえて強がった。すると旲《ヨン》は低い声でさらに言った。

「お前こそ、自分の本分を忘れるな」

「どういうことです？」

「僕が命じたことに黙って従う。それがお前の本分だ」

「…………」

「命令だ。今すぐ資善堂《チャソンダン》に戻れ」

何を言われるか内心ひやひやしていたラオンは、それを聞いて、肩透かしを食らった気分だった。すると、旲《ヨン》は懐《ふところ》から小さな木箱を取り出してラオンに手渡した。

「これは？」

「開けてみろ」

言われるままに開けてみると、中には親指の爪ほどの大きさの丸薬が入っていた。

「薬ですか？」

鼻を近づけて嗅ぐと、清涼でかすかに苦みのある香りがした。その香りを嗅いだだけで体の中に気が巡るようだった。旲《ヨン》が懐《ふところ》に忍ばせているということは、貴重な薬に違いない。ラオンは薬をじっと見つめ、妹のダニを思った。

すると、何を思ったのか、旲《ヨン》は突然、木箱を取り上げてしまった。

「何をなさるのです」

「やはりだめだ。お前に渡すべきではなかった」

「ひどいではありませんか。わたくしの祖父はよく言っていました。この世で一番悪いのは、一度あげたものを取り上げることだそうです！」

　まくし立てるラオンの口に、昊《ヨン》は丸薬を無理やり押し込んだ。ラオンの唇に、ひんやりとした昊《ヨン》の指先が触れた。ラオンは口を閉じるのも忘れて、驚いた目で昊《ヨン》を見つめるばかりだ。昊《ヨン》は腰を屈め、ラオンの口を無理やり閉じてささやいた。

「しっかり噛め。世子《セジャ》のために作られた貴重な薬だ」

「………」

　そんなに優しくしないで。

「これは命令だ」

昊《ヨン》はそう言って、涙ぐむラオンに微笑んだ。

八　どうして親切になさるのです？

「あんなに貴重な薬を、無理やり口に押し込むなんて信じられない」

ラオンはぶつぶつ言いながら、資善堂《チャソンダン》に向かって歩いていた。温室の花の世子《セジャ》様のすることは、いつもずれていて理解できない。そもそも、やり方が強引すぎるのだ。せっかくだからダニにあげたかったのに。できることなら、胃の中に入った薬を取り出して丸め直したいくらいだが、薬は口に入った途端、雪のように溶けてなくなってしまったから、それも叶わない。

だが、本当は旲《ヨン》の気遣いがありがたかった。仕事を休むわけにはいかないので平気なふりをしていたが、実のところ立っているのもやっとだった。気力で何とか保っていたが、薬をいただいてからは鉛のように重かった体も幾分軽くなり、腕や足のだるさもだいぶ和らいだ。このまま布団に潜り込んだら、ぐっすり眠れそうだ。資善堂《チャソンダン》までもう少し。あともう百歩、頑張れば、ふかふかの布団が待っている。

ラオンはそう自分を励まして、一歩一歩、気力を振り絞って歩いた。

ところが、ようやく資善堂《チャソンダン》に差しかかったところで、門前に中年の女人がいるのが見えた。濃い緑色の唐衣《タンウィ》を着た、尚宮《サングン》と思しき女人だ。ラオンに気がつくと、女人は足早に駆け寄ってきた。

「資善堂《チャソンダン》のホン内官というのはお前か？」

女人はひどく慌てている様子で、ラオンは嫌な予感がした。

「ホン・ラオンは私ですが、あなた様は？」

「明温公主《ミョンオンコンジュ》様に仕えるハン尚宮《サングン》だ。公主《コンジュ》様がお前をお待ちだ。ついてまいれ」

ほっとしたのもつかの間、ラオンはやはりこう来たかと思った。具合が悪いからといって、ゆっくり休める星の下に生まれなかったことを思い出した。ラオンは何用かと尋ねることもなく、黙って尚宮《サングン》のあとに続いた。

今度はどんな理由でお呼びになったのだろう。池に落ちた時の、助けを拒んだ明温公主《ミョンオンコンジュ》様の姿が思い出される。あの様子では、簡単に許してもらえそうにない。それに、尚宮《サングン》を直々に使わせるのだから、よほどのことに違いない。

ラオンの胸は重く沈んだ。


「公主《コンジュ》様、ハン尚宮《サングン》でございます」

「入れ」

ハン尚宮《サングン》がうかがいを立てると、部屋の中から明温《ミョンオン》の明るく張りのある声が聞こえてきた。続いて、音もなく部屋の戸が左右に開き、部屋の中の様子が見えた。明温《ミョンオン》は華やかな薄桃色の唐衣《タンウィ》を着て分厚い敷物の上に座り、その前に赤い文官服姿の男が座っている。

今度は何をするつもりなのか、それに、明温《ミョンオン》と一緒にいる見慣れない文官服姿の男は誰なのか、ラオンが戸惑っていると、ハン尚宮《サングン》がそれに気がついて、

「何をしている。早く中に入らぬか」

と、ラオンを急かした。

「はい」

仕方なく部屋に入ると、後ろから膳を抱えた女官が二人、続いて入ってきた。女官たちは茶や茶請けを乗せた膳を明温《ミョンオン》と文官の男の前にそれぞれ置いた。明温《ミョンオン》は運ばれてくる膳を見るふりをして盗み見るようにラオンを見て、一瞬、喜色を浮かべたが、すぐにつんとした顔をして膳に視線を戻した。男はそれに気づいて淡い笑みを浮かべて言った。

「お客様とは知らず、お邪魔をいたしました」

男の笑顔は穏やかで、優しそうな印象だ。

「お邪魔だなどと」

明温《ミョンオン》は男にそう言って、ラオンに顔を向けた。

「お前は茶を淹れるのが得意だそうだな」

「わたくしのことでございますか?」

ラオンは驚いて、ハン尚宮《サングン》や女官たちに目で助けを求めたが、皆、知らぬふりをして、むしろできると言え、できなくても得意と答えるのだと、無言の圧力をかけてきた。

公主《コンジュ》が宦官を自分の部屋に招き入れるのは普通のことではないため、先にいた客人に怪しまれな

いよう、明温《ミョンオン》なりにそれらしい言い訳を考えたらしかった。

女官たちの様子からそれを感じ取り、ラオンは蚊の鳴くような声で、

「それほどではございません」

と、渋々答えた。

「楽しみだ。さっそく、お手並み拝見といこう」

膳の上には急須や建水《けんすい》、茶入れ、茶杓《ちゃしゃく》など、茶道具一式がそろっている。ラオンは覚悟を決めて、大きく息を吸った。せめてもの救いは、幼い頃に一緒に暮らしていた祖父がお茶好きだったおかげで、茶器の扱いに多少の心得があることだ。

ラオンは当時の祖父の手つきを思い出しながら茶を淹れ始めた。

まず湯を沸かし、茶道具を並べて茶器を温め、茶を淹れる。意外に心得のありそうなラオンの所作に、さすがの明温《ミョンオン》も居住まいを正した。本当は、ラオンに茶の手ほどきをする体で長く引き留めておくつもりだったのだが、あれよあれよという間に青々とした茶が白い湯呑みに注がれた。ちょうどいい塩梅に色づいた茶を、ラオンはまず明温《ミョンオン》の前に差し出した。

「お口に合えばよいのですが」

明温《ミョンオン》はそれを手に持ち、ひと口、口に含むと、目を張った。

「おいし……」

思わず本音が出そうになり、明温《ミョンオン》はしまったという顔をして湯呑みを下ろした。

「悪くない」

「恐れ入りましてございます」

明温《ミヨンオン》は冷たい眼差しを下に逸らしたまま、ラオンに尋ねた。

「茶は、どこで習った？」

「祖父に教わりました」

「お祖父様の教え方がよかったのだな」

「背中越しに見て覚えた程度でございます」

「それは器用なことだ。このところ茶の味が芳しくなくてもどかしく思っていたが」

「公主《コンジュ》様も、お茶をお好きなのですか？」

「暇な時に嗜《たしな》む程度だ」

「それでしたら、お粗末ではございますが、わたくし、これからはこちらにうかがって、お茶を淹れて差し上げたいのですが、いかがでしょうか？」

ラオンは開き直って明温《ミヨンオン》の懐《ふところ》に入ることにした。宮中にいる以上、明温《ミヨンオン》を避けて暮らすことはできない。ならばいっそのこと正面からぶつかってみよう。こんなふうに顔を合わせていれば、そのうちわだかまりも消えていくかもしれない。

そんなラオンの胸中を知ってか知らずか、明温《ミヨンオン》は仕方がない、という感じでラオンの提案を受け入れた。

「お前がそうしたいのなら、構わぬ」

「心を込めて、お淹れいたします」

明温《ミョンオン》は顔がにやけてくるのを堪えた。茶の香りが豊かに鼻腔に広がる。いつもと同じ茶葉のはずだが、今日は殊《こと》のほか甘く感じられる。

「公主《コンジュ》様のおっしゃる通り、まこと、おいしゅうございますな」

向いに座る男が穏やかに言うと、明温《ミョンオン》は一瞬、不快な顔をした。せっかくの楽しみを邪魔する男が気に入らず、顔に出すまいと思ったが、うまくいかなかった。

露骨にそんな顔をされれば、普通ならいい気はしないものだが、男はいっそう優しく微笑んだ。

「何か?」

「中殿《チュンジョン》様より、公主《コンジュ》様が床に伏せていらっしゃるとうかがい心配しておりましたが、すっかりお元気になられたようで安心いたしました。それでつい、顔がほころんでしまい」

「母上ったら、大げさなのよ」

魅力的な笑顔を持つこの男の名は、キム・ユンソン。明温《ミョンオン》の母方の従兄弟に当たる男だ。長い間、清国に留学していたが、このほど朝鮮に帰ってきたという。明温《ミョンオン》の母中殿《チュンジョン》はユンソンの叔母に当たり、この日は叔母に帰国の挨拶をするついでに明温《ミョンオン》のもとを訪ねていた。

だが、明温《ミョンオン》にとっては迷惑な客でしかなかった。急に訪ねて来られて、ラオンと二人きりで過ごすはずの楽しいひと時を邪魔されたのだ。人の目があっては、素直にラオンに微笑むこともできず、うれしいはずがなかった。

「もう、あちらに行かれることは?」

「ええ。故郷を離れて丸十年、さすがに里心が湧いてしまいました」

「それは、母上が喜びます」

ユンソンは明温《ミョンオン》とラオンの顔を代わる代わる見て、少し意地悪に言った。

「公主《コンジュ》様は、喜んでくださらないのですか?」

「そんなこと……うれしくないことはありません」

明温《ミョンオン》がつんと澄まして言ったので、ユンソンは今度は声を出して笑った。

「今度は何です?」

「本当に愛らしい方だ」

「愛らしい?」

「公主《コンジュ》様は、あの頃も今も、何も変わっていらっしゃらない」

「変わっていませんか?」

「正直な方とでも申しましょうか」

ユンソンはそこでもう一度、ちらとラオンを見て席を立った。

「もうお帰りですか?」

明温《ミョンオン》はつい顔を赤らめてしまい、慌てて残念そうな表情を作った。

「久しぶりですのに、もう少しいらしたら?」

だが、ユンソンは、穏やかに笑って断った。

「私はそこまで鈍い男ではありません。元気なお姿を拝見できましたので、邪魔者はこれにて失礼いたします」

「邪魔者だなんて、そのような寂しいことを」

そう言いながらも、明温《ミョンオン》はもう立ち上がって見送る支度をしている。ラオンもユンソンを見送るために立ち上がったが、その顔は青ざめていた。客人まで追い払ったとなると、なかなか帰してもらえそうにない。だが、今日は部屋の中なのでまだましに思えた。ここには池も剣を提げた護衛もいない。水の中に落ちることも、命を脅かされることもなさそうだ。

「これでやっと始められる」

ユンソンの見送りを終えて明温《ミョンオン》が戻って言った。一体、何を始めるのかと警戒していると、明温《ミョンオン》のあとから十人余りの女官たちが一列になって入ってきた。女官たちはそれぞれに茶器を乗せた膳を抱えている。ラオンは絶句した。

「公主様《コンジュ》……これは、何でございますか？」

「お茶だ」

「すべて、お飲みになるのですか？」

「言ったであろう？　私は暇な時には茶を愉しむのだ」

明温《ミョンオン》はラオンから目を逸らしてそう言うと、分厚い敷物の上に腰を下ろした。

ラオンは胸の中で天を仰いだ。せめてもの救いは、明温《ミョンオン》が茶を楽しむのは暇な時だけということだ。もし趣味にでもしていたら、どうなっていたことか。考えるだけで気が重くなる。いやはや、宮中は何一つ楽ではない。

明温《ミョンオン》はその後、七種類の茶葉を急須三杯分も飲み干して、ようやくラオンを帰した。特に何を話したわけでもなく、ただ茶を淹れ、淹れられた茶を飲むという、非常に居心地の悪い時を過ごしただけだ。ラオンは終始緊張しっぱなしで、宝慶堂《ポギョンダン》を出る頃にはぐったりしていた。

「長い一日だった……」

辺りはすでに暗くなり始めている。やっと帰れると安堵した途端、足元がふらついた。ずっと座っていたので脚がむくんでいる。少し揉もうと下を向くと、急な眩暈《めまい》に襲われた。明温《ミョンオン》の前では気が張っていたので忘れていたが、今日は体調が万全ではなく、それがほっとした途端、疲れと共に一気に出たようだった。

「どうかなさいましたか?」

するとと、どこからか男がやって来て、ラオンに手を貸した。ラオンが顔を上げると、男は先ほど明温《ミョンオン》の部屋で見かけたユンソンだった。明温《ミョンオン》の部屋で見た時と同じ、穏やかな微笑みを湛えている。その甘く優しい笑顔は、見ているだけで心がほろほろと溶けてしまいそうだった。だが、今はうっとりしている場合ではない。ラオンは押し退けるようにしてユンソンから離れた。

「だ、大丈夫です。ご面倒をおかけいたしました。ありがとうございます」

「どこか悪いようですが」

「いいえ、何ともありません」

ラオンは周囲を見渡して、休めそうなところを探し、殿閣の石垣に向かって、おぼつかない足取りで歩き出した。ユンソンは一旦はその場を立ち去ったが、すぐに水を持って戻ってきた。

「少し喉を潤してください」

「ありがとうございます」

喉がからからに渇いていたラオンは、ユンソンがくれた水をひと息に飲み干した。

「はあ、生き返った」

水を飲むと、ようやく生きた心地がした。ぼんやりしていた頭も、心なしかすっきりしたようだ。

「それから、これを」

ユンソンは匂い袋をラオンに差し出した。それは、家を出る時、ラオンの妹のダニが持たせてくれた匂い袋だった。

「用事を思い出して宝慶堂《ポギョンダン》に戻る途中に見つけました。もしやと思い拾いましたが、あなたの物ではありませんか？」

「ありがとうございます。大事な物を失くすところでした」

ラオンは匂い袋を受け取り、頭を下げて礼を言った。

「顔を上げてください。とても大切な物のようですね」

「私の宝物です。妹が一針一針縫って、作ってくれたものですから」

「綺麗だ」

ラオンはどきりとなってユンソンを見つめた。

「その匂い袋です。実に美しい」

「そ、そうですよね？　妹には裁縫の才能があるようです。これほど美しい匂い袋は私も初めてです。私が持っているのがもったいないくらい」

ラオンが妹の自慢をするのを、ユンソンは優しく微笑みながら聞いていた。穏やかな微笑みは、端正な顔立ちによく似合う。ユンソンが笑うと、辺り一面がきらきらと輝いて見えてしまう。普通の女人なら、それだけでぽーっとなってしまいそうなものだが、ラオンは普段から昊《ヨン》とビョンヨンで見慣れていることもあり、特に気に留めることなく匂い袋を大切に懐《ふところ》にしまった。

身分の高い男は偉そうで、自分より立場が下の者には人を人とも思わない態度を取る場合が多いが、ユンソンはまるで違った。世の中には奇特な人もいるのだなと思った時、ふと懐《ふところ》からはみ出た匂い袋の紐が目についた。結び目が解けたにしては、紐の先が不自然だった。まるで鋭利な刃で切られたような切り口をしている。ラオンは不審に思った。

「その持ち主も、実に美しい。官服を着ているのが惜しいくらいです」

ラオンは顔色を明るくして、ユンソンに振り向いた。

「今、何と？」

聞き間違えかと思って聞き返したが、ユンソンはそれには答えず、代わりに手を差し出した。

「送ります」

「いえ、結構です」

「遠慮をなさらずに」

「自分で歩けますので」

「そうは見えませんが」

「本当に、お構いなく」

ラオンに頑《かたく》なに拒まれ、ユンソンは仕方なく手を下ろすと、ラオンの後ろを影のようについて歩いた。

「あなた様は、どちらへ？」

「帰るのを見届けてから行きます」

「どうして、そこまでなさるのです？」

「心配なだけです」

「ですから、なぜそこまで心配してくださるのかと、うかがっているのです」

「足元がふらふらしているではありませんか。それで心配するなと言う方が無理というものです」

「それなら、ご安心ください。もうよくなりましたから」

親切はありがたいが、ラオンにはどうも居心地が悪かった。子どもの頃から男装をして、荒々しい男たちの中で生きてきて、男らしい振る舞いもその時に身につけた。周囲の男たちは、誰も、そんなラオンを女と思うことはなかった。

ところが、今、目の前にいる男は、これまで見てきた男たちとは振る舞いも印象もまるで違う。この感じ……思い過ごしだろうか？

「本当に、もう平気です。どうかお行きください」

ラオンは努めてはきはきと言い、力強く歩き出した。だが、少し進んだところで急に目が回り、頭がぼうっとしてきた。薬のおかげで一度は下がった熱が、また上がってきたようだ。

「ほら、ご覧なさい。これでどう安心しろと言うのです」

ユンソンはとっさにラオンを支えた。

「本当に、大丈夫です」

「あなたはそうでも、私が平気ではありません」

ユンソンはラオンの様子を確かめて、心配そうに言った。

「熱はなさそうだが、これでは歩けないでしょう。もしや、効き目の強い煎じ薬でも飲みましたか?」

ええ、飲まされましたよと、ラオンは胸の中で言い返した。それも、王族しか飲むことのできない、貴重で贅沢な丸薬を。でもまさか、ここまで強い薬とは知りませんでした。

「薬は用法をよく確かめた上で飲むことです。効き目のいい薬の中には、眠気や軽い節々の痛みを伴う場合がありますから」

なるほど。だから世子《セジャ》様は早く帰って寝ろと言ったのか。できればそうしたかったが、明温公主《ミョンオンコンジュ》様から急な呼び出しを受け、休むどころではなかった。もちろん、事情を知らない公主《コンジュ》様を恨むつもりはないけれども。

「ほ、本当に、結構です」

ユンソンの体温が伝わってきて、ラオンは戸惑いを隠せなかった。ところが、ユンソンは強く肩を抱いて離そうとしない。この人は一体、どういうつもりなのだろう。

「どうして私に親切になさるのです？」

「子どもの頃、人には親切にするように教えられました」

「誰に対しても、ですか？」

するとユンソンは初めて真顔になった。

「まさか。男が無条件に親切にできるのは、女人に限ります」

ラオンは言葉を失った。動揺するラオンに気づいているのか、気づいていないのか、ユンソンは話を続けた。

「最初は確信がありませんでしたが、やはりそうでした」

「そ、そうでしたとは……」

ラオンは声が震えた。

すると、ユンソンはそれには答えずに言った。

「一つ、うかがいたいことがあります」

「何でしょう」

「女人の身で、どうして宦官になったのです？」

目の前の景色にひびが入り、がらがらと崩れ落ちるようだった。

この人、私が女であることに気づいてる。

九　ただし、条件があります

うなだれて歩くラオンの肩に、煌々と光る月明りが降り注いでいる。

「こんなに綺麗だったっけ」

月を見るのは、今日が最後かもしれない。これが人生最後の夜になるかもしれないと思うと、資《チャ》善堂《ソンダン》の中を歩く足取りも重くなった。

『女人の身で、どうして宦官になったのです？』

先ほどの男の声が耳元に響いた。その時は否定したが、あの様子を見る限り、まるで信じていないだろう。あちらは最初から、私を女だと確信したうえで聞いてきた。単純な好奇心なのかもしれないが、今思えば、あの男の微笑みは何もかも見透かしているようだった。

どうしてわかったのだろう。いや、それより今、重要なのはこのあとのことだ。女と気づいた以上、あの男が黙っているとは思えない。きっと今夜のうちに内侍府《ネシブ》の監察役たちが私を捕まえに来るに違いない。

「母さん、ダニ……」

今なら逃げられる。でもそんなことをしたら家族に迷惑がかかる。このままじっと、処分を待つしかないのだろうか。

ラオンは虚ろな目で資善堂《チャソンダン》の部屋の中を見渡し、敷きっぱなしの布団を指で撫でて、そのままごろんと転がった。この温かい布団で寝るのも、これが最後になるかもしれない。

ふと見ると、梁《はり》の上にビョンヨンの後ろ姿が見えた。

「キム兄貴！　いらっしゃったのですか？」

ここを去ることになったら、一番会いたくなるだろうキム兄貴とも、今日でさよならするのかな。ラオンの脳裏に、資善堂《チャソンダン》での出来事が走馬灯のようによぎった。

初めて資善堂《チャソンダン》に配属された日、ビョンヨンを幽霊と勘違いして怒られたこと。月夜に酒を酌み交わしたこと。府院君《プウォングン》の屋敷で野鶏を捕まえてくれたビョンヨンの姿まで、蒔絵のように頭の中を流れていく。

「キム兄貴」

どうやら知られてしまったようです。私は、どうすればいいですか？

胸の中で尋ねても、ビョンヨンは背を向けたまま振り向きもしない。その無情な背中に向かって、ラオンは先ほどより大きな声で話しかけた。

「キム兄貴、実は……」

事実を打ち明けて、助けを乞いたかった。キム兄貴ならきっと理解してくれるはずだ。だが、そうは思っても、口に出すにはかなり勇気がいる。

「やっぱり、何でもありません」

ラオンは諦めて口をつぐんだ。珍しく沈黙が続いたので、ビョンヨンは気になって顔だけ振り向いてラオンに言った。

「何かあったのか？」

「いいえ、何もありません」

ラオンは再び黙り込んだ。いつもなら聞いてもいないことまで矢継ぎ早に話してくるのに、今日は様子が変だ。ビョンヨンは心配になり、ラオンに話しかけた。

「まだ風邪が治らないか？」

「風邪は、キム兄貴が介抱してくださったおかげで、だいぶよくなりました。温室の花の世子《セジャ》様からも貴重な丸薬をいただいて、この通り、ぴんぴんしてます」

「世子《セジャ》様が？」

ビョンヨンはわずかに顔色を変えた。再び沈黙が流れたが、それは二人の間に流れたもっとも長い沈黙だった。

「キム兄貴」

しばらくして、ラオンは言った。

「……………」

「私はキム兄貴が好きです」

「急に何だ？　試験勉強の相手は終わったぞ」

「勉強を見ていただいたからではありません。私はただ、キム兄貴が好きなのです」

私にも、兄や父ができたようで、どんなに心強かったかわかりません。

「前にも言いましたが、信じていただけていないようなので、もう一度言います。ほかのことは信じられなくても、私がキム兄貴を好きでいることだけは、信じてください」

今、女であることを打ち明ければ、ビョンヨンは騙されたと思うかもしれない。そんなつもりは決してなかったが、うそをついたことに変わりはない。それが、ラオンの胸を余計に苦しくさせた。だからせめて、旲《ヨン》とビョンヨンに対する自分の気持ちに偽りがないことだけは、伝えておきたかった。

「くだらないことを言っていないで、早く寝ろ」

こんな時も、ビョンヨンの言い方は相変わらずぶっきらぼうだ。いつもなら拗《す》ねるところだが、今夜はこの武骨な物言いさえ胸に染みる。

「そうします」

喉の奥が、煙を吸い込んだ時のようにつまり、鼻先がつんとした。涙が出そうになって、ラオンは慌てて頭から布団を被った。これが資善堂《チャソンダン》で過ごす最後の夜になると思うと、なかなか寝つけそうになかった。

だが、疲れ切った体は、すぐに睡魔に飲み込まれていった。

こんな時も眠れるのだなと、意識が途切れる間際にラオンは思った。我ながらいい神経をしている。

布団に入ったと思ったら、ラオンはもう寝息を立てている。昊《ヨン》からもらった丸薬が効いて、布団に入るなり眠ってしまった。

寝息が聞こえると、ビョンヨンは梁《はり》の上から飛び下りて、ラオンの額に手を置いた。

「熱は下がったようだ」

体調が優れないのに仕事に行くというので心配していたが、これでひと安心だ。だが、何があったのか、寝顔まで優れないのが気がかりだった。ぐっすり眠るラオンをしばらく見つめて、ビョンヨンは梁《はり》の上に戻ることにした。ところが、ラオンの額から手を離そうとした時、

「母さん……」

ラオンの痩せた白い手が、ビョンヨンの手をつかんだ。目を覚ましたのかと思ったが、ラオンは眠ったままだった。怖い夢でも見ているのか、苦しそうな顔をして、ビョンヨンの手を離そうとしない。まるで頼みの綱でも握るように必死につかんでいる。

「母さん、嫌……私、家に帰りたい。家に帰らせて。母さんとダニと、一緒にいたい……」

ビョンヨンはラオンの枕元に座り直した。

「今夜も眠れそうにないな」

薄く開いた東の窓の隙間から月明りが差し込んで、ラオンの顔を照らしている。闇に浮かぶラオンの白い顔を見つめ、ビョンヨンは宙に視線を投げた。

「世話が焼けるやつだ」

遠くから聞こえる音に目を覚ますと、いつもと同じ風景が目に入ってきた。早朝の光が青く染みる障子を見ながら、ラオンは首を傾げた。

夜のうちに捕まえに来るだろうと思っていた役人たちの姿はどこにもない。あの男、内侍府《ネシブ》に申し出なかったのだろうか？　外の状況はわからないが、確かなのは、昨晩は何も起こらなかったということだ。そして、もう一つ。

「遅刻だ！」

ラオンは飛び起き、大急ぎで身支度をして東宮殿《トングンジョン》に向かった。今日から学び舎《や》へは寄らずに、まっすぐ東宮殿《トングンジョン》に行って日課をこなすよう命じられている。

走って東宮殿《トングンジョン》に行ってみると、幸いにも皆、宴や使節を迎える準備に追われていて、誰もラオンの遅刻に気づいていなかった。旲《ヨン》はすでに重熙堂《チュンヒダン》にいて、講筵《カンヨン》の真っ最中だった。内官や大臣たちと一緒にいる旲《ヨン》は、ラオンが知っている旲《ヨン》とは別人のようだった。資善堂《チャソンダン》にいる時は、言葉数こそ少ないが、抜けたところも多く、親しみも感じるが、大勢の家臣に囲まれている時は、鎧のように威厳をまとい、近寄りがたい雰囲気を漂わせていた。鋭い刃のような儼乎《げんこ》たる世子《セジャ》の姿に気圧《けお》され、年上の大臣たちは顔を上げることもできずにいる。

初めて見る旲《ヨン》の姿に戸惑いながらも、しばらく遠目からその様子を見ていると、旲《ヨン》の供で重熙《チュンヒ》堂《ダン》に来ていたチェ内官がラオンに気がついて声をかけてきた。

「講筵《カンヨン》中に用事を申し付けることはない。終わるまで休んでいなさい」

ラオンは軽く頭を下げ、重熙堂《チュンヒダン》の裏手に向かった。そこにはチャン内官から教わった天恵の要塞がある。

ところが、その要塞には先客があった。ト・ギを含む小宦仲間たちだ。

「ト内官様！　皆さんおそろいでしたか」

「おお、ホン内官ではないか」

ラオンが声をかけると、ト・ギを挟んで右側に座るサンヨルが手を振った。左側のハ内官も会釈をしたが、ト・ギは膝に顔を埋めて頭を抱えたまま、ラオンを見ようともしなかった。

「ト内官様、どうかなさいましたか？」

いつもならト・ギの方から駆け寄ってきて、聞かれてもいないことをあれこれ話し始めるのだが、今日は明らかに様子がおかしい。ラオンが心配すると、サンヨルが困った顔をして手を揉みながら言った。

「実は……」

「何かあったのですか？」

ラオンは、ト・ギの肩を叩いて尋ねた。すると、ト・ギはしばらくして顔を上げたのだが、その顔を見て、ラオンは目をむいた。

「ト内官様！」

ト・ギは泣いていて、もともと膨《ふく》れていた両頬は、突けば破裂しそうなほど腫れ上がっている。

「そのお顔は、どうなさったのです？」

「ホン内官……」

「ト内官様、泣いていてはわかりません。落ち着いて、わけを話してください」

「実は、マ・ジョンジャの野郎が……俺が太平館《テピョングァン》にと……悪魔みたいなやつ……ソン内官も……」

ト・ギは泣きじゃくっていて、とても話を聞けそうになく、ラオンは隣のサンヨルに事情を聞くことにした。

「一体、何があったのです？」

すると、サンヨルは沈んだ面持ちで事情を話し始めた。

「昨夜遅く、清の使節が太平館《テピョングァン》に到着したのだ」

「もう到着したのですか？」

「ところが、使節の人数が聞いていたよりずっと多くて、太平館《テピョングァン》では人手が足りなくなってしまった。そこで、礼曹《イエジョ》から大至急、太平館《テピョングァン》に送る者たちの名簿を作るようにと内侍府《ネシブ》に話があったのだが」

「人手を増やすために、名簿まで作るのですか？」

「ホン内官は何も知らないのだな。使節が滞在する太平館《テピョングァン》で仕事をするということは、我々にとってはめったにない千載一遇の好機だ。使節と親しくなって悪いことはないし、使節と共に訪れる商人たちとも顔見知りになれるので、その時ばかりは朝鮮の名立たる商人たちが太平館《テピョングァン》の宦官にこぞって頭を下げるほどだ。そういうわけで、皆、太平館《テピョングァン》に行きたがる」

「それは知りませんでした。しかし、それと卜内官様と、何の関係があるのです？」

「卜内官も太平館《テピョングァン》に行きたいと志願していたそうだ」

「しかし我々小宦は、東宮殿《トングンジョン》に行くよう命じられているのではありませんか？」

「宴の間、世子《セジャ》様の補佐を預かったホン内官を除いて、ほかの小宦たちの仕事は昨日で終わっている。それに、今回は礼曹《イエジョ》の方から、太平館《テピョングァン》での仕事を任せる者は前回の試験の成績順で選ぶようにというお達しがあったので、卜内官は当然、自分も太平館《テピョングァン》で働けると思っていたのだが」

「もしかして、それが原因で？」

「それを、マ・ジョンジャのやつが邪魔をして、ほかの者を送ったのだ」

「マ内官様が？」

「礼曹《イエジョ》に出す名簿に、日頃からあいつが懇意にしている者たちの名前を書いたらしい」

「そんなことが許されるのですか？」

「マ・ジョンジャは誤って書いたと言っていたが……」

「それなら、正しく書き直せばいいではありませんか」

「そう思って、卜内官はソン内官様に直談判をしに行ったのだが、まったく取り合ってもらえなかった」

「どうしてです？」

「名簿はすでに礼曹《イエジョ》に渡っている。ソン内官様としても、内侍府《ネシブ》の手違いを礼曹《イエジョ》に知られるのは好ましくないと見て、次の機会にまた志願しろの一点張り。取りつく島もなかった。すると、その帰り道、自分の失敗をソン内官様に告げ口されたと思ったマ・ジョンジャが、この通り、両頬が腫れるまでト内官を叩いたのだ」

「では、このお顔は……」

泣き腫らしたのではなく、マ内官に叩かれたせいだったのか。

サンヨルが事の経緯を話していると、それを聞いてト・ギはさらに大きな声で泣き出した。ラオンは怒りが込み上げて、無意識に拳を握った。大事な仲間を傷つけられて、見過ごすわけにはいかない。

「泣いてばかりいてどうするのです!」

「だって……」

「顔が腫れるほど叩かれたのに、泣くことしかできないのですか!」

ト・ギは鼻をすすって言った。

「では、どうしろと言うのだ?」

「過ちは正すまでです。生き馬の目を抜く世の中とはいえ、自分の居場所を奪われて、黙っているわけにはいきません」

「そうは言うが」

「マ内官様の過ちを正す方法はないのですか? 尚膳《サンソン》様に申し上げるとか」

「尚膳《サンソン》様は大殿《テジョン》の方が忙しいのか、このところ一歩も外にお出になれない」

「ほかに手立ては?」

「一つ、あるにはあるが」

「何です?」

「礼曹《イエジョ》に行って、名簿を書き直すよう直談判するのだ」

「それなら、さっそく行きましょう」

「どこへ?」

「私の祖父はよく言っていました。貧しくとも、卑しくなるべからず。謙遜はしても卑屈になるべからず。そして、しなっても折れるべからず」

ト・ギは意味が分からず、つぶらな瞳をしばたかせた。

「つまり、礼曹《イエジョ》に行こうということです」

「礼曹《イエジョ》に?　本気か?」

サンヨルたちは驚いて飛び上がった。だが、ラオンの怒りは収まらない。

「このまま、手をこまねいて見ていているおつもりですか?　こんなところで人目を忍んで泣いている暇があったら、不当に奪われた機会を取り戻すために、少しでも動くべきです」

「ホン内官の言う通りなのだが……」

サンヨルは弱々しく、消え入るような声で言った。すると、ト・ギが立ち上がった。

「そうだ、ホン内官の言う通りだ」

そして、小さな両目を思い切り見開いて、皆に言った。

「礼曹《イェジョ》に訴えよう。俺たちの、この理不尽な状況を」

ラオンもト・ギに賛同した。

「そうです。私たちが声を上げなければ、誰も私たちの話に耳を傾けてなどくれません」

「みんなが行くなら、俺も行く！」

「一緒に行こう！」

落ちこぼれ小宦たちは立ち上がった。

ところが。

「行かないのですか？」

「ホン内官こそ、どうして行かないのだ？」

「先頭はト内官様かと」

「それは奇遇だな。俺もそう思っていた」

「そう思っていたとは？」

「俺も、ホン内官について行くつもりでいた」

ラオンはははは、と笑った。

「こんな時に譲り合いは無用です。後ろにいないで、ト内官様が先頭にお立ちください」

「いやいや、大義の前に俺のような小物がどうして前に出られる？　とても話にならんよ。ああ、ならん、ならん。このことはホン内官が先頭に立ち、その名を知らしめるべきだ。遠慮などしないで、先に行ってくれ。後ろには俺たちがついているからな！」

先ほどの勢いはどこへやら、誰も先頭に立とうとせず、その後もしばらく、誰が先頭に立つかを巡って、小宦たちの譲り合いが続いた。

「こうしていないで、いっそ我々の中から代表を選んで礼曹《イエジョ》に送るのはどうだ？」

「代表を選ぶ？」

ラオンが聞き返すと、いつの間に用意したのか、ト・ギがくじの入った筒を出してきた。

「ホン内官からだ」

少し躊躇《ためら》ったが、ラオンは筒の前に進み出た。そして三人に向かって言った。

「いいでしょう。引きます。その代わり、誰になっても恨みっこなしですよ」


「おめでとう、ホン内官！」

他人事だと思って！

後ろから、ト・ギに祝われ、ラオンは胸の中で言い返した。まさか自分が当たるはずがないと思っていたが、そのまさかが起きてしまった。

礼曹《イエジョ》の書庫の前に着くと、まるで断頭台に上がるような気分になった。太平館《テピョングァン》で働く宦官を任命する礼曹参議《イエジョチャミ》が、この書庫の中にいると聞いてやって来たのだ。

「ホン内官！　俺はホン内官の殺身成仁《さっしんせいじん》の精神を深く胸に刻み、いつまでも忘れないよ」

そんなことはどうでもいいから、役目を変わって欲しいとラオンは思った。

「それではホン内官、健闘を祈る」

ト・ギは最後にそう言って書庫の戸を開け、ラオンの背中を力一杯押した。ラオンが押された勢いで転ぶように書庫の中に入ると、背後で戸が閉められた。書庫の大きな本棚を見渡して、ラオンは長い溜息を吐いた。そして、古い紙と淡い墨の匂いを深く吸い込んだ。

「失礼いたします!」

ずらりと並ぶ本棚の間を猫足で歩いてのぞき、ラオンは礼曹参議《イエジョチャミ》を捜した。そして書庫の一番奥まで進むと、釣り戸の前に大きな机が現れた。机の上には本や書類が山のように煩雑に置かれている。

「どなたか、いらっしゃいませんか?」

ここに来れば礼曹参議《イエジョチャミ》に会えると確かに聞いてきたのだが、どれほど目を凝らしても、人影はおろか蟻一匹見当たらない。

「どなたか……いらっしゃいませんよね? ここにはいらっしゃらないようです」

外で耳をそばだてているだろうト・ギに聞こえるよう大声で言い、ラオンは書庫の中に向き直った。

「ご用ですか?」

「わあっ!」

急に声をかけられて、ラオンは腰を抜かしてしまった。声の方に目を向けると、机の下から、頭に埃をかぶった男がむっくりと顔を上げていた。

「これはすみません。驚かせてしまったようです」

服についた埃を払いながら、男は申し訳なさそうに言った。

誰だって驚くでしょうと、ラオンは胸の中で腹を立てた。本の山の中から人が出てくるなど、誰が思うだろう。

ラオンは気を取り直し、改めて男に向き直った。すると、ちょうどこちらを向いた男と目が合った。

「うわあああっ！」

男の顔を見たラオンは、先ほどとは比にならないほど大きな悲鳴を上げた。埃塗《まみ》れになりながら穏やかな笑みを湛えているのは、明温《ミョンオン》の部屋で会った文官の男だった。ラオンが女であることをひと目で見抜いた謎の男だ。

「あなたでしたか」

ラオンに気づくと、ユンソンはさらに大きく笑った。

「ど、どうしてあなた様が、こちらに？」

ユンソンは、驚くラオンが逆におかしいというように、

「礼曹参議《イエジョチャミ》が礼曹《イエジョ》の書庫にいるのが、そんなにおかしいですか？」

と言って、椅子に座り直した。

「それも、そうですね。礼曹参議《イエジョチャミ》様が礼曹《イエジョ》の書庫にいらっしゃるのは、何もおかしなことでは……って、ちょっとお待ちください。今、何ておっしゃいました？　どなたですって？」

「礼曹参議《イエジョチャミ》です」

ユンソンは爽やかに笑った。なんとも人の良さそうな笑顔だが、その笑顔を見せられて、ラオンが心穏やかでいられるはずがなく、拳で口を押さえ、心臓が飛び出そうになるのを堪えるのに必死だ。

あの男が礼曹参議《イエジョチャミ》だった。こぶを取りに来て、もう一つこぶをこしらえてしまった気分だ。ト・ギを助けるつもりが、自分から虎の穴に入る形になってしまった。余計なことをしたという後悔が波のように押し寄せてくる。困難にぶち当たるたびに糧にしてきた祖父の言葉も、この状況を救えそうにない。かくなるうえは……。

逃げよう。

ラオンは書類に見入っているユンソンに気づかれないよう、抜き足差し足で後退し始めた。一歩目は無事に、二歩目は少しひやっとしたが成功。ラオンはほっとして、三歩目を踏み出した。

「ところで、何の用事だったのです？」

「はい？」

声が裏返る。ユンソンは何やら熱心に書類に書き込んでいて、ラオンのことは見ていない。聞き間違いかと思っていると、ユンソンは顔を上げて言った。

「何のご用かと聞きました」

「ご、ご用と言いますか」

思いも寄らない再会に頭が真っ白になり、ここへ来た目的がすっ飛んでしまっていた。

この人は私が女であることを知っている。この人が何か言えば、私は首を刎ねられる。それなのに、その相手がよりによって礼曹参議《イェジョチャミ》ときた。頭がおかしくなりそうな心境だったが、ユンソンは相変わらずにこやかに言った。

「内侍府《ネシブ》の所属でしたね」

「え？　は、はい」

「ちょうどよかった」

ちょうどいいとは、どういう意味だろう。まさか……ラオンは恐ろしくなって震え出した。

「届けたいものがあって、人を呼ぼうと思っていたところでした」

ユンソンはまとめたばかりの書類をラオンに手渡した。

「内侍府《ネシブ》で、手違いがあったようです」

「手違い、ですか？」

ラオンは少しほっとした。

「礼曹《イェジョ》では、太平館《テピョングァン》に送る宦官を先の講経《カンギョン》試験の成績順に選ぶつもりでしたが、内侍府《ネシブ》にはそれがきちんと伝わっていなかったようです。まったくの候補外の者が推薦されていました。私が先日の成績を確認して名簿を書き直したので、間違いがないか確認してほしいのです」

「わたくしにですか？」

「清国から戻って間もないこともあり、宮中の事情に疎《うと》いものですから。今度こそ手違いがないように、ホン内官が名前を確認してください」

この人は、私の名前を知っている。

ラオンは体の底から怖くなった。名簿の書類を持つ手が震えてくる。名前を知っているということは、こちらのことを調べたということだ。

ラオンは怯える目でユンソンの様子をうかがった。だが、ユンソンは清々しく微笑んでラオンを見返し、ラオンが持つ名簿を指さして言った。

「確認、しないのですか?」

「は、はい」

新しい名簿には、マ内官に省かれたト・ギの名前がはっきりと記されていた。

「間違いありません」

「よかった。それでは、この名簿を内侍府《ネシブ》のソン内官に届けてください」

「……それだけですか?」

ほかに、私に言うべきことはないのですか?

「ほかに何か?」

ユンソンは再び机の上に積まれた書類に戻った。ユンソンの考えが読めず、ラオンはしばらくその場に立ち尽くしていたが、諦めて書庫を出ることにした。

「ああ、ホン内官!」

背後からユンソンに呼び止められ、ラオンは戸を半分ほど開けたまま石のように固まった。後ろから、ユンソンが近づいてくるのがわかる。息が上がり、頭がくらくらしてきた。ユンソンはラオンのすぐ後ろまで来ると、ラオンの耳元で低くささやいた。

「大事なことを忘れていました。昨日、私がした質問です」

乾いた唾を飲み込んで、ラオンは次の言葉を待った。

「やはりあれは、秘密にしておかないとまずいですよね」

ラオンは言葉が出なかった。

「あなたの秘密、守ってあげてもいいですよ」

思いもしないことを言われ、ラオンは振り向いてユンソンの顔を見つめた。朝の陽射しを背中に浴びて、ユンソンはラオンの目をのぞいてにこりと微笑んだ。春のように麗らかで、警戒心をも包み込んでしまうような優しい微笑み。安堵するラオンに、ユンソンは言った。

「ただし、条件があります」

十　気に入らない

中秋の名月を二日後に控え、清の使節は旗を翻《ひるがえ》して漢陽《ハニャン》の都に到着した。一行が滞在先の太平《テピョン》館《グァン》から王宮を訪れる時刻になると、宮中は旅の疲れを癒す下馬の宴のために目が回る忙しさだった。昌徳宮《チャンドックン》の正殿《チョンジョン》に当たる仁政殿《インジョンジョン》の前に大きな日除けが張られ、上座に王と王族が、広い庭には等間隔で設けられた品階石《プムゲソク》に沿って朝廷の大臣衆や清の使節らが座った。宴に出す料理を作る厨《くりや》では、待令熟手《テリョンスッス》と呼ばれる百人余りの料理人が大粒の汗を流しながら山海珍味に腕を振るい、下月台では掌楽院《チャンアグォン》の楽師たちが楽器を奏《かな》で、女伶《ヨリョン》たちが歌と踊りで宴を盛り上げている。

夜になると、宴の場は東宮殿《トングンジョン》に移された。重熙堂《チュンヒダン》の襖をすべて取り払って作られた宴席では、すでにほろ酔い加減の使節たちが、先ほどよりくつろいで酒と料理を楽しんでいる。朝廷の大臣たちも、幾分、緊張がほぐれた様子で大事な客人をもてなし、宴は首尾よく運んでいた。

そんな中、昊《ヨン》だけは終始、居住まいはおろか表情一つ崩すことがなかった。大国清の使節の中には、そんな世子《セジャ》の顔色をうかがう者や、あえて気づかないふりをする者もいた。昊《ヨン》の背後からその様子を見守るラオンは、内心、この方は疲れを知らないのだろうとか思った。

今回の使節団の目的は、清と朝鮮の文化交流にある。そのため、清の一行には歌や踊りの名手も多く同行していたのだが、そのうち女人は七人。それぞれに楽器や歌、踊りに秀でた才を持ち、おまけに一度見れば死ぬまで忘れられないであろう美人ぞろいだった。

その中に、一際目を引く美貌の持ち主がいた。赤い布地に華やかな金の牡丹の刺繍が施された晴れ着を着て、色とりどりの花の装身具を身にまとい、頭に翡翠の髪飾りをしているその女人は、昊《ヨン》を見てにこりと微笑んだ。

この、真っ赤な唇に妖艶な笑みを湛えている女人こそ、清国第五皇子の娘、ソヤン姫だ。清の諸侯国の姫君だけあって、周囲の視線はもちろんのこと、世子昊《セジャヨン》にも少しも怯《ひる》む様子がない。ソヤンは今回、清国一の琵琶奏者として使節に加わっていたが、昊《ヨン》への視線を見る限り、その目当ては別にあるようだった。

宴の間、ソヤンは艶やかな睫毛《まつげ》を伏し目がちにして頬にえくぼを作り、人目も憚《はばか》らず大胆に昊《ヨン》を誘惑した。見ているこちらが恥ずかしくなるほどの露骨な色目使いに当惑したのは、昊《ヨン》よりむしろラオンの方だった。清の女人たちは朝鮮の女たちとは雰囲気からしてまるで違った。喩《たと》えるなら朝鮮の女たちはひっそりと可憐に咲く春の花、清国の女たちは派手やかに咲き誇る夏の花といったところだ。おくゆかしさを美徳とする朝鮮の女たちとは違い、自分の本能に忠実で、気に入った男には堂々と積極的に誘惑しにかかる。元来が好色で、ましてや鮮やかな真夏の花のような女たちの誘惑を拒める男はそうはいない。ソヤンの大胆さには、そういう自信が裏打ちされているようだった。

ところが、おいたわしや麗しの姫君。世の中には常に例外が存在するものだが、よりにもよって温室の花の世子《セジャ》様に目をつけるとは。ラオンが思った通り、絶世の美女に好意を示されても、昊《ヨン》は眉一つ動かさない。それどころか周りに聞こえないよう、ラオンにそっと、

「あの女人は誰だ?」

と訝しむ始末だった。この世のどんな美辞麗句も及ばない器量好《よ》しのソヤンも、昊《ヨン》の目にはほかの女人たちと同様、見分けのつかない顔の一つに過ぎなかった。

「ソヤン姫様であられます」

「あれがソヤン姫か」

ラオンは溜息が出た。聞かれるのはこれで三度目だ。ここまで来ると、ソヤンが気の毒にさえ思えた。最初は女人の顔だけ見分けがつかないなどあり得るのかと半信半疑だったが、今では補佐役を立てた理由にもうなずけた。

使節として訪れた客の顔を覚えられないということは、単に笑い種になるだけでなく、相手国への無礼になりかねない。この致命的な弱みを持つ世子《セジャ》様が、母中殿《チュンジョン》様や妹君の明温公主《ミョンオンコンジュ》様の顔を覚えているだけ幸いに思える。

ソヤンは妖艶な微笑みを湛えたまま、窓の外に顔を向けた。時刻は亥の上刻(午後九時)に近づいていて、黒い絨毯を広げたような夜空には、丸い月が浮かんでいる。乳白色の望月を艶めかしい眼差しで眺め、ソヤンは再び昊《ヨン》の方を向いて言った。

「朝鮮の月は、本に美しゅうございますね」

鼻声がかったその声には、自信と期待の響きがあった。だが、昊《ヨン》はいつも通り、愛想なく受け答えた。

「どこからでも月は見えましょう。朝鮮の月だからと、特別なことはありません」

普通の女人ならここで脈なしと諦めそうなものだが、ソヤンは違った。

「今宵のような月夜には、昌徳宮《チャンドックン》がより一層美しいとか」

「清国の頤和園《いわえん》も、ここに負けないと聞いています」

「わたくしの目には、頤和園《いわえん》の月明りより、ここ昌徳宮《チャンドックン》の方がずっと美しく見えます。あの月明りを灯りにして散策ができたら、どんなにいいでしょう」

ソヤンはあろうことか、自分から旲《ヨン》を誘った。

琵琶奏者として使節に同行するよう父に命じられた時は、どうして自分なのかと文句を言いたいくらいだった。清とは格の違う小国朝鮮との文化交流など、何の意味があるのかとも思った。だが、朝鮮に来て下馬の宴に参列した世子《セジャ》李旲《イヨン》を見た瞬間、その不満が一気に吹き飛んだ。一目惚れという言葉では片付かない、ある種の運命めいたものを感じた。朝鮮に来たのは天のお導き、李旲《イヨン》という男と出会うためだったのだと瞬く間に信じ込み、ソヤンは滞在中に何としても旲《ヨン》を落とそうと心に決めた。それなのに、どういうわけか、どんな男もいちころの微笑みが一向に響かない。

いいわ、とソヤンは思った。わらわがこれくらいで引き下がるとでも思って？

「星降る池の水の輝き。月に照らされた花々。この目で見てみたいものですわ」

「それほどご覧になりたいのなら」

いよいよかと、ソヤンは固唾《かたず》を呑んで旲《ヨン》の次の言葉を待った。難攻不落と思われた男が、ついに自分に落ちる時が来たのだ。

「案内させましょう」

これにはさすがのソヤンも顔を引きつらせ、昊《ヨン》から離れていった。

ラオンは昊《ヨン》の耳元でささやいた。

「世子《セジャ》様、ちょっとひどいのではありませんか」

「何がだ?」

「ソヤン姫様はそういうことをおっしゃったのではありません」

月明りの夜、一緒に歩きたいと誘うのは相手に対する好意の表れであって、何も物見遊山をしたいと言っているのではない。温室の花の世子《セジャ》様がここまで鈍感な方だとは思わなかった。女人の顔を覚える覚えないの以前の問題だ。

すると、昊《ヨン》はふと微笑んだ。

「わかっているよ。僕を誘っていたのだろう?」

「お気づきだったのですか?」

「確かに、僕には女人の顔を覚えられないという非常に些細な弱みはあるが、だからといって好意に気づかないほど鈍い男ではない」

「でしたら、どうして気づかぬふりなどなさったのです?」

「あの女人と一緒にいたくないからだ。ほかに理由などあるものか」

「そんな」

ラオンには信じられなかった。ソヤン姫といえば、清国第五皇子の娘であり、身分も美貌も、昊《ヨン》の相手として申し分ない女人だ。

すると、旲《ヨン》は指さして言った。

「姫様のお戻りだ」

ラオンは驚いた。こっぴどく拒まれても戻ってくるソヤンにではなく、旲《ヨン》がソヤンに気づいたことにだ。この短い間に女人の顔を覚えられるようになったのか、それとも、ソヤンだから覚えられたのか……。

「まるで歩く装飾品だな」

そういうことかと、ラオンは拍子抜けした。旲《ヨン》はソヤンの顔ではなく、ソヤンが身につけている派手な服と宝石を覚えていただけだった。

ソヤンは自信に満ちあふれた笑顔で旲《ヨン》に一礼した。旲《ヨン》は黙ってうなずき、戻って来た理由を目で問いかけた。

「贈り物をお持ちしましたのに、うっかりしておりました」

ソヤンは夜空の月ほど明るく笑い、後ろの宦官に目配せした。清の宦官は長く大きな包みを下ろして旲《ヨン》の前に置いた。

「清の名立たる職人が、長い年月をかけ、真心を込めて作った玄琴《コムンゴ》でございます。世子《セジャ》様の奏《かな》でられる玄琴《コムンゴ》は、音色が殊《こと》に美しいとか。おうわさは清にも届いておりますものですから、皇帝が特別に作らせせました」

「そうですか」

旲《ヨン》は吟味するように玄琴《コムンゴ》を見た。華やかな装飾が施された龍頭と、洗練された鳳尾。まるで一幅の山水画のようだった。胴を流れる六筋の弦は、渓谷から流れ落ちる滝のような妖しい光を放っている。


「これは名品だ」

炅《ヨン》が唸ると、ソヤンはこれならと期待を膨らませた。

「世子《セジャ》様が奏《かな》でてくだされば、この玄琴《コムンゴ》の価値もさらに高まりましょう。評判の音色、わたくしにもうかがう機会をいただきとうございます」

「どこで何を聞いたのかは知らないが、お聴きいただくほどの代物ではありません。お粗末な音色を奏《かな》でてせっかくの宝の価値を損ねてしまっては心苦しい」

遠回しだが、つけ入る余地のない断り。だが、ソヤンはそれでも笑顔を崩すことなく、

「それでは、今日のところはこれで失礼いたします」

と言って重熙堂《チュンヒダン》を出ていった。その去り際、ソヤンの唇が震えていたのをラオンは見逃さなかった。

「世子《セジャ》様、女人の恨みは、夏にも霜を作ると申します」

「心得ている」

「でしたら、わざわざ恨みを買うようなことをなさらずとも、もっと上手なやり方があるのではありませんか？　相手は清の姫様です。特に興味がなくても、少しは喜ぶ素振りくらい見せて差し上げればいいのに」

小言を言うラオンを振り向いて、炅《ヨン》はきつく睨んだ。

「では何か？　お前は僕が自分の気持ちにうそをついて、好意のあるふりをすればよかったと言うのか？　僕がそういうふりをすることが、あの女人の望みとでも思っているのか？」

ラオンは返す言葉がなかった。何気ない一言にも傷つきやすく、うそでも好きと言われたいのが女心だ。だが、果たしてソヤン姫もそうだろうか。あの方の気の強さを考えれば、気遣われる方がかえって気持ちを傷つけかねない。女心を知り尽くしていると自負してきたが、今回は昊《ヨン》の方が上手に思えた。

それに、女が見ても魅惑的なソヤンに、昊《ヨン》が少しも惑わされないのが、ラオンはうれしかった。なぜそう思うのかは、自分でもわからなかった。女の心は、まだまだ謎だらけだ。

その後も宴は続いた。使臣たちはすでに腹が膨れていたが、次から次に供される料理の皿はすぐに空《から》になった。

昊《ヨン》は相変わらず居住まいを崩すことがない。皇帝の勅使であり、今回の使節団の正使を務める清国宦官の長、モク太監《テガム》でさえ、そんな世子《セジャ》に尊大な態度を取ることがなかった。ラオンは、昊《ヨン》はまるで盾のような人だと思った。この人なら、何があっても前に立って守ってくれる。どんな荒波が来ても、この人がいれば乗り越えられる。昊《ヨン》は、そんな安心感を与えてくれる世子《セジャ》の姿をしていた。

一方、宴の間中、使節の女人たちが代わる代わる昊《ヨン》のもとにやって来るので、ラオンも気が抜けなかった。ソヤンほどではないが、高貴な身分の女人たちが、あの手この手で昊《ヨン》を落とそうと躍起になっているためだ。

ある者は折り入って話したいことがあるのでと、昊《ヨン》を静かな場所へ誘ったが、昊《ヨン》は腹心のチェ内官を代わりに送った。またある者は泣き落としにかかったが、この氷壁のような男に女の涙が通じるはずもなく、あえなく袖にされてしまった。誰が来ても女人に対する昊《ヨン》の姿勢は一貫していて、初めこそソヤンに同情したラオンだったが、そばで見ているうちに、徐々に昊《ヨン》の考えが理解できる気がしてきた。

世子《セジャ》は朝鮮の次代の国王であり、国の象徴でもある。否が応でも一挙一動に人々の注目が集まるので、常に慎重であることが求められ、自分の気持ちや感情で動くことが許されないのだ。もっとも孤高で孤独。世子《セジャ》とは、そういう存在なのだろう。

とはいえ、宴がどれほど盛り上がっても、ずっと背中を伸ばし、表情も崩さない昊《ヨン》はどこか人間離れしていて、少し怖いような気もした。

ラオンは腹の虫が鳴りっぱなしだ。緊張していたので気がつかなかったが、一度腹の虫が鳴ると、今度は疲労感が押し寄せてきて、唇が渇き、額には汗が滲んだ。

世子《セジャ》の補佐という重役を任され、丸一日、水一杯ろくに口にしていない。立ちっぱなしの脚はむくんで腫れている。仙人のような世子《セジャ》について行くのに精一杯で、自分が至極平凡な人間であることをしばし忘れていたようだ。

すると、そこへ誰かが茶を勧めてくれた。

「お疲れのようですね。お茶をどうぞ」

「ありがとうございます」

ラオンはありがたく頂戴し、ひと息に茶を飲み干した。そして、飲み干したあとで相手を確かめて、思わず小さな悲鳴を漏らした。見覚えのある優しい微笑みを向けているのは、礼曹参議《イェジョチャミ》キム・ユンソンだった。宴に出席していたユンソンは、女人に接するようにラオンにも接した。それも、周囲が気づかないほどさりげなく。本当ならうれしいはずのその優しさに、ラオンは戸惑うばかりだ。

「朝から何も食べていないのではありませんか？　世子《セジャ》様がモク太監《テガム》と談笑なさっている間に、少しでも食べてください」

「いいえ、お気遣いなく」

人目が気になるのはもちろんだが、ほかの女人たちの嫉妬交じりの視線が痛い。女人が当然のように受ける男の優しさに、ラオンはそっと距離を置いた。

「では、これはいかがです？」

ユンソンはひと口ほどの大きさの、薬菓《ヤックァ》という伝統の菓子を差し出した。

「本当に結構ですので」

「そう拒まれてばかりいては、私の立つ瀬がありません」

「しかし……」

これ以上やり取りを続けていては、余計に目立ちそうで、ラオンは渋々薬菓《ヤックァ》を口の中に放り込んだ。すると、薬菓《ヤックァ》は春先の雪のように、あっという間に溶けてしまった。ラオンが舌鼓を打つと、ユンソンは持っていた薬菓《ヤックァ》をすべて手渡した。

「全部どうぞ」

「そんな」

ひとまず遠慮して見せたものの、口の中はもう薬菓《ヤックァ》を欲していた。

「私は腹が一杯で、どうか人助けと思って受け取ってください」

「そういうことでしたら」

ラオンは仕方がないという体で、薬菓《ヤックァ》を次々に口に放り込んだ。

「どうです？」

「美味でございます」

「王室に伝わる秘伝の技で特別に作ったものです。王族とその賓客だけが口にできる、貴重な薬菓《ヤックァ》なのですよ」

ラオンは幸せそうに薬菓《ヤックァ》を頬張っていたが、それを聞いてむせそうになった。

「そ、そんな貴重なものを、わたくしにくださったのですか？」

するとユンソンは深刻そうな顔をして言った。

「ホン内官がこの薬菓《ヤックァ》を食べたことが知られたら」

「知られたら？」

「王室を侮辱した罪で、鞭打ちの刑といったところでしょうか」

「そんな！」

ラオンは口の中の薬菓《ヤックァ》を慌てて吐き出そうとした。

ユンソンは大笑いして、

「冗談ですよ」

と、おどけた。

「ほ、本当に冗談なのですか?」

「当たり前ではありませんか。ただ、人に知られていいことはないでしょうから」

ユンソンは周りに人がいないのを確かめて、にこりと笑った。

「証拠隠滅のためにも、残りも早く食べてください」

ラオンはなおも不安そうにしていたが、ユンソンには、そんな姿も微笑ましいようだった。

「宴は始まったばかりです。初日から無理をしてはあとがもちません。男でもつらい役目なのに、ましてやホン内官の身では……」

ラオンはいよいよむせ返った。ラオンが咳き込むと、ユンソンはすかさず水を渡した。

「これはすまないことをしてしまいました。驚かせるつもりはなかったのですが。先日も言いましたが、ホン内官の『秘密』は必ず守ります。だから、安心してください」

水を飲んで落ち着くと、ラオンはじっとユンソンを見つめた。

この人は私の秘密を知っている。もし周りに知られたら、死罪を免れない重大な秘密だ。他言しないと約束してくれたのは幸いだが、その条件として、一つだけ頼み事を聞いて欲しいと言われた。何を頼まれるのかと思ったが、ユンソンはその時が来たら頼むとだけ言って答えなかった。その言葉を丸々信じているわけではないが、これまで何度か会った印象から、悪い人には思えなかった。それに、会うたびに何かと助けてくれる。危害を加えてくる人ではなさそうだけど……。

「『秘密』は、お守りくださるのですよね？」

ラオンは確かめた。

「もちろん、そう約束しましたから」

「人倫と天倫に背く頼み事は、お受けできないとも申し上げました」

「それも覚えています」

ラオンはうなずいた。

「それでは、わたくしも約束を守ります。ですから今後、わたくしの『秘密』について一切触れないでください」

「それがホン内官のお望みなら、そうしましょう」

ラオンが強い口調で言っても、ユンソンは穏やかに受け止めた。

「おっと、うっかり話し込んでしまいました。宴はもう一時ほど続きそうです。ほかに何か、食べたいものはありますか？」

ユンソンは、弟を気遣う兄のような口調になっていた。いずれにせよ、ユンソンの親切をどう受け取ればいいかわからず、ラオンは困惑するばかりだが、不意に笑い出して言った。

「こう見えて、わたくしは外柔内剛です。礼曹参議《イエジョチャミ》様が思われるほど弱くありません。ですから、どうかご心配なく。自分のことは自分でいたします」

ラオンはそう言ってユンソンから少し離れた。すると、ユンソンはその分、ラオンに近寄った。そのやり取りは、まるで二人だけの鬼ごっこのようだった。傍目にはわからない。ただ一人を除いては。

「世子様《セジャ》、世子様《セジャ》」

昊《ヨン》が急に不機嫌そうな顔をするので、チェ内官が心配して声をかけた。向かいに座るモク太監《テガム》は、自分が失言したのではないかと気にしている様子だ。

昊《ヨン》が気にしているのは、もちろん目の前のモク太監《テガム》ではなく、背後で何やら話しているラオンとユンソンだった。何を話しているのか聞き取れないが、先ほどから二人のことが気になって仕方がない。

「何をしているのだ？」

ユンソンが微笑む横で、むきになって何か言い返しているラオンを見ると、昊《ヨン》はさらに不機嫌になった。

「いいえ、他意はございません。私はただ……」

昊《ヨン》がぼそっとつぶやくのを聞いて、モク太監《テガム》は慌てた。丸く突き出た腹を波立たせ、汗を流して右往左往するも、そんなモク太監《テガム》には目もくれず、昊《ヨン》は後ろの二人に釘付けになっている。

その視線に気づいたのか、ラオンとユンソンが壇を降りて後ろに消えた。それが昊《ヨン》の胸中をさらに波立たせた。清国の勅使、モク太監《テガム》の話などもはや耳に入ってもいない。

「世子《セジャ》様のお気に召さなければ、別の方法を考えます。ですからどうか……」

目を白黒させるモク太監《テガム》の前で、

「まったく気に入らない」

と、昊《ヨン》は蹴るように席を立った。

「ご無礼がありましたでしょうか?」

モク太監《テガム》はのけぞり、上目で昊《ヨン》の顔色をうかがった。何が気に障《さわ》ったのか、なぜ機嫌を損ねたのか、確かめようにも怖くて声にならない。

怯えるモク太監《テガム》を残して、昊《ヨン》は二人が消えた方へ向かった。

十一　どういうことか、わかっていらっしゃるのですか？

その後も宴は続いた。使節団はもちろん、もてなす側の朝廷の大臣衆まで、皆酔いが回って自然と笑い声が大きくなった。こうして宴を滞《とどこお》りなく進められるのは、宴を支える宦官の働きがあってこそだ。

宦官たちは宴で供される料理をはじめ、宴席の様子に常に気を配り、少しでも何かを探すような素振りを見せれば、相手が何を求めているのかいち早く察知してそれを用意する。

「宦官って、本当にすごい」

ラオンは思わず口に出した。いつも宦官として見られるばかりで、男ではない男と世間に嘲笑われもする。だが、宮中は紛れもなく、そんな宦官によって支えられている。宦官こそ宮中になくてはならない存在なのだ。

「その通り。宦官は実に立派な方たちです」

「チャン内官様！」

いつからそこにいたのか、チャン内官はラオンのすぐ隣に立っていた。

「先ほどからずっとここにいましたよ。てっきり気づいていると思っていましたが」

「まったく気づきませんでした」

よくここまで音も気配も消せるものだとラオンは改めて感心した。五年も東宮殿《トングンジョン》に勤めながら、世子《セジャ》にその存在を覚えられていないわけだ。

「ホン内官にとっては初めての大きな行事。なかなか大変でしょう?」

「そうでもありません。世子《セジャ》様が気遣ってくださるおかげで、役目を無事に終えられそうです」

それにもう一人、お節介な助っ人、礼曹参議《イエジョチャミ》様もいらっしゃいますから。

するとチャン内官は、どれどれ、と言って宴席を見渡した。ほんの一瞬、さっと撫でる程度だったが、チャン内官が状況を理解するには十分だったようで、宴の雰囲気にほっとしたようだった。その姿には老練の狩人のような余裕さえ漂っている。

「よかった。これなら安心です」

「何のことです?」

「しばらくは世子《セジャ》様に面倒なことをしてくる人はいないでしょう」

ラオンは改めて宴席を見渡した。どの人もいい気分で宴を楽しんでいるように見えるが、その実、使節団も、もてなす大臣衆も、それぞれに所期の目的を果たそうと忙しく働いていた。使節の女人たちはというと、ちらちらと壇上を見ては、虎視眈々と旲《ヨン》に近づく隙をうかがっている。

「今日はもう、どなたも世子《セジャ》様に近づいてきません。私が断言します」

「どうしてわかるのです?」

「流れですよ」

「流れ?」

ラオンにはチャン内官がなぜそう言い切れるのかわからなかった。すると、チャン内官は手であご先を撫でて言った。

「説明するのは難しいのです。これは感覚的なことですから」

「感覚的に、どうわかるのです？」

チャン内官の話しぶりは、悟りを開いた老僧のようで、ラオンはますます気になった。

「しいて言えば、春の空模様を当てるようなものでしょうか。雲の形や風の向きをいくら考えたところで、春の天気は気まぐれで、いつ雨が降り、そして晴れるのか、見当がつきません。ところが、意外なところから容易《たやす》く知り得る方法があるのです」

「変わりやすい天気を、言い当てる方法があるのですか？」

ラオンには、やはりわからなかった。

「ええ。どこのお家にも、神妙な占い師のように明日の天気を占う方が一人か二人、必ずいらっしゃいます」

チャン内官はそう言うと、笑いながら自分の腰元を指さした。

「目で見て頭で考えるのではなく、体で天気を予想する方たちですよ」

ラオンはやっと気がついて、なるほどと手の平を打った。体で天気を予想する方とは、お年寄りのことを言っているに違いない。その日の天候によって節々の痛み具合が変わるから、天気の予想がつきやすいのだ。はっきりとした根拠はないが、感覚的に察知できるというのはそういうことなのだろう。

「だから私を信じて、ひと休みなさってください」

「そうしたいのは山々ですが……」

「それほど心配なら、せめて世子様《セジャ》とモク太監《テガム》のお話しが終わるまで休んでは？」

ラオンは昊《ヨン》の様子をうかがった。昊《ヨン》とにこやかに話しているモク太監《テガム》は、今回の使節団を率いる正使だ。二人のやり取りの様子から、何となく話が長引きそうな気がした。

「こういう時は、合間を見つけて休まないと、身がもちませんよ。今日一日で終わるならまだしも、宴は明日も続きます。明後日はいよいよ中秋の名月を祝う進宴《チニョン》の日。その翌日には会酌《フェジャク》の宴もあります。初日から無理をしてはいけません。あちらの、あの屏風の後ろに、人目につかない天恵の要塞がありますから」

「それでは、お言葉に甘えて、少し休ませていただきます」

「そうしてください。世子様《セジャ》のお話が終わる頃にお知らせします」

「ありがとうございます」

ラオンはチャン内官に礼を言い、足早に要塞を目指した。本当はずっと、少しでも座りたいと思っていたところだった。やっとひと息つけると思うと、それだけでほっとした。

ところが、いざ行ってみると、屏風の後ろには先客がいた。

「礼曹参議様《イエジョチャミ》」

ユンソンは穏やかに微笑んでラオンを迎えた。

「ホン内官も、ひと休みですか？」

「ええ、まあ」

「どうぞ、こちらにお座りください」

「い、いえ」

「一日中、世子《セジャ》様のそばで立ちっぱなしだったではありませんか。歩くのもつらいでしょうに、早く座ってください」

「滅相もございません」

宦官が礼曹参議《イエジョチャミ》と並んで座るなど許されることではない。

ラオンが断ると、ユンソンはその理由を察して隣の椅子を半歩ほど後ろに引いた。

「どうです？　これなら気にならないでしょう」

「いいえ、本当に結構でございます」

ラオンはそれでも頑なに断った。すると、ユンソンはラオンの目をじっと見つめ、すべてを見透かすような顔をして微笑んだ。

「そう言わずに、どうぞこちらへ」

「礼曹参議《イエジョチャミ》様の隣に座ることなどできません」

「心配することはありません。折り入って話したいことがあって、私が座ってもらったのだと言えばそれまでです」

「私のような下っ端の宦官と、何を話すことがあるとおっしゃるのです」

そんな言い訳、そこにいる雀だって信じませんよ。

「私があると言えばあるのです。話の中身まで私に問い質《ただ》せる人がいると思いますか？」

ユンソンがあまりに自信満々に言うので、ラオンもつい納得してしまった。今の朝廷において、礼曹参議《イエジョチャミ》キム・ユンソンの存在は、それほど大きくなっていた。

長年、清国で留学生活を送っていたためか、ユンソンは使節の面々とも親交があるようで、大きな決め事から些細なやり取りまで、ユンソンはあちこちに呼ばれていた。使節だけでなく、朝廷の大臣たちも、使節に関することは何でもユンソンに尋ねた。稲穂は実るほど首を垂れる《こうべ》というが、奴婢たちにも礼儀正しい人柄も手伝って、今や宮中にユンソンを賞賛しない人はいなかった。

そういうわけで、宴の間中、ユンソンは息つく暇もないほど忙しく動き回り、朝廷での存在感を着実に印象づけていた。それはラオンにもわかるほどで、今ここでユンソンに物申せる人はいないだろうと思われた。ただ一人、世子旲《セジャヨン》を除いては。

「それに、屏風の後ろまで見に来る人はそうはいないでしょうから、心配しないで、ゆっくり休んでください」

何度も断るのも悪いので、ラオンは躊躇《ためら》いながらも椅子に近づいた。少しだけ、ほんの少しだけ座らせてもらおう。ちょっとの間なら許されるだろう。

目に力を込めて、『私たちは共犯だ』と訴えるラオンに、ユンソンは優しく笑って応えた。相手の警戒心を一瞬で解いてしまう穏やかな笑顔に、気づけばラオンも笑っていた。

「では少しだけ、座らせていただきます」

「ホン内官にゆっくり休んでもらえるように、私が屏風になりましょう」

「いけません！　礼曹参議様《イェジョチャミ》に、これ以上のご迷惑をおかけするわけにはまいりません」

「そう他人行儀にされては、寂しいではありませんか」

「そうおっしゃられましても……」

他人でなければ何だと言うのだと思った矢先、ユンソンはささやくように言った。

「私たちは秘密を共有する仲なのですから」

ラオンは口から心臓が飛び出そうになった。まったく油断ならない人物だ。その話には触れないで欲しいと、先ほども念を押したばかりなのに。

ラオンは誰かに聞かれてやしないかと不安がったが、ユンソンは微笑んでばかりだ。

「心配ご無用。誰も聞いてなどいませんよ」

ユンソンはラオンを旧知の友のように自然に接した。おかげで、ラオンもだいぶ気持ちが和らいで、昊《ヨン》のことを思った。

我らが温室の花の世子様《セジャ》も、こうだったらいいのに。世子様《セジャ》と聞いて一番に頭に浮かぶのは、気難しそうな白い顔。それも、礼曹参議様《イェジョチャミ》とは正反対の無表情だ。喩《たと》えるなら、世子様《セジャ》は雪吹雪く酷寒の冬、礼曹参議様《イェジョチャミ》は花咲く春のようだ。優しい人柄のほんのひと欠けらでも、世子様《セジャ》に分けられたらいいのに。

ラオンはそんなことを思いながら、椅子に腰を下ろした。すると、途端に全身の骨が溶けていくような感じがした。ほっとして背もたれに背中を預けると、ユンソンが言った。

「世子様《セジャ》は相変わらず、女人の顔が覚えられないようですね」

ラオンは飛び上がった。

「ご存じだったのですか?」

「ええ」

秘密と思っていたのは私だけだったのか。まこと、宮中には隠し事はないらしい。

「いつまで立っているつもりですか?」

ユンソンは椅子を指して、にこりと笑った。ラオンが座り直すと、再びユンソンが言った。

「世子様《セジャ》の唯一の欠点を知る人は多くありません。子どもの頃から親しかったので、私も偶然、知ったくらいです。この事実を知るのは恐らく、私とホン内官を含めて五人もいないでしょう」

「そうでしたか」

身内を入れても五人もいないと聞いて、ラオンはうれしくなり、今度は自分からユンソンに話しかけた。

「世子様《セジャ》はどんな子どもだったのですか? あの方のことですから、きっとつんけんした可愛げのない子どもだったのでしょうね」

「そんなことはありませんよ。世子様《セジャ》もほかの子どもたちと何も変わりませんでした。あの頃はよく笑い、よく泣いておられました」

「あの世子様《セジャ》が?」

ラオンには信じられなかった。旲《ヨン》が声を出して笑ったり、泣いたりする姿など想像もつかない。

「本当です。一度はこんなこともありました。世子様《セジャ》と世子様《セジャ》の侍童と私の三人で、こっそり王宮を抜け出したのです。子どもだった私たちにとって、王宮の外は何もかもが新しく、大冒険でした。無茶をしたり、新しい友達に出会ったり。ところが、あっという間に一日が過ぎ、王宮に戻る途中で、宮中の人に見つかってしまったのです」

「それは大変！　どうなったのです？」

「当然、大目玉を食らいました。あとで聞いたら、世子《セジャ》様がいなくなったと、宮中は大変な騒ぎだったそうです。それ以来、世子《セジャ》様には常に護衛がつくようになりました。表向きは世子《セジャ》様の身の安全をお守りするためということでしたが、本当は無断で宮中を抜け出せなくするための見張り役でした」

「それが、今も続いているということですか？」

「さあ、それはわかりません。完璧な君主のように見えて、聞けば今も時折、子どものように振舞うこともおありとか」

「チェ内官！」

すると、屏風越しに旲《ヨン》の声が聞こえ、ユンソンはくすりと笑った。

「ほらね」

ラオンは屏風の後ろから飛び出して、旲《ヨン》のもとへ走った。すでにモク太監《テガム》の姿はなく、旲《ヨン》は壇上に一人で座っている。談笑が終わる頃に知らせると言っていたチャン内官の姿も見当たらない。流れだの感覚だのという話は何だったのか。ラオンは慌てて旲《ヨン》の背後に戻った。ところが、旲《ヨン》はラオンには見向きもせず、チェ内官に言った。

「チェ内官、そろそろ寝所に戻る」

「今でございますか？」

チェ内官は思わず聞き返した。宴は間もなくお開きになるので、今、世子《セジャ》が抜けても何ら問題はない。ただ、これまで世子《セジャ》が途中で退席したことは一度もなく、今夜も当然そのつもりでいたので、チェ内官には意外だった。機嫌を損ねるようなことでもあったのだろうかと心配にもなった。

「使節団はもうしばらくここに留まる。難しい話は明日にして、今宵は存分に宴を楽しんでもらうように。火急の用があれば、チェ内官が僕の部屋に案内してくれ」

「かしこまりました」

昊《ヨン》はチェ内官にあとを頼み、大股で寝所に向かった。そして、しばらく進んだところで立ち止まると、やはり前を向いたままラオンに言った。

「どういうつもりだ？」

「…………」

「ホン・ラオン、お前は何を考えているのだ？」

「はい、世子様《セジャ》」

ラオンは昊《ヨン》に駆け寄った。

「宴の間、片時も僕のそばを離れるなと言ったのを忘れたのか？」

昊《ヨン》はそう言い残し、怒ったように足音を立てて重熙堂《チュンヒダン》を出ていった。ラオンはしゅんとして昊《ヨン》の後ろ姿を見つめ、

「失礼いたします」

と、屏風の前に立つユンソンに一礼して、大急ぎで昊《ヨン》を追いかけた。


ところが、ユンソンに挨拶をしているうちに、昊《ヨン》を見失ってしまった。ただでさえ歩幅の違う昊《ヨン》を追いかけて、ラオンが駆け足になっていると、

「ホン内官、ホン内官」

と、後ろから呼び止められた。

振り向くと、ユンソンが息を切らして駆け寄ってきた。

「礼曹参議様《イエジョチャミ》」

「忘れ物です」

ユンソンは荒い息を吐きながら、袖口から先ほどの薬菓《ヤックァ》を取り出した。王族とその賓客だけが口にできるという、貴重な菓子だ。

「これを、どうして私に？」

「あんまりおいしそうに食べていたので、特別に用意してもらいました」

「私には、もったいないことでございます」

「せっかくなのですから、おいしく食べてください」

ユンソンは薬菓《ヤックァ》を渡そうと、半ば強引にラオンの手を取った。

「離れろ！」

すると、暗闇の中から声がして、ユンソンとラオンは同時に振り向いた。大きな黒い影が、ゆっくりと近づいてくる。冬の氷雪のような冷気を漂わせながら現れたのは、昊《ヨン》だった。

昊《ヨン》はユンソンの手を払い、ラオンの肩を無理やり抱き寄せた。ユンソンも、その分、ラオンのそばに寄った。

「ホン内官に、どうしても渡したい物があるのです」

「この者に必要な物は僕が与える」

「取るに足らない物でございます」

「それなら、なおさら必要ない」

ラオンを挟んで、二人の男が顔を突き合わせている。降り注ぐ月明りが、張りつめた緊張をさらに高めていた。二人とも、急にどうしたというのか、間に挟まれたラオンはわけがわからなかった。

先に口を開いたのは、昊《ヨン》の方だった。

「礼曹参議《イエジョチャミ》がここで何をしている」

「ホン内官が一日中何も食べていない様子だったので、何かつまめる物をと思った次第でございます」

「僕の宦官が腹を空《す》かせているのが、礼曹参議《イエジョチャミ》に何のかかわりがある？」

「宦官であれ礼曹参議《イエジョチャミ》であれ、皆この国のために働く者たちです。互いに助け合うたとて、何らおかしなことはないと存じます」

「親切が過ぎると言っているのだ」

「世子様《セジャ》」

「この者は僕の宦官だ。僕の宦官は、僕が面倒を見る。これ以上の気遣いは硬く断る」

昊《ヨン》に釘を刺され、ユンソンは苦笑いした。

「相変わらず、私には冷たいのですね」

「用が済んだなら、もう行け」

「それでは、今日のところはこれで」

少し不本意そうに、ユンソンはラオンに目で挨拶をして後ろ歩きで去っていった。ユンソンが見えなくなると、ラオンは昊《ヨン》に言った。

「あんまりではありませんか！　礼曹参議様《イェジョチャミ》は世子様《セジャ》のご親戚でしょう？　どうしてあのように冷たくなさるのです？」

「だからこそ遠ざけるのだ」

「どういう意味ですか？」

「そこまで話す必要はない」

「お二人の間に何があったかはわかりませんが、そんなに冷たい目で人を見ないでください」

「少し親切にされただけで、安易に相手を信用するな。王宮はお前が思っているよりずっと危険な場所だ」

「ずいぶん怖いことをおっしゃるのですね」

「そういう意味ではない。ただ……」

「ただ何です?」

「宮中に、理由のない厚意など存在しないということだ」

「それなら、温室の花の世子様《セジャ》がわたくしにくださったご厚意にも、何か意図があったということですか?」

ついい憎まれ口を叩いてしまい、ラオンははっとなって手で口を覆った。

「意図か……あるいは、そうかもしれないな」

幸い怒りに触れてはいないようだが、昊《ヨン》は力なく微笑み、ラオンの細い手をつかんだ。

「行こう」

「どこへです?」

「言ったはずだ。僕のそばを一歩も離れるなと」

「世子様《セジャ》」

「見ろ、今だって三歩も離れている。もう二歩、近う寄れ」

「ちょ、ちょっとお待ちください。世子様《セジャ》のおそばにいるのは、宴の間だけではなかったのですか?」

「夜更けに使節が訪ねてこないとは限らないだろう」

「では、わたくしはどこで寝ればいいのです?」

「決まっているではないか。僕の部屋以外にどこがある」

「つまりそれは、わたくしに、温室の花の世子《セジャ》様の寝所で寝ろということですか？」

「そうだ。何かおかしいか？」

それがどういうことか、わかっていらっしゃるのですか？

ラオンの胸中など知る由《よし》もなく、昊《ヨン》はラオンの手を握ったまま寝所へと急いだ。

「さあ、寝に帰るぞ。ここで夜を明かしたくなければな」

ラオンは引きずられるように世子《セジャ》の寝所へ向かった。

十二　一体、何が起きているのだろう

東宮殿《トングンジョン》内にある誠正閣《ソンジョンガク》。灯りが水面のように揺らめいて、誠正閣《ソンジョンガク》の前庭を明るく照らしている。隅の方に、白い月明りの溜まりができ、野菊の香りが恥じらうように淡く漂っている。見事に彫れた石像や、白く磨り減った盤石を通り過ぎると、昊《ヨン》の姿を認めた女官たちが魚の群れのように出迎えて後ろに続き、チェ内官が昊《ヨン》の足元を照らした。

寝所に到着し、昊《ヨン》が踏み石の上に立つと、女官たちはしゃがんで履物を押さえた。昊《ヨン》は屈むことなく履物を脱いで廊下に上がると、寝所の部屋の戸はひとりでに開いて、昊《ヨン》の後ろにいるラオンにも寝所の中の様子が見えた。

決められた形、式、規、律に合わせて寸分の狂いもなく整えられた世子《セジャ》の部屋には、夜更けにもかかわらず夜食が用意されていた。宴の間は一切食べ物を口にしない世子《セジャ》のために用意されたものだ。昊《ヨン》が座ると、チェ内官をはじめ宦官たちはそこから三歩四歩離れて整列した。傍《かたわ》らでは夜食を運んできた水刺間《スラッカン》の尚宮《サングン》と女官たちが、うつむき加減でやはり整列している。

チェ内官が合図を送ると、気味尚宮《キミサングン》の毒見が始まった。誠正閣《ソンジョンガク》に着いてからこれまでの一連の流れは、精巧に噛み合う歯車のようだった。寝所には数十人もの人がいるが、まるで一人の人のように一糸乱れぬ動きで世子《セジャ》の世話をしている。物音を立てず、慌ただしく動く者もいない。すべてのことが速やかに、手際よく進められていく。

何もかもが初めてで、ラオンは終始緊張しきりだった。これだけ人がいても、部屋の中ではほとんど音がしない。針が落ちても響くであろう静寂の中、旲《ヨン》の食事が始まった。咀嚼する音も、器の底を匙でこする音も、口に入れたものを飲み込む音もしない。旲《ヨン》は完全に音を絶たれた世界にいるようだった。

ラオンはふと、宮中に来る前のことを思い出した。旲《ヨン》の前に置かれた膳とは比べものにならないほど粗末な食事だったが、食事時は笑い声や話し声が絶えなかった。あの頃の何でもない日常がどれほど幸せだったか、今、初めてわかった気がした。大勢に囲まれていても、旲《ヨン》の肩は孤独で痛々しくさえ見える。

『さあ、寝に帰るぞ』

不意に、先ほどの旲《ヨン》の言葉が思い出され、ラオンは我に返った。今は同情している場合ではない。

ラオンは旲《ヨン》を見つめた。まさか、本気のはずがない。同じ部屋で寝ようなんて、冗談に決まっている。変に考えるのはよそうと思った時、ちょうど匙を置いた旲《ヨン》と目が合って、ラオンは慌てて顔を逸らした。いつもなら何でもないことだが、今は胸がどきどきして、旲《ヨン》の顔をまともに見ることができなかった。寝るという言葉を意識しすぎて、誠正閣《ソンジョンガク》に着いてからは特に動悸がして息が苦しい。爪先からくすぐったい痺れが起こり、背中を冷たい汗が流れる。ただ、この汗は東宮殿《トングンジョン》の雰囲気のせいかもしれない。わずかな失敗も許されない完璧な世界。その中心に、世子旲《セジャヨン》がいる。

夜食が済むと、尚宮《サングン》や女官たちは膳を抱えて潮のように誠正閣《ソンジョンガク》から引けていった。膳が片付くと、宦官たちは素早く布団を敷いて、やはり部屋を出ていった。部屋の片隅に立ちすくんでいたラオンも、その隙に乗じて部屋を出て行こうとしたが、あえなく昊《ヨン》に気づかれてしまった。

「ホン・ラオン」

「はい」

「どこに行くつもりだ」

どこって……。

「わたくしも失礼しようかと……」

「お前には、まだやることがある」

「や、やることでございますか？」

ラオンは狼狽した。今、世子《セジャ》様はやゝゝることがあると言った。本当に一緒に寝るつもりでいるのだろうか。もう泣きたい気分だ。

するとそこへ、書類の束を抱えてチェ内官が入ってきた。ラオンの心配をよそに、昊《ヨン》はいつもの無表情な顔をして、チェ内官が並べた書類に目を通し始めた。やることとはこれだったのかと、ラオンはほっと胸を撫で下ろした。

「清国からの要望でございます」

「金を千斤も用意しろと言うのか？」

「何でも、このところ清国では阿片が流行しているそうで、阿片を手に入れるためなら家族や近所の者に危害を加えることも厭《いと》わない民があとを絶たないほど、国中が心身を侵されていると申します。そのため、清国は阿片に毒された者たちを治療するための診療所を設けることにし、朝鮮にもそのための資金を援助するよう求めてきたのでございます」

「西域の貿易商にとって、稼ぎ頭となる品の一つが阿片だ。あの者たちの商いを許可した者たちは、はなからこうなることを予想していたはず。わかっていながら、目先の欲に目がくらみ、民を阿片の毒に沈めたのだ。そんな者たちが今になって民を救うだと？　それも、我が国に巨額の負担を肩代わりさせて？」

何か裏があるに違いない。僕がそんな話を信じるとでも？

昊《ヨン》は嘲笑を浮かべ、書類を読み進めた。そしてふと視線を止めて言った。

「この、ユ・サンピョンという者の名は、この間の使節の名簿にはなかったが」

チェ内官は驚いた。世子《セジャ》の言うユ・サンピョンという者は、使節団の荷物持ちだ。そのような者の名を、世子《セジャ》が記憶していたというのか？

「ほかにも、この者と、この者、そしてこのチン大人という者まで、合わせて五名の名が書き加えられている」

チェ内官は書類の束の中から、ひと月前に清国から送られてきた使節団の名簿を探し出し、急いで確かめた。そして、間もなくして目を見張り、昊《ヨン》の顔を見た。

「世子《セジャ》様のおっしゃる通り、ひと月前に清国から送られてきた名簿には、この五名の名はありませんでした」

ひと月も前の文書の詳細を覚えていたことも驚きだが、末端の者の名前まで正確に覚えていた昊《ヨン》の聡明さに、チェ内官は改めて感服した。

「ユ・サンピョン……いつだったか、清の商人たちの名簿の中に見た記憶がある。たしか杭州の生まれで、十年前に突然、豪商に成り上がった者だ。それが、今度は使節の荷物持ちとして朝鮮に入ってきた……」

しばらく考えて、昊《ヨン》はユルを呼んだ。

「ユル」

すると、赤い武官服姿のハン・ユルが、昊《ヨン》の真後ろから現れた。ラオンは驚いて、思わず声を漏らした。大きな体躯をした男が、音も立てずに現れたのだから無理もない。ユルは凍りつくラオンには目もくれず、昊《ヨン》の前に跪《ひざまず》いた。

「今からユ・サンピョンという者を見張れ。一挙一動を見逃さず、誰と会ったか、何の目的で朝鮮に来たのか、調べてくれ」

「御意」

ユルが部屋を出たあとも、昊《ヨン》は使節団の一人ひとりの印象と、各々の役目についてチェ内官と話し合った。この時初めて、ラオンは今回の宴が、単に飲んで歌って客人をもてなすためのものではないことを知った。今回の使節の訪問は、表向きには文化交流を謳っているが、内実のところでは両国の複雑な利害が絡んでいたのだ。それを考えると、ラオンはますます昊《ヨン》の意中がわからなくなった。込み入った話に入る余地もない私を、世子《セジャ》様はなぜここに置いておくのだろう？

不意に、昊《ヨン》がチェ内官との話を止めてラオンを見た。突然、見つめられて戸惑っていると、チェ内官が言った。

「何をしている？　次はお前がご報告申し上げなさい」

唐突に自分の番だと振られ、ラオンはきょとんとして目をしばたかせた。すると、今度は昖《ヨン》が言った。

「お前に聞くことといえば、一つしかないではないか」

世子《セジャ》様が聞きたいこと、と考えて、ラオンはすぐに気がついた。確かに、一つしかない。使節団の女人たちのことを言っているのだ。

「女人たちについては、特におかしな点はありませんでした」

皆、温室の花の世子《セジャ》様の目を引こうと躍起になっていて、特にソヤンはこのまま大人しく引き下がる女人ではないだろう。だが、この状況でそんなことを言えば怒られるだけだ。

「ほかには？」

「ありません」

昖《ヨン》はしばらくラオンを見つめ、再び書類に戻った。仕事をしている時の昖《ヨン》は、恐ろしいほど真剣だった。寝に帰ると言った時のおちゃらけた感じはどこにも見当たらない。きっと、おからかいになったのだ。緊張して損した。

そう思うと緊張が解けて一気に疲れが押し寄せた。気が張って忘れていた眠気もやってきて、ラオンは目をこすりながらあくびを噛み殺した。チェ内官の肩越しにそんなラオンの様子を見て、昖《ヨン》はかすかに笑い、すぐに真顔に戻ってチェ内官に言った。

「今日はもうよい」

「では、ほかに何かお命じになることは」

「夜食を持て」

「夜食でございますか？」

夜食なら先ほど済ませたばかりだ。チェ内官は思わず聞き返したが、

「すぐにご用意いたします」

と一礼して部屋を出た。

「では、わたくしも」

そのあとに続いてラオンも部屋を出ようとすると、

「どこへ行く？」

と、旲《ヨン》に引き留められた。

「わたくしも、失礼しようと思いまして……」

「お前の用は終わっていない」

女官も宦官も出払ったこの部屋で、一体、何の用があると言うのだろう。

緊張と不安が一気に戻ってきて、ラオンはいよいよ本当に泣きたくなった。

「これを、わたくしに？」

部屋の中に運び込まれた夜食を見て、ラオンは消え入るような声で言った。

「夜食を済ませたばかりなのに、僕に食べろと言うのか？」

「そうではありませんが……」

「一日中、飲まず食わずでつき合わされて疲れたろう。遠慮せずに食べるといい」

「恐れながら、世子《セジャ》様のお夜食を、わたくしのような者がいただくわけにはまいりません」

障子に映るチェ内官の影をちらと見て、ラオンは言った。昊《ヨン》に人払いを命じられ、チェ内官をはじめ東宮殿《トングンジョン》の者たちは全員、寝所の外に出された。だが、戸を一枚挟んだ向こうで耳をそばだてていることに変わりはない。チェ内官に至っては、しきりに咳払いをして自分の存在を伝えている。

「僕がいいと言っているのに、誰が何を言える？」

いつものように愛想のない表情で言う昊《ヨン》に、ラオンは内心、むっとした。世子《セジャ》と自分では立場が違う。それなのに、簡単に言わないで欲しいと思う。

だが昊《ヨン》は構わず薬菓《ヤックァ》を一つ手に取って言った。

「今すぐ食べるのだ。これは命令だ」

ラオンは仕方なく両手を差し出した。すると、昊《ヨン》は薬菓《ヤックァ》を手渡さず、無理やりラオンの口の中に押し込んだ。

「な、何を……！」

ラオンは抗おうとしたが、口の中に薬菓《ヤックァ》を押し込まれてうまく話せない。

「宮中に伝わる秘伝の薬菓《ヤックァ》だ。どうだ、うまいか？」

おいしいに決まっているではないかと、大声で言いたかった。空腹は最高の調味料というが、今はお腹に入れれば何でもおいしい。それに、宮中に代々伝わる薬菓《ヤックァ》とくれば天にも昇る気分だ。しかし、宦官の身で世子《セジャ》の夜食をいただくことになるとは、あとのことが恐ろしくなる。

ラオンは不安そうに、外の様子を気にした。今にもチェ内官が剣を提げた武官を引き連れて部屋の戸を蹴破り、王族を冒涜した罪を咎めに来るのではないかという恐怖でいっぱいだ。

「もうひとつ、さあ」

「わたくしが自分で……」

自分でいただきます。いえ、自分でいただかなければなりません、と言うとしたが、旲《ヨン》がまたも菓子を口に押し込んできたので、ラオンの声は遮《さえぎ》られてしまった。

「黙って食べるのだ。これも僕からの命令だ」

「いけません、世子《セジャ》様に食べさせていただくなど、ううっ！」


部屋の中から、再び呻《うめ》くような声が聞こえ、チェ内官はさらに耳をそばだてた。

「いけません、世子《セジャ》様、ああっ！」

「僕の命令に逆らうのか？」

いけません？　世子《セジャ》様は一体、何をなさっているのだ？

障子の向こうから漏れ聞こえてくる声に、チェ内官は耳を澄ませた。

「うぐっ……」

「どうだ、いいだろう？」

「おやめください」

「世子《セジャ》である僕のすることが気に入らないというのか？」

「そうではありませんが、しかし、こんなことをなさっては……ああっ！」

チェ内官は慌てて周りの者たちをさらに下がらせた。小宦とのお戯れを下の者に聞かれては、王室の威信にかかわる。

声を出さず、鬼の形相で人払いをするチェ内官のただならぬ様子に、東宮殿《トングンジョン》に仕える人々は静かに誠正閣《ソンジョンガク》の外へ出ていった。チェ内官は寝所の前に一人控え、思いつめたような表情を浮かべた。

宦官とは何だ？　王のもっとも近いおそばに、君主の手足になって仕える。そして君主が正しい道を歩めるよう、引導するのもまた、我々宦官の務めだと心得ていた。しかし、すべてを知り尽くしていたつもりでいた世子《セジャ》様に、このような一面があったとは……女人にはまったく興味をお示しにならなかったあの世子《セジャ》様が、それも一介の小宦を相手にお戯れを！

いつの間にか、チェ内官の目元は濡れていた。このことが表沙汰になれば、民は世子《セジャ》様を軽んじて朝廷の威信は失墜し、さらには国の根幹をも揺るがしかねない。

今ならまだ間に合う。誰にも知られていない今なら、世子《セジャ》様が色事に溺れるのを食い止めることができる。長年仕えてきた私の最後のお勤めとして、この身を賭してでも、我が世子様《セジャ》を正しい道に導かねば。

チェ内官は口を一文字にぎゅっと結び、意を決して障子を睨んだ。

「世子様《セジャ》、失礼いたします」

部屋に入ろうとして、チェ内官は後ろから誰かに頭を叩かれた。振り向くと、そこには意外な人物がいた。

「判内侍府事《パンネシブサ》様ではありませんか！」

前判内侍府事《パンネシブサ》パク・トゥヨンの思わぬ来訪に、チェ内官は驚いた。

「しっ！　声が大きい」

「判内侍府事《パンネシブサ》様が、何用でこちらに？」

「お前さんに話したいことがあってな。ついて来なさい」

「申し訳ございませんが、私には今、成すべきことがございます。どうか、ご無礼をお許しくださいませ」

再び部屋に乗り込もうとするチェ内官に、パク・トゥヨンは呆れて溜息を吐いた。

「やれやれ。ハンよ、だから言ったではないか。この者はきっと断る、話してわかる相手ではないとな」

「お前の言った通りだ。こやつのこの頑固さは、子どもの時分から少しも変わっていない」

すると、パク・トゥヨンの後ろからハン・サンイクが現れて、二人はそれぞれにチェ内官の両脇を抱えた。

「何をなさるのです！」

「話は向こうに行ってからだ」

「おやめください。私には成すべきことがあるのです！」

「ハンよ、この気の利かないやつの口をふさいでくれ」

「何をなさるのです！　おやめ、おや、ううっ！」

声にならない悲鳴と共に、チェ内官の衝撃の夜は更けていった。

十三　世子《セジャ》様の寝坊

夜遅く、誠正閣《ソンジョンガク》に悲鳴が響いた。

「何をなさるのです！」

ラオンは腰を抜かした。目の前には半分ほど服を脱いだ昦《ヨン》が背中を向けて立っている。どうしてこうなったのか、ラオンは記憶を辿った。

温室の花の世子《セジャ》様に連れられて誠正閣《ソンジョンガク》に来て、単なる文化交流と思っていた使節団の派遣は、実は別の目的があることを聞いて驚き、世子《セジャ》がすべてを見抜いていたことに二度驚いた。そこまでは何もおかしなことはなかった。寝に帰ろうと言われたことすら忘れてしまうほど、何事もなく時は過ぎた。

ところがその後、雰囲気がおかしくなり始めた。夜食として出された薬菓《ヤックァ》を無理やり口に押し込まれ、寝所に仕える東宮殿《トングンジョン》の人々の気配が一人、また一人と消えていった。そしてその直後にことは起こった。昦《ヨン》が服を脱ぎ始めたのだ。紐を解く音がして、袞龍袍《コンリョンポ》が昦《ヨン》の体の線に沿って床に滑り落ちた。そして、蝉が脱皮をするように白い上衣まで脱ぐと、肌が透けるほど薄い肌着姿になり、ついに上半身が露わになった。こちらに背を向けて立つ昦《ヨン》の足元には､絹の衣が折り重なっている。この世のものとは思えない美しい裸体。男の体というのは、かくも美しいものだったか。ラオンは息を吸うのも忘れて見とれた。腕のいい職人が丹念に仕上げた彫刻像は、こんな感じなのだろうか。

だが我に返ると、ラオンはこの状況が恐ろしくなった。

「い、一体、どういうおつもりですか！」

急に裸になるなんてどうかしている。まさか、このまま無理やり私を？

大声を出そうかとも思ったが、そのせいでもし自分の正体がばれてしまったらと思うと、うかつに助けを呼ぶこともできない。

ラオンは嫌な想像を振り払うように頭を振った。すると、旲《ヨン》は顔だけラオンに向けて抑揚のない声で言った。

「お前こそ、何をしている？」

「わたくしが、何ですか？」

「寝間着を持たないか」

ラオンはきょとんとした顔をした。寝間着とはつまり、寝る時に着る服のこと。ということは、これから寝るつもりということか。

ラオンはほっとして、額に滲む汗を拭った。

「そこの、螺鈿《らでん》飾りの箪笥《たんす》に入っている」

「螺鈿《らでん》の……は、はい」

旲《ヨン》が指さす螺鈿《らでん》飾りの箪笥《たんす》の引き出しを開けると、丁寧に畳まれた白い寝間着が隙間なくしまわれていた。どれもまっさらで、眩いほど艶がある。

「それを持て」

振り向き様に昊《ヨン》の肌を見て、ラオンは慌てて顔を逸らした。物心ついた頃から男として生きてきたが、男の裸の体を見るのは初めてだった。息が弾み、頬が紅潮してくるのがわかる。だが、昊《ヨン》は何とも思っていないようで、淡々としている。

「持てと言うに」

「……はい」

ラオンは白い寝間着を抱え、戸惑いながら昊《ヨン》に近づいた。一歩、一歩と近づくにつれ、昊《ヨン》の背中が大きくなっていく。長く伸びた首筋、がっしりとした広い肩、夏の陽射しを浴びたように白く輝く肌。そのすべてが鮮やかに目に映えて、ラオンは眩暈《めまい》がしてきた。口の中が乾いてきて、昊《ヨン》のすぐ後ろに立つと手まで震えてきた。

ラオンが後ろに来ると、昊《ヨン》は両手を広げた。人の上に君臨する者の自然な身のこなし。ラオンは寝間着の袖を昊《ヨン》の腕に通し始めた。蝉の羽で作ったような儚《はかな》く柔らかい絹の上衣が、昊《ヨン》の指先から肌に沿って水のように流れていく。青い血管が浮き上がる手の甲から、白砂の砂漠のような稜線を描く腕へ。指先が昊《ヨン》の肌に触れるたび、ラオンは手をすくめた。

ようやく腕を過ぎると、今度は木の根のように太い筋が入り組む肩へ。手や腕とは違う、硬く張りのある筋肉質な肩に、ラオンはいよいよ呼吸が苦しくなった。全身の神経を指先に集中させ、肌に触れないよう細心の注意を払うが、寝間着を持つ手はいっそう震えてしまう。

不意に、昊《ヨン》に手をつかまれ、ラオンは悲鳴を上げそうになって慌てて手で口を押さえた。顔を上げると、昊《ヨン》がじっと見つめていた。

昊《ヨン》の息が頬をくすぐる。指先が痺れ、息が弾んでくる。鼓動が激しくなり、その音が聞こえてしまわないよう離れようとしたが、昊《ヨン》はラオンの手をしっかりとつかんで、なおも見つめた。昊《ヨン》の目が、鼻が、唇が、触れてしまいそうなほど近くにある。

動けなかった。時も、息も、音も止まり、ラオンは見えない手に首を絞められていくような気がした。このままでは気を失いそうだと思った時、ふと昊《ヨン》が笑った。

「呆れたやつだ」

昊《ヨン》はそう言って、自分で寝間着を着始めた。

「何をそんなに緊張することがある」

昊《ヨン》の着替えが終わっても、ラオンはその場に凍りついて動けなかった。そんなラオンの額を、昊《ヨン》は愛おしそうに撫でた。軽やかで、いたずらっぽいその手に触れられて、ラオンの止まっていた時が再び動き出した。やっと息を吸い込むと、先ほどの昊《ヨン》の肌が目の前をちらついた。変な想像をしているようで自分が恥ずかしくなり、ラオンは頭を振って平静を取り戻そうとした。

すると、昊《ヨン》はラオンの手をつかみ、そのまま無理やり床に座らせてしまった。

目の前に昊《ヨン》の顔がある。おまけに横になってラオンを自分の方へ引き寄せようとしている。ラオンは平静ではいられなくなった。

「何をなさいます！」

「聞くまでもないだろう」

昊《ヨン》は自分の隣を目で指した。

「わたくしに、ここに横になれとおっしゃるのですか？」

「今日はここで寝ることにしたではないか」

「で、ですが、世子《セジャ》様の隣で寝かせていただくなど……」

ラオンは頬を赤らめて、首まで振って拒んだ。

「今よりここは、誠正閣《ソンジョンガク》ではなく資善堂《チャソンダン》だ」

「何をおっしゃいます」

「そして、お前と僕は世子《セジャ》と宦官ではなく、ただの友だ」

「ということは、つまり……」

「友人同士、同じ布団で寝て何が悪い？」

「そんな馬鹿な！」

何を言われても、一緒に寝るわけにはいかない。心臓が壊れそうなほどどきどきして、顔が火照ってしまうのは、昊《ヨン》のせいではない。

温室の花の世子《セジャ》様は私を男と思っていらっしゃる。正確には、男ではなく宦官だと思って、ただ単に一緒に寝ようと言ってくれているだけだ。下心があるわけではない。世子《セジャ》様は純粋な気持ちで私の働きを労ってくれている。

「今日はご苦労だった」

「わたくしの務めを果たしただけです」

「そう言ってくれると、少し気が楽になるよ。使節団が帰国するまで、今日のようにそばについていてくれ」

「もちろんです。ご安心ください」

「頼んだぞ。しばらくはゆっくり休めないだろうから、今夜だけでもゆっくり眠ろう」

「ではわたくしも……休ませていただきます」

ラオンはそっと、その場を離れようとした。

「どこへ行く」

「ちょっと、世子《セジャ》様！」

旲《ヨン》がとっさに腕をつかむと、その弾みで、ラオンは旲《ヨン》の胸に飛び込む形になった。ラオンの小さな体がすっぽり収まる、広くて硬い胸板。頬がかあっと火照ってくるのがわかった。

「わたくしは、失礼いたします」

ラオンが再び離れようとすると、旲《ヨン》は後ろからさらにきつく抱きしめた。

「言ったはずだ。夜のうちに訪ねてくる者がいないとも限らない」

「そういうことでしたら、ご心配には及びません。表に控えております」

自分を気遣う旲《ヨン》の気持ちはありがたいが、女の身で男と同じ布団に入り一夜を過ごすわけにはいかなかった。

「だめだ」

「それでは」

ラオンは隙を突いて昊《ヨン》から離れ、

「こちらにおります」

と、布団のそばに座った。

「お前の体は鉄でできているのか？　少しは休まないと倒れてしまうぞ」

「大丈夫です。こちらで十分休めますので」

「そう言わずに、ここに横になれ」

「そうはまいりません。宮中には厳しい決まりがあります。世子《セジャ》様のおそばを、わたくしのような一介の小宦がお守りすること自体、本来ならば許されないことです。そのうえ、隣で寝かせていただくなどもってのほか。どうか、お許しください」

今ここで寝てしまったら、何が起こるかわからない。寝ている間に、もし正体がばれてしまったら……。そう思うと、先ほどとはまた違う理由で心臓がばくばく言い始めた。

「遠慮することはないのだ」

「なりません」

「僕の命令だぞ」

ラオンは平伏した。

「お願いでございます。どうか世子《セジャ》様のおそばで、休ませてください」

この強情っ張り、と思ったが、ラオンがこれほど頑なに拒むのも珍しく、昊《ヨン》は引き下がった。

「そこまで言うなら仕方がない」

昊《ヨン》は名残惜しそうにラオンを見て、一人横になった。ラオンは少し離れて正座をして座った。

「一晩中そうしているつもりか？」

昊《ヨン》は心配したが、ラオンは努めて明るく答えた。

「はい、もちろんです」

「そう言わずに、こっちで寝たらどうだ？」

「ここで十分です」

「それなら、脚だけでも伸ばせ」

「この方が、楽なのです」

「頑固者め」

昊《ヨン》はしばらく無言でラオンを見ていたが、諦めて目をつぶった。昊《ヨン》が目をつぶったのを確かめて、ラオンはようやくひと息ついた。

これでは心臓がいくつあっても足りない。


段々と脚が痺れてきた。昊《ヨン》は寝息を立てている。脚を伸ばせと言われた時に素直に聞いておけばよかった。このまま朝まで正座を続けるのは無理だと諦め、ラオンは昊《ヨン》の様子をうかがいながら脚を崩そうとした。だが、思ったより脚が痺れていて床に倒れ込んでしまった。

「いたた……」

つらそうにラオンが脚を揉んでいると、笑いを噛み殺すような声が漏れ聞こえてきた。すぐに昊《ヨン》の様子を確かめたが、寝ていて気づいていない。聞き間違いかと胸を撫で下ろし、ラオンが脚を揉み始めると、遠くから丑の刻（午前一時から三時）を知らせる鐘の音と共にミミズクの鳴き声が聞こえてきた。

「もうそんな時刻なんだ」

ラオンは思い切り伸びをして座り直した。ところが、今度は瞼が下がってきた。それを無理やり開けて堪えていたが、慣れない仕事の疲れが潮が満ちるように押し寄せてきて、ラオンは舟を漕ぎ始めた。

それでも起きようとして、鶏のように何度か首をこっくりさせていたが、とうとう床に頭をぶつけてしまった。跳ね返るように上体を起こし、今度も昊《ヨン》の様子をうかがったが、昊《ヨン》は寝返りを打っただけで眠り続けている。

ふと見ると、先ほど頭をぶつけた床の辺りに枕が置かれていた。頭をぶつけたのは、この枕だったらしい。床に頭をぶつけていたら、額にこぶができていただろうし、その音で昊《ヨン》を起こしていたかもしれない。

でも、どうしてここに枕があるのだろう？　世子《セジャ》様が寝返りを打った拍子に、転がってきたのかな。

少し無理があるが、昊《ヨン》が起きた形跡もないので、ラオンはそう思うことにして、昊《ヨン》を起こさないようこっそり枕を抱きかかえた。いつまた寝落ちして、床に頭を打つとも限らないし、ぐっすり寝ている昊《ヨン》を起こしては申し訳ないと思ったためだ。

すみませんが、この枕だけお借りします、と眠る昊《ヨン》の背中に一礼して、ラオンは頭がぶつかりそうなところに枕を置き直した。

それから一刻もしないうちに、ラオンは再び舟を漕ぎ始め、枕に顔を突っ伏して寝息を立て始めた。

すると、昊《ヨン》が目を開けて、そんなラオンの様子を見て微笑んだ。

「ホン・ラオン」

ラオンは返事をしない。

「おい、ラオン」

二度、名前を呼んだが、やはりラオンは起きなかった。生まれたばかりの赤子のような寝顔ですやすやと眠っている。枕に突っ伏したままでは苦しかろうと、昊《ヨン》はラオンを優しく抱き上げて、自分の布団の上に下ろした。すると、わずかに身をよじり、ラオンはまっさらな綿が詰められた昊《ヨン》の布団の中に自分から入った。掛け布団に埋もれるようにして眠るラオンを見ながら、昊《ヨン》は向かい合って横になった。

「強情なやつだ。素直に言うことを聞いた試しがない」

聞かん坊の弟にするように、昊《ヨン》は眠るラオンの鼻を軽くつまんだ。

「ん、んー……」

ラオンが眠ったまま鼻の背をしかめたのがおかしくて、旲《ヨン》は笑いが出た。ラオンは深く眠っているようで、腕を伸ばして旲《ヨン》の胸の上に乗せてきた。

「世子《セジャ》の胸に腕を乗せるとは……」

旲《ヨン》は憎らしからぬ眼差しでその腕を見た。男とは思えない痩せ細った腕に、旲《ヨン》はなぜか胸が痛んだ。

するとと、今度はラオンの頭が枕から玉のように転げ落ち、まるで温もりを求めるように旲《ヨン》の胸の中に入ってきた。

「こい……っ……」

ラオンの丸みを帯びた額が、あごの先に触れている。

「大したやつだ」

世子《セジャ》の胸に顔を埋めて眠る宦官か。チェ内官が見たら卒倒するだろう。

だが、温かい。人の体温は、こんなにも温かいものなのか。

こういうのもいい、と旲《ヨン》は思った。ラオンにはなぜだか甘い自分に溜息を吐き、旲《ヨン》は目を閉じた。

体が温み、眠くなってくる。子どもの頃から不眠に悩まされてきたのに、不思議な気分だ。

誠正閣《ソンジョンガク》の門前は、朝からざわついていた。チェ内官はやって来るなり、門前の者たちに駆け寄った。

「世子《セジャ》様がご起床なさらないとは、本当か？」

「そうなのです。もう卯の刻（午前五時から七時）になるというのに、お目覚めになる気配もありません」

「困った。実に困った」

チェ内官はひどく狼狽し、障子戸を見つめた。世子《セジャ》様に仕えて以来、こんなことは一度もなかった。幼い頃からひどい不眠に悩まされ、いつも寅の刻（午前三時から五時）になる前に目を覚ましてしまわれる世子《セジャ》様が、この時刻までお目覚めにならないのは初めてだ。

チェ内官の心配を察してか、ほかの内官や尚宮《サングン》たちも表情を曇らせた。

「チェ内官様が、様子をご覧になられてはいかがでしょう」

下の者に促され、チェ内官は少し悩んだが、意を決して寝所の中に向かって声を張った。

「世子《セジャ》様、チェ内官でございます」

だが、返事はなかった。

神経の過敏な世子《セジャ》様が、これほど大きな声に気づかないはずがない。

チェ内官はますます心配になり、かくなるうえはと、門番役の門差備《ムンチャビ》に目配せをして戸を開けさせた。チェ内官が部屋の中に入ると、旲《ヨン》は見たこともない安らかな寝顔で眠っていた。

「世子《セジャ》様、お休みでいらっしゃいますか？　世子《セジャ》様」

「静かに」

一瞬、旲《ヨン》の声がして、部屋の中はまたしんとなった。旲《ヨン》は声を潜めてチェ内官を呼んだ。

「チェ内官」

「はい、世子《セジャ》様」

「今日は寝坊させてもらう」

チェ内官は大きく見開いた目をぱちくりさせた。

「世子《セジャ》様、どこかお悪いのでしたら、すぐに御医《オイ》をお呼びいたします」

「そうではない。ただ、今はまだ布団の中から出たくないのだ」

「……かしこまりました」

いつも決められた生活を送っていれば、いくら世子《セジャ》様とはいえ休みたくなる日もあろうもの。一日くらい寝坊をしても構うまい。

チェ内官は何も言わず、後ろ歩きで部屋を出ていった。戸が閉まると、旲《ヨン》は目を開け、そっと掛け布団をめくった。布団の中で、ラオンは子猫のようにぴたりと旲《ヨン》に身を寄せて眠っていた。

十四　花たちの戦い

目が覚めると、ラオンは寝ぼけ眼《まなこ》で部屋の中を見渡した。思考がぼうっとして、霧の中にいるみたいだ。艶やかな刺繍が入った帳《とばり》に、朝の光が差す重厚な本棚。その光は黄色い蝶が舞うように揺らめいて、繊細な彫刻が施された紫檀《したん》の机まで伸びている。照り返す机の装飾を眺めて、ラオンはなんて綺麗なのだろうと溜息を漏らした。しかし、見慣れない景色だ。ここはどこだろう？　私はなぜここにいるのだろう？

次第に頭の中のもやが晴れ、意識がはっきりしてくると、昨日の出来事が思い出された。

使節団が王宮を訪れ、下馬の宴が行われた。宴の間は立ちっぱなしで世子《セジャ》様の補佐役を務め、それから、世子《セジャ》様に手を引かれて誠正閣《ソンジョンガク》に連れてこられ……。

不意に、昨晩の旲《ヨン》の裸を思い出し、ラオンは赤面した。

世子《セジャ》様は着替えを済ませると、疲れただろうと言って、自分の布団で寝るよう勧めてくれた。それを丁重に断って、世子《セジャ》様の足元の方に座らせてもらった。そう、ちょうど今、陽射しが差し込む窓の下の辺りに座っていたのに、なぜか横になっている。それも、ふかふかの布団に包まってて……。

「何てこと！」

ラオンは飛び起きると、自分の叫び声に驚いて慌てて手で口を押さえた。周りを確かめたが、幸いほかに人はいなかった。部屋の主である旲《ヨン》の姿はもちろん、いつも据えつけられたように寝所を守っている宦官や女官たちの姿もない。がらんとした部屋で、ラオンは一人眠っていた。それも、やがては王になる世子《セジャ》の寝所で。

「信じられない」

ラオンは頭を抱えた。いつの間に寝てしまったのか何も思い出せない。記憶がすべて焼き払われてしまったみたいだ。ただ、とても温かくて抱き心地のいいものを抱いて、安心して眠れたことは覚えている。問題は、よく寝すぎたということだ。

寝ぼけて布団の中に潜り込んでしまったのだろうか。もしそうなら、世子《セジャ》様はどこで寝たのだろう。それより、寝言でも言って、女であることを露呈してしまわなかっただろうか。もう、気がどうにかなりそうだ。

ラオンが混乱していると、戸が開いて誰かが部屋の中に入ってきた。世子《セジャ》様に違いない。ラオンは驚いて口から心臓が飛び出るかと思ったが、すぐに居住まいを正して深々と頭を下げた。

「世子《セジャ》様、昨夜のことですが……」

昨晩、何があったのか確かめたかったが、怖くて言い出せなかった。

「ホン内官」

重みのある声。ラオンが顔を上げると、そこにいたのは旲《ヨン》ではなく、チェ内官だった。心労が深いのか、年老いたチェ内官の顔は一晩でさらに十年は老け込んでいた。目の下には黒いくままでできていて、その形相にラオンは思わず後退った。

「何でございましょう……」

「ホン内官」

「はい、チェ内官様」

「これから、どうするつもりだ？」

「これから？」

「昨晩こと……あのようなことがあって……」

その先はとても口にできず、チェ内官は堪らず顔を背けた。それを咎められたと受け取って、ラオンは噴き出す汗を拭いもせずに言葉少なに答えた。

「申し訳ございません。気づいた時にはもう……このようなことになっておりました」

本当に、眠るつもりはなかったのです。

「何ということを……取り返しのつかないことをして……」

チェ内官はわずかに首を揺らし、ラオンの身を憂いた。胸が絞めつけられたが、ホン内官がいることで世子《セジャ》様のお心が慰められるのなら、それこそ願ってもないことだという前の判内侍府事《パンネシブサ》パク・トゥヨンの話を反芻し、思い直すことにした。

「いや、いいのだ。それより、さぞ疲れたであろう」

チェ内官がなぜ自分を労《ねぎら》うのか、ラオンにはわからなかった。一晩ぐっすり眠ったおかげで、生き返った気分だった。今なら空も飛べそうなほど体が軽い。

「今日は休みなさい。今後のことは、あとでよく話し合おう」

「チェ内官様、ですが……」

突然、休んでいいと言われ、ラオンは悪いことが起きそうで不安になった。もしかして、世子《セジャ》の布団で寝ていたことへの罰なのだろうか。

ラオンが思いつめたような目でチェ内官を見つめると、チェ内官もしばらくの間、ラオンを見返して、苦悩の表情を浮かべた。

世子《セジャ》様の夜伽を務めた女人には、それに見合った処遇を与えることになっている。だが相手は宦官だ。このことが公になれば、世子《セジャ》様はお子をなすべき務めを果たさず、宦官を相手に色事に耽っていると民の顰蹙《ひんしゅく》を買いかねない。だが、決まりは決まりだ。宦官だからといって、このまま何もしないわけにもいかない。

ことがことだけに、自分一人では判断できかね、まだ宮中のどこかにいるであろうパク・トゥヨンを頼ることにして、チェ内官はラオンに言った。

「今日は夜まで特に仕事がない。ひとまず資善堂《チャソンダン》に戻って、夜になったらまた東宮殿《トングンジョン》に来なさい」

「かしこまりました」

ラオンは不安のまま誠正閣《ソンジョンガク》をあとにした。チェ内官の深刻そうな顔が、目の前をちらついて離れない。私は一体、何をしてしまったのだろう？

清々しい秋風に吹かれ、地面を転がる落ち葉を追って歩きながら、ラオンは昨夜のことばかり考えていた。

一晩中、起きているつもりだった。世子《セジャ》様の寝所でなど寝られるはずがない。それなのに、どうして世子《セジャ》様の布団で寝ていたのだろう。まさか、世子《セジャ》様を布団から追い出して？

そういえば、目が覚めた時に世子《セジャ》様のお姿はなかった。チェ内官様のあの苦悩の表情は、これからよからぬことが起こることを暗示していたのだろうか。

一体、何が待っているの？　私はどうなってしまうの？

友と呼び合う間柄とはいえ、世子《セジャ》と宦官では天と地ほどの身分の差がある。ましてや一介の小宦が世子《セジャ》様から布団を奪って寝ていたのだから、温室の花の世子《セジャ》様も呆れているに違いない。

そんなことを考えながらうつむいて歩いていると、宦官が数人、ラオンの前を通り過ぎていった。皆、火急の用でもあるのか、ひどく急いでいる。走り去る後ろ姿をしばらく見送って、ラオンは再び歩き始めた。

ところが、少し進んだところで、今度は女官たちが走り過ぎていった。何かあったのかと見てみると、三々五々列をなした宦官や女官たちは、こぞって后苑《フウォン》に向かっていた。

「おい、ホン内官」

不意に呼び止められて振り向くと、ト・ギが手を振って近づいてきた。

「ト内官様」

「お前も行くのか？」

「どこへです？」

「あそこだよ」

「あそこって？」

ラオンが聞き返すと、ト・ギは少し苛立った。

「信じられないな。ホン内官、まさか知らないのか？」

「知らないって、何のことです？」

ト・ギは周りに人がいないのを確かめて、声を潜めて言った。

「戦が始まったのだ」

「い、戦ですって？」

ラオンは耳を疑った。戦なら、生きるか死ぬかの一大事だ。それなのに、ト・ギの表情には差し迫った感じがなく、むしろ高揚した感じが見られる。

「ホン内官も一緒に行こう。戦見物だ」

「見物などしている場合ですか？　一刻も早く避難するか、武器を取って戦いませんと」

「そっちの戦ではない。この戦は、そうだな、喩《たと》えるなら花たちの戦いだ」

「花たちの戦い？」

ラオンには、ト・ギの言うことがさっぱり理解できなかった。戦は戦でも、花たちの戦だと言う。紫陽花とキンセンカが、花びらや葉っぱの飛ばし合いでもしているのだろうか。

「こうしちゃいられない。俺たちも急ごう」

「事情も知らずに行けませんよ」

「そんなの、行けばわかるさ」

ト・ギは大きな腹を揺らして走り出し、ラオンもあとを追うことにした。


ト・ギが向かったのは后苑《フウォン》の暎花堂《ヨンファダン》だった。近くに寄って見てみると、人だかりの向こうに女たちが二手に分かれているのが見えた。暎花堂《ヨンファダン》を挟んで右手に明温《ミョンオン》が、左手には清のソヤン姫が、三、四歩離れて互いを睨み合っている。それは二人を取り囲む者たちも同じで、今に何かが起こりそうな雰囲気が漂っていた。

すると、そのただならぬ様子に、ト・ギが多少浮ついた声で言った。

「おお、もう始まっていたか」

「お二人とも、ずいぶんと険しいお顔をなさっていますね。何かあったのでしょうか？」

「言っただろう。戦だよ」

「では、戦というのはもしかして」

ト・ギはうなずいた。

「あのお二人のことさ」

ラオンはようやく合点がいった。明温公主《ミョンオンコンジュ》様とソヤン姫様は、確かに花に喩えても不足ないほど美貌に恵まれている。

「原因は何なのです？」

朝鮮の公主《コンジュ》と清の姫君。二人の立場や今回の使節来訪の目的を考えれば、お互い姉妹のような関係を築くよう努めそうなものだ。両国の利害を踏まえれば、表向きだけでもそうすべきだ。それなのに、下の者たちまで巻き込んで堂々と火花を散らしている。これはよほどの理由がありそうだ。

「原因はだな」

ト・ギは声を潜めてことの経緯を話し始めた。

発端は、一部の男たちの他愛ないおしゃべりから始まった。朝鮮随一の美人と謳われる明温公主《ミョンオンコンジュ》と、清の五大美女の一人に数えられるソヤン姫。二人の美しい女人を同時に拝めるまたとない好機に湧いた好事家たちが、どちらがより美人か賭けを始めた。その話は風に乗って広がり、やがて当人たちの知るところとなった。初めは二人ともくだらないと聞き流していたが、使節来訪の日が近づくにつれ、徐々に互いを意識するようになっていった。そして昨晩、ついにその二人が顔を合わせることになった。

昊《ヨン》に袖にされ、むしゃくしゃしていたソヤンは、気晴らしに后苑《フウォン》を散歩することにしたのだが、偶然にも后苑《フウォン》を散策していた明温《ミョンオン》に出くわした。明温《ミョンオン》もまた、ラオンのことで胸中穏やかではなかった。

ひと目見た瞬間から、二人の間には目に見えない火花が散り始めた。互いに相手の身なりに素早く目を走らせ、鼻で笑い合った。そして、ソヤンの方から明温《ミョンオン》に近づいて、勝ち誇った笑顔で言った。

「あら、これは明温公主《ミョンオンコンジュ》様」

「この夜更けに、ソヤン姫様がどうしてこちらに?」

「昌徳宮《チャンドックン》の后苑《フウォン》は大変な評判ですので、この目で見ておこうとまいりました」

「そうでしたか」

すると、今度は明温《ミョンオン》が勝ち誇ったように笑った。秋の夜長、昌徳宮《チャンドックン》の后苑《フウォン》はどこにも引けを取らない風雅な美しさがある。自慢の景観を見渡して、明温《ミョンオン》はあえて謙遜した物言いで言った。

「ご満足いただけましたかどうか。よもやとは思いますが、がっかりされてはと、いらぬ心配をいたします」

ソヤンは悩ましい笑みを湛えて言った。

「答えに困りますわ」

「それは、どういうことでしょう?」

「せっかくのおもてなし、お世辞でも申し上げるべきでしょうけれど、それではこの口が恥ずかしく、かと言って見たままを正直に申し上げれば、もてなす方の顔を立てられず」

明温《ミョンオン》は微笑みながらも眉間にしわを寄せた。ソヤンはつまり、王宮の后苑《フウォン》にケチをつけたのだ。だが、明温《ミョンオン》は笑顔を崩さずに言った。

「何をおっしゃいますのやら。遠慮などなさらずに。どこかお気に召さないところがありまして?」

「何か一つ、これというところはございませんが」

「何か一つだけではないとおっしゃっているように聞こえますわ」

「気をつけたつもりでしたが、そう聞こえましたか？　もともとが世辞や遠回しな言い方をするのが苦手で、何でも正直に言うのはお前のよさであり、短所でもあると、父にもよく言われます」

「ソヤン姫様の率直なご高見、しかと拝聴させていただきます」

「そこまでおっしゃるのなら、申し上げます。このようなことを申し上げてどう思われるかわかりませんが……朝鮮という国は、実に不思議な国です」

「不思議とおっしゃいますと？」

「物も景色も、それに女たちも、どれを見てもとても地味で、清にはない素朴さに戸惑いを覚えます」

明温《ミョンオン》の眉が小刻みに震えた。物や景色などは言い訳であって、本当はこの国の女は地味だと言いたいのだろう。それが自分に向けられた評価であることを、明温《ミョンオン》はすぐに察した。一瞬、面食らった明温《ミョンオン》だったが、すぐに気を取り直し、意に介さないというふうにつんと鼻を澄ませた。

「朝鮮は元来、余白の美を重んじる国です。過ぎたるは猶及ばざるが如しと申します。ほどよい装いと、ほどよい趣は、ソヤン姫様の目にはよほど素朴に映ったようです。確かに、仰々しいほど派手な装いを好む清の人々の目には、そう見えるかもしれませんね」

「仰々しい？」

今度はソヤンの額に青筋が立った。明温《ミョンオン》はにこりと笑いさらに言った。

「あら、私ったら失礼なことを。仰々しいという言葉は取り消します」

「当然、言い直していただいた方が……」

「しかし、やりすぎるのはどうでしょう。あまりに派手に飾り立てられては、見る側の目が痛うございます。わが国では、卑しい妓女《キニョ》ほど派手に着飾るものです。仰々しいというより、はしたないとでも言いましょうか。何もソヤン姫様がそうだと言っているのではありません。ただ、国と国の趣向の違い、風習の違いのお話しでございます」

丁寧ながら棘のある言い方に、ソヤンは目元を引きつらせた。

「華やかな装いは、清では富と名誉の象徴です。このような小国では、華やかさを求めるのは土台無理でしょうけれど」

「無理なのではなく、しないのです。華やかで派手な装身具なら、部屋の中に山ほどありますが、特に身に着けたいと思いません。だって、そのような装飾などしなくても、十二分に美しいのですもの。わざわざ派手に着飾る必要などありませんわ。もっとも、自分に自信のない人ほど、派手に飾りつけたがるものだそうですが」

これにはソヤンもカッとなった。

「そのお言葉、つまり、わらわが自分の美貌に自信がないとでも？」

「そこまでは言っておりませんが」

「てっきり、ご自分の方が美しいとおっしゃっているのかと思いました」

「そう聞こえてしまったのなら、残念ですわ。でも、そんなにお怒りになるのを見ると、さして間違いではないようです」

「ご自分の美貌に、ずいぶん自信がおありのようね」

「今のところはまだ、誰かに劣ると言われたことがございませんので」

二人は忌々しそうに、そのまましばらく睨み合いを続け、同時に顔を背けると、後ろに控える女官に聞いた。

「お前は、どちらが美しいと思う?」

「言いなさい。どちらが美しい?」

「わたくしにお尋ねになられましても……」

相手の手前、女官たちは誰も答えることはできなかった。


「そういうわけで、今日は第二戦というわけだ」

ラオンは改めて二人を見た。いがみ合う二人の女人は、どちらもそれぞれの美しさがあり、比べられる類のものではないように思えた。

「このままでは結論は出ないでしょう」

ラオンが答えると、ト・ギは喜々として言った。

「そこで、今日は審判を用意したそうだ」

「審判ですか?」

「おっと、ちょうどお目見えだ」

ト・ギが指さす方を見ると、一人の少女が満面の笑みを浮かべてやって来た。

「あの方は、永温翁主《ヨンオンオンジュ》様ではありませんか」

「その通り。永温翁主《ヨンオンオンジュ》様こそ、この戦いを終わらせることのできるただ一人の方なのさ」

「なぜそうなるのです？」

「子どもの目は正直だ。おまけに、永温翁主《ヨンオンオンジュ》様は純粋な方だ。永温翁主《ヨンオンオンジュ》様ならきっと公正な審判ができようと、ご当人たちも納得なさったのだよ」

「なるほど。そういうことでしたか」

ラオンとト・ギが話しているうちに、永温《ヨンオン》は大きな瞳で明温《ミョンオン》とソヤンの顔を見比べ始めた。事情は迎えに来た女官から聞かされていた。

永温《ヨンオン》がまじまじと顔を見ると、明温《ミョンオン》は優しく微笑んだ。

「どう、永温《ヨンオン》？　この世で一番美しいのは誰かしら？」

永温《ヨンオン》は両目をさらに大きくしてソヤンの顔を見た。

「心配しなくていいのよ。あなたがどう思うか知りたいだけ。だから、思った通り正直に話しなさい。一番美しいのは、誰？」

ソヤンは永温《ヨンオン》に近づいて、華やかな笑顔を見せて言った。

「さあ、一番、綺麗なのはどっち？　綺麗な方の手を握って、教えてちょうだい」

二人とも、自分の美貌には並々ならぬ自信がある。

何を悩んでいるの？　早く私の手を握りなさい。

子どもの目は正直よ。肉親の情があろうが、結局はわらわの手を取ることになるわ。

永温《ヨンオン》は真剣な面持ちで二人の顔を見回した。そのまっすぐな眼差しに、天下の姫様たちも次第に緊張して固唾《かたず》を呑んだ。

永温《ヨンオン》はその後もしばらく、その場に集まった人々の顔を入念に見比べて、不意にうなずいた。気持ちが決まったということだろう。一体、誰を選ぶのか、そこにいる全員の視線が永温《ヨンオン》に注がれた。身内である清楚な朝鮮美人の明温《ミヨンオン》か、それとも華やかで麗しい清の美女、ソヤンか。

さあ、私を選びなさい！

じれったい。早くわらわの手を握るのだ！

姫たちは永温《ヨンオン》にそれぞれ手を差し出した。だが、永温《ヨンオン》は一歩も動こうとしなかった。人々の我慢が限界に達しようとしたその時、永温《ヨンオン》はようやく動いた。選んだ相手の前に進み、そして――。

ラオンの手を握った。

「そんな！」

「まさか！」

永温《ヨンオン》が手を取ったのは、野次馬に紛れて見物をしていたラオンだった。皆が驚く中、永温《ヨンオン》はラオンの手の平に指で文字を書き始めた。

――私には、ここにいる誰よりも、ホン内官が綺麗に思える。

「お、恐れ入りましてございます」

周囲からの刺すような視線を感じ、ラオンは笑顔を引きつらせた。永温《ヨンオン》は澄んだ瞳でひとしきりラオンの顔を見つめ、ラオンの手を取り暎花堂《ヨンファダン》を出ていった。残された人々は水を打ったように静まり返り、誰も口を開こうとはしなかった。

例えようのない敗北感が込み上げて、ソヤンは真っ赤な唇を噛んだ。明温《ミョンオン》でもなく、一介の宦官に負けた屈辱に体が震えた。

腹を立てていたのは明温《ミョンオン》も同じだった。恋しい男に美貌で負けて、喜べる女などいやしない。あまりのことに、明温《ミョンオン》はすぐにその場を動くことはできなかった。それはソヤンも同じで、二人は像のように立ち尽くし、遠ざかるラオンと永温《ヨンオン》の後ろ姿をいつまでも見ていた。

しばらくは根が張ったようにその場を動けずにいた二人だったが、やがて落ち武者のような面持ちで、それぞれの場所へと帰っていった。

二人のうなだれた後ろ姿を見送って、小宦仲間のサンヨルは言った。

「ト内官、結局、この戦いは誰が勝ったのだ？」

ト・ギは首を傾げ、二重あごを作って言った。

「ホン内官……かな？」


ラオンはげっそりとやつれた顔で資善堂《チャソンダン》に帰ってきた。思いがけず戦の勝者となってしまった。

永温《ヨンオン》に手を握られた時に向けられた人々の視線に、生気が吸い取られた気分だ。

「ただ今帰りました」

部屋に入ると、ラオンはいつものように梁《はり》の上に声をかけた。だが、ビョンヨンはいなかった。

「まだ帰っていないのか」

誰もいないがらんとした部屋を見渡していると、資善堂《チャソンダン》の裏手から水の中に何かが落ちる音がした。水を勢いよく撒くような音も聞こえる。裏手に回り、様子を確かめると、水の音は土間からしていた。

「誰か、いるのですか？」

声をかけたが返事はなく、ラオンは戸の隙間から中をのぞき込んだ。土間の中は白い湯気が充満していた。初めは火事ではないかと驚いたが、次第に湯気が晴れて中の様子が見えてきた。窓を閉め切った土間の中は薄暗く、床には服が煩雑に脱ぎ捨てられている。その服を辿っていくと、丸く大きな木の樽が現れた。湯気はその樽の中から立ち込めていた。そして、その湯気の中に、長い髪を解いた——。

「キム兄貴？」

その時、ビョンヨンが突然、立ち上がったので、ラオンは思わず声を出しそうになった。窓の隙間から秋の陽射しが差し込んで、ビョンヨンの濡れた後ろ姿を照らしている。ビョンヨンは水面から飛び出した魚のように身をしならせ、宝石のような輝きを振りまきながら、不意にラオンの方に振り向いた。

「はっ！」

ラオンは白目をむいた。
男の裸を見てしまった。それも、二日連続で。
魔が差すとはこのことだろうか。

無駄がなく、しなやかな体から飛び散る水しぶき。濡れた黒髪はまるで生きているかのように広い肩にまとわりついて、ビョンヨンが頭を振るたびに真珠の珠簾《しゅれん》のように揺れている。窓の隙間から光が差し、その姿はまるで龍王の現身のようだった。ラオンは見てはだめだと思いつつも、身動きが取れなくなるほど目が釘付けになった。

不意に、ビョンヨンが振り向いた。木の樽にかろうじて下半身が隠れた男の裸と、濃い湯の匂い。ラオンははっとして、むせそうになった。

すると、ラオンの顔を目がけていきなり黒い布が飛んできた。驚いて、剥ぐようにその布を取ると、それはビョンヨンの上着だった。すぐに土間の中を確かめたが、すでにビョンヨンの姿はなかった。

「キム兄貴？　キム兄……」

後ろを向くと、鼻先に何かがぶつかった。もしかして、と恐る恐る見上げると、すぐ後ろにビョンヨンが仁王立ちしていた。ラオンは笑ってごまかそうとしたが、先ほど見たビョンヨンの体が目に浮かび、真っ赤な顔をして下を向いた。そんなラオンを見下ろして、ビョンヨンは言った。

「ここで何をしている？」

「の、のぞき見などしていません！」

ラオンはとっさに首を振った。だが、ビョンヨンが睨むと、小さい声で気まずそうにつぶやいた。

「少し……見えたかもしれません」

「………」

「見ました。でも、全部、見たわけではありません。ほんのちょっと、いえ、正確には髪が濡れているところだけ……」

ラオンはしどろもどろに言ったが、最後は自棄になって顔を突き上げた。

「全部、見えたわけではありませんが、でも、見たっていいではありませんか。同じ男同士なのですから。ねえ、キム兄貴？」

ラオンは開き直って声を出して笑った。

「同じではないだろう」

ビョンヨンは何ともない顔をしてそう言うと、手で体の水気を払った。

「同じではないって……どういう意味です？」

まさか、気づかれたのだろうか。

ラオンが顔を強張《こわば》らせると、ビョンヨンはちらとその表情を見て言った。

「宦官は、男ではない」

「なんだ、そういう意味でしたか」

ラオンが安堵すると、ビョンヨンは訝しそうに尋ねた。

「そういう意味って、どういう意味だと思ったのだ？」

「どういう意味もこういう意味もありません。私もそういう意味だと思いました」

ラオンはぎこちなく笑って急いで部屋に戻った。そして、改めて部屋を見渡して言った。

「キム兄貴、昨日の夜は、どこにおられたのです？」

部屋の中の空気が冷たく、人がいた気配がしない。昨晩はビョンヨンもこの部屋に戻らなかったのだろうか。

「そういうお前こそ、どこにいたのだ？」

「私は……宴の準備でしばらく忙しくなるとお伝えしたはずです」

「それにしては、顔色がすこぶるいいようだが」

「そ、そうですね」

ラオンはばつが悪そうに頭に手をやって笑った。

顔色がよくて当然だ。世子《セジャ》様の布団を奪い、泥のように眠ったのだから。キム兄貴に言われるまで、そのことを忘れていた私は、なんて図太い神経をしているのだろう。もっとも、そういう神経をしていなければ、寝ている間の出来事とはいえ、世子《セジャ》様を布団から追い出せはしないだろう。

「どうした？」

ラオンは話題を変えることにした。

「いえ、何でもありません。それより、キム兄貴が沐浴なんて珍しいですね」

「沐浴をするのが、何が珍しい？」

「だって、普段の風呂とは違うではありませんか。沐浴をして丹念に体を清めるのは、大事なことを控えている時か、特別なことが終わったあとくらいではありませんか？」

ビョンヨンは胸の前で腕を組んで、ラオンを見据えた。

「俺が丹念に体を清めていたことを、どうして知っているのだ？」

「知っているって、別に……」

「見ていないのではなかったのか？」

「え、ええ、私は何も見ていません」

「………」

「それより、教えてください。この寒い日に、どうして沐浴をなさったのです？　もしかして、見た目に気を遣わなければならない理由でもできたのですか？」

いい女《ひと》でもできたのかと思って聞いてみたが、ビョンヨンは黙り込んだ。

「むすっとして、どうして何も言ってくださらないのです？　もしかして、本当にそういう方がいらっしゃるのですか？」

ラオンは俄然、瞳を輝かせた。だが、ビョンヨンはうれしそうに潤むその瞳をのぞき込むと、拳でラオンの額を軽く打った。

「痛い！」

「くだらないことを言うからだ」

ラオンは唇を尖らせた。

「照れちゃって、さては図星ですね？」

「世話が焼けるうえに、口数も減らないやつだったのか」

「世話が焼けるやつで悪うございました」

「そんなお前に、頼み事などしていいのかわからないが」

「私に頼み事ですか？」

ラオンはぱっと顔を輝かせた。

「何です？　キム兄貴の頼みなら、何でも聞きます。私にできることなら、どんなことでもさせていただきます」

いつも世話になってばかりいるので、いつか恩返しがしたいと思っていたが、これで自分もビョンヨンの役に立てると思うと、ラオンはうれしかった。そして、ビョンヨンのあごの下まで近づいて、期待に目をきらきらさせた。そんなラオンを見下ろして、ビョンヨンは懐《ふところ》から白い封筒を取り出した。

「これは、文《ふみ》でございますか？」

ラオンは意外に思いながらその文《ふみ》を受け取り、もしかして、と含みのある笑みを浮かべた。

「お相手の方への文《ふみ》ですか？　その方にお届けすればいいのですね？」

キム兄貴は知らないだろうが、私はその道の専門家だ。ラオンは胸を張った。

「まだ言うか」

「違うのですか？」

「しばらく、預かってくれ」

「私に持っていろとおっしゃるのですか？」

ラオンは目をしばたかせた。

「まさか、私に書いてくださったのですか？」

それならそうと、最初からそう言ってくれればいいのに。わざわざ文《ふみ》にしたためてくださるなんて、キム兄貴は見た目によらず恥ずかしがり屋さんなのだな。でも、一体何が書かれているのだろう。一緒に暮らすうえで守って欲しいことではないと思うけど。

ラオンがさっそく封を開けようとすると、ビョンヨンはラオンの額に再び拳骨をした。

「痛い！　さっきから何ですか！」

「誰が開けていいと言った」

「私にくださったのではないのですか？」

「俺は預けると言ったのだ。お前にやるとは言っていない」

「私にくださるのではないなら、どうして私にお渡しになるのです？」

「大事に持っておいて、俺がもし、何も告げずに三日以上、資善堂《チャソンダン》に帰ってこなかったら、その時に読んでくれ」

「キム兄貴……」

ラオンは急に不安になった。

「何かあったのですか？」

「いや」

「それなら、どうしてそのようなことをおっしゃるのです?」

「もしもの話だ。千に一つ、万に一つの時のために、お前に預けるだけだ。特別な意味などないから、余計なことを考えなくていい」

「でも、これではするなと言われても考えてしまいます」

「もういい。返せ」

「嫌です」

「どうしてだ」

「キム兄貴に初めて頼まれたことだからです」

「だったら、そんな顔をするな」

「…………」

「ラオン」

「心配なのです」

「だから、心配することなど何もないと言っているだろう」

「キム兄貴?」

「今日はよく呼ぶな」

「私には、キム兄貴が何をなさっているのかわかりません。ですが、私はキム兄貴とずっと一緒にいたいです。キム兄貴のそばにいたいです。だから、どこへも行かずに、私のそばにいてください。病気も怪我もしないで、一緒にいてください」

もしもというのが、もし不治の病のことだったらと思うと、ラオンは怖くてたまらなかった。ビョンヨンは何でもないと言うが、不安を感じずにはいられない。そう思うほど、ビョンヨンは実の兄のような大事な存在だった。

「世話が焼けるやつだ」

ビョンヨンはそんなラオンの気持ちを避けるように梁《はり》の上に飛び上がろうとして、ふと立ち止まった。そしておもむろに懐《ふところ》に手を差し込んで、何かを取り出した。指先に絡んでいるのは、赤い染め糸で編まれた腕飾りだ。結び目に、涙の形をした赤い宝石があしらわれている。手の平に転がる赤い石をビョンヨンは、じっと見つめた。


夜と朝が入れ替わる時分、ビョンヨンは灯籠が灯る屋敷を見て尋ねた。

「ここか?」

すると、部下は頭を下げて言った。

「香徒契《ヒャンドゲ》の者たちが頻繁に出入りしています。何人か捕まえて問いつめたところ、ここをアジトにしていると白状しました。それから、やつらを率いる頭の一人が今、この屋敷に身を潜めていることもわかっています」

ビョンヨンは訝しそうに目を細めた。

「どういうやつだ?」

「蛇目という男です」

蛇目――。冷たく残酷で、蛇のような目をした男だ。

「確かか?」

「間違いありません」

ビョンヨンはうなずき、そして言った。

「我々は今日、大逆無道《たいぎゃくむどう》な者たちに罪を償わせるためにここに来た」

背後に並ぶ五十人に及ぶ覆面の男たちが一斉に頭を下げた。皆、無言だが、一糸不乱のその動きは長きに渡り鍛え抜かれてきた者たちであることを物語っている。すると、部下の一人がビョンヨンに覆面を差し出した。

「これを」

「不要だ」

ビョンヨンはそれを断って、背中に背負った笠を被った。

「その笠、このところよく使われているようですが、何か特別な理由がおありなのですか?」

ビョンヨンは手を止め、じっと笠を見つめた。

特別な理由か。そんなものはない。ただ、ラオンから初めてもらった……そして、もしかしたら最後になるかもしれない贈り物というだけだ。

ビョンヨンは部下には答えず、黙ったまま笠を目深に被った。

いつの間に、月に雨雲がかかっている。ビョンヨンは地面を蹴って飛び上がった。塀を飛び越える姿は大空を舞う鷹のようだ。

ビョンヨンのあとに続いて、覆面をした男たちも次々に塀を飛び越えていった。間もなくして、屋敷の中に怒号と悲鳴が響き始めた。

「曲者だ！」

「出合え、出合え！」

部屋の中から、剣を提げた男たちが表に出てきた。その男たちの動きは、普通の屋敷では考えられないほど無駄がなく、こういう時のためによく訓練されているようだった。

いよいよ戦いが始まった。数では屋敷の男たちの方が勝っているが、力は覆面の男たちが上回っている。両者は激しくぶつかり合い、戦いは熾烈を極めた。

庭先で男たちが激しくやり合う中、ビョンヨンは一人屋敷の内部へと向かった。歩くたびに床が鳴る。普段は足音を立てないが、ここでは敵の気を引く必要があった。案の定、その足音を聞きつけて、部屋の中にいた男たちが廊下に出てきた。

「何者だ！」

すると、その声に次々に戸が開き、男たちが雪崩出てきた。廊下を埋め尽くす男たちに、ビョンヨンは眉一つ動かさずに言った。

「蛇目に会いにきた」

皆が驚く中、そっとその場を抜ける者がいた。

「蛇目だと？　誰のことを言っているのか知らないが、そんな者はおらん。わかったらさっさと立ち去れ」

「俺が用があるのは蛇目だけだ。無駄死にしたくなければ、そこを退け」

「何だと？　この状況で脅しにかかるとはいい度胸だ。野郎ども、やっちまえ！」

一番手前の男が叫ぶと、男たちは一斉に剣を抜いた。ビョンヨンも剣に手を置き、男たちに言った。

「死ぬぞ」

それは最後の警告だったが、数で勝る男たちは叫び声を上げてビョンヨンに襲いかかった。ビョンヨンは短く息を吸い、剣を抜いた。切っ先に青い光が走る。

次の瞬間、ビョンヨンは縦横を一太刀した。まるで筆を繰るようにひと息に振られたその剣は、青い残像を残して再び鞘に納められた。男たちは剣を振りかざしたまま動かない。

「は、速い……」

ビョンヨンの目の前にいる男が、恐怖に顔を引きつらせ、唇まで白くしてつぶやいた。男はそれを最期に倒れ、その後ろで一人、また一人とほかの男たちも倒れていった。自分が斬られたことにも気づかないほど、ビョンヨンの剣捌きは速かった。

行く手を阻む者がいなくなると、ビョンヨンは再び屋敷の奥に向かって歩き始めた。すると、中門から人相の悪い中年の男が、脇に小さい箱を抱えて慌てて外に出てくるのが見えた。

「屋敷に入り込まれるとは、見張りは何をして……！」

下の者たちの不手際に文句を言いながら出てきたその男は、ビョンヨンを見るなり凍りついた。

ビョンヨンは笠をわずかに上げて男の顔を見た。

「左の眉から鼻の上を通る切り傷と独眼」

一度見れば忘れることのない顔の傷。この男こそ、捜していた蛇目に間違いない。

「お、お前は！」

蛇目は震え上がった。その顔は恐怖で青ざめている。

ビョンヨンは抑揚のない声で言った。

「蛇目。お前は不純な者たちと結託して善良な民から略奪を繰り返し、か弱く無辜《むこ》な女たちに乱暴を働いたばかりか、幾度となく殺人を犯したうえ、官吏に賂を渡して罪を逃れようとした。罪状に相違ないな？」

蛇目は死神を見るような目をして、震えながらビョンヨンに訴えた。

「た、助けてくれ。これをやる。俺の全財産を差し出すから」

「罪を認めるのだな？」

ビョンヨンはそう言って剣を振り上げた。そして、躊躇《ためら》いなく振り下ろすと、蛇目の胸から血が噴き出した。ビョンヨンに差し出された箱も割れ、中から金や銀塊がこぼれ落ちた。

「その金は、地獄で閻魔様に渡すことだ」

ビョンヨンは剣を鞘に納め、屋敷をあとにした。

それからしばらく、ビョンヨンは笠を被ったまま、当てもなく市井を歩き続けた。朝日が目に染みて、思わず顔をしかめた。どれほど歩いても、染みついた死臭は少しも消えてくれない。

ビョンヨンはひたすら人混みの中を歩いた。血の臭いをさせたまま、資善堂《チャソンダン》に帰るわけにはいかなかった。外の風に晒《さら》されていると、わずかながら身が清められていくような気がした。

夜空を浮遊する星屑のように当てもなく歩き続け、ビョンヨンはふと、ある店の前で足を止めた。女人向けの装身具を売る店の前で大きなあくびをしていた女店主が、ビョンヨンに気づいて駆け寄った。

「いらっしゃいませ。お客さん、何かお探しですか？」

店主の女は、素早く笠の下のビョンヨンの視線を追った。その感じから、女人への贈り物を決めかねていることを察し、ずらりと並ぶ商品の中から一番端の赤い腕飾りを手に取ってビョンヨンに勧めた。

「これなんていかがです？　月下老人の腕飾り」

「月下老人？」

「運命の人と引き合わせてくれる月下老人ですよ。聞いたことありません？　月下老人は縁結びをする時に、赤い染め糸を使うと言われています。この赤い糸で結ばれた二人は、何があっても離れないそうですよ」

「………」

「この月下老人の赤い腕飾りを贈られた女は、送り主の男と運命を共にする。絶対に別れることがないと伝わる、とても貴重な腕飾りなんです」

「話にならんな」

「なるかならないか、試してみたらどうです？　今なら二両にしときますよ」

一瞬、ビョンヨンの目が鋭く光った。ぞっとするほど冷たい目に、店主の女は笑顔を引きつらせて品を棚に戻した。ビョンヨンは腕飾りをしばらく見ていたが、やがて無言で店を去っていった。その後ろ姿を小さくなるまで見送って、店主の女はむっとした顔をした。

「気味の悪い男だね。買わないならそう言えばいいじゃないのさ。何よ、睨みつけちゃって。あーあ、私も焼きが回ったわね。前はひと目で買う気のあるお客かどうか、すぐにわかったのに。こういう物とは縁がないって顔に書いてある男に勧めるなんて」

女はぶつぶつ言っていたが、急に息を呑んだ。いつの間に戻ってきたのか、ビョンヨンが女の顔の前にぬっと二両を差し出して言った。

「二両だ。その腕飾りを買う」

「え？　え、ええ……」

女は丸い目をしばたかせ、急いで腕飾りを差し出した。

「お客さん、お目が高いわ。月下老人がきっと、いい女《ひと》と引き合わせて……」

ところが、話が終わらないうちに、ビョンヨンは女の前から姿を消した。

「やっぱり気味が悪いわ。突然姿を消すなんて、妖《あやかし》でもあるまいし。いや、あれは妖《あやかし》だわ」

「月下老人の腕飾りか……」

「キム兄貴、今、何を隠したんです？」

ラオンが近づくと、ビョンヨンはラオンに背を向けて首を振った。

「うそ、隠したではありませんか」

爪先を立ててのぞこうとするラオンに顔だけ向けて、ビョンヨンは手の中の赤い腕飾りを指先でいじった。

運命の相手と結ばれるという赤い腕飾り。商売人の言うことを真に受けているわけではない。そうではないが……。

この腕飾りを見かけた時、真っ先にラオンの顔が浮かんだ。ラオンの細い手首によく似合うと思った。もし、千に一つ、万に一つ、目に見えない赤い糸が本当にあるとしたら……。こいつの指にその糸を結んで、一生そばにいられたら……。

「どうかしてる」

ビョンヨンの顔に苦笑いが浮かび、そして消えた。

馬鹿か、俺は。ほんの一瞬、ラオンの優しさを俺だけのものにしたいと思っただけだ。あんまり明るく笑うものだから、頭がやられちまったらしい。

「キム兄貴、何なんです？　私にも見せてください」

ラオンはそんなビョンヨンの気持ちを知る由もなく、両腕を小鳥のようにばたつかせて、しきりにのぞき込もうとしている。

「何でもない」

ビョンヨンはラオンに背を向けて、月下老人の赤い腕飾りを懐《ふところ》に深くしまい込んだ。

十六　世子《セジャ》らしからぬこと

昊《ヨン》は重熙堂《チュンヒダン》の机の前に一人座り、秋の陽射しに顔を照らされても、眩しそうに目を細めもせず、ぼんやり東の窓の外を眺めていた。

窓の外は静かだった。晴れ渡る空。風にそよぐ木々の葉。少し前かがみになって歩いている女官や宦官たちまでも風景の一部のようだ。そんな穏やかな眺めとは裏腹に、昊《ヨン》の頭の中は絡まった糸のように煩雑としていた。

ホン・ラオン。朝からこの名前ばかりが頭に浮かんでくる。ころころと玉が転がるようなその名の響きに、小さな丸い顔が重なる。完璧だった世界が、少しずつ崩れていくようだ。

母の腹に宿った時から、昊《ヨン》の運命は決められていた。建国以来、数えるほどしかいない王室の嫡男として生まれ、育てられた日々は、規と律、形と式がすべてだった。就寝、起床、食事、どんな些細なことにも完璧であることが求められた。

世子《セジャ》という強大な権力には、常に責任と義務が伴った。大人たちはいつも、その役目を果たすために『無心』になれと言った。王になる者は心を持ってはならない。心とはとかく俗人が持つものであり、天より支配する者が持つ必要のないものだと。

あれはまだ幼い頃、いつの時分だったか思い出せないほど朧げな遠い昔には、そんなことを言われるたびに反発を覚えたものだ。だが、物心がつく頃にはすでに悟っていた。王にとって、心は時に命取りになる。

だから心を捨てた。日々芽吹いてくる感情という感情をすべて切り捨てた。そして心のひだまで消し去った時、ようやく無心になることができた。それなのに、今朝、隣で眠るラオンの顔を見た途端、なくしたはずの心が蘇ってしまった。平穏だった日々が、目の前で崩れ始めていく感覚に大きく揺さぶられた。

初めは可愛い弟分くらいにしか思っていなかった。温室の花の世子《セジャ》様などと言われても嫌ではなかったし、ラオンがそこにいるだけで笑いが出てきて、一日中でも見ていられた。だから暇を見つけては会いに行っていたのだが、そうしているうちに情が湧いて、今では一日でも顔を見ないと気になって仕事も手につかない。

僕はもう、無心ではいられなくなってしまった。小さな体をさらに小さく丸めて眠るラオンを見た時、せめて寝ている間くらいは、いい夢を見て欲しいと思った。いつも笑顔でいて欲しいとも思った。そして今は、あの笑顔を僕だけに向けて欲しいと願っている。心は思いを生み、思いはいつしか願いに変わっていた。

自分が情けなくて溜息が出る。子どもの頃から聡明な天子と褒めそやされてきたが、その中身は、一介の宦官を相手に手も足も出せない臆病者だ。

自分の不甲斐なさを嘆いてもなお、机に打ちつける指先に、ラオンの頬の感触が残っている。

ぐっすり眠るラオンを起こさないように、生まれて初めて寝坊というものをした。チェ内官が心配して外から声をかけてきたが、返事もせずにラオンの寝顔を見ていた。生まれたばかりの赤子のような寝顔で、微笑まずにはいられなかった。そんな寝顔を見ているだけでよかった。見ているだけで終わるべきだったのに、僕は、ラオンに触れたいと思ってしまった。丸みを帯びた頬に、杏子色の唇に、触れたいという衝動に駆られてしまった。そんなことは初めてで、どれほど戸惑ったかわからない。その気持ちをようやく落ち着けて改めて見ると、ラオンは安心しきった顔で眠っていた。

「僕の気も知らないで」

次期国王の心を乱しておきながら、自分だけ熟睡するとは何事だと、少し憎らしくなって、半分はいたずら心でラオンの頬をつまんだ。すると、ラオンは眉間にしわを寄せて寝返りを打ち、僕の手の平に小さな顔を乗せてきた。小さい動物の子のような、儚《はかな》く柔らかい感触。僕は自分の瞳が激しく揺れるのを感じた。それまでのふざけた気持ちは消え去り、生まれて初めて欲しいものができたことを自覚した。つかんだら跡形もなく消えてしまいそうな、小さな存在のすべてを自分のものにしたいと思った。どうしてそう思うのかは自分でもわからなかった。相手は宦官の、それも小宦だぞと呆れて笑いが出てきた。

頭ではそんな自分を嘲笑う一方で、身体の奥底から猛烈な欲求が突き上げてくるのを感じた。あまりに強い欲求に、喉が渇いてきたほどだ。だから、ラオンを残して一人部屋を出た。あのままそばにいたら、喉が干上がっていたかもしれない。

「情けない」

昊《ヨン》は指先を机に打ちつけて、目を覚ますように首を振り、改めて外の様子を眺めた。そして目を凝らした。窓の外を、見慣れた後ろ姿が通り過ぎていく。

ラオンだ。

体の底から、俄然力が湧いてくる。無意識に追いかけようとして、昊《ヨン》は我に返った。まただ。僕らしくないと、昊《ヨン》はまた自分に呆れた。

ラオンのことになると、頭で考えるより先に体が動いてしまう。すぐむきになるのが面白くて、怒る顔見たさに柄にもなくからかってみたり、ちょっかいを出してみたり。

ラオンが笑えば僕も笑い、機嫌が悪いと僕まで嫌な気持ちになる。心を持つというのは、こんなにも苦しいものだったのか。まるで鳩尾《みぞおち》の辺りに千斤の錘《おもり》を垂らしているようだ。

しんとした部屋で一人心の重みを持て余していると、チェ内官が咳払いをして中に入ってきた。

「世子《セジャ》様」

チェ内官は腰を屈め、昊《ヨン》の顔色をうかがいながら言った。

「ホン内官のことですが、今日は帰って休むよう申し付けました」

「それはいい。今日はとても疲れているはずだ」

昨日は一日中立ちっぱなしだったので、ここで無理をさせては体を壊してしまう。

ところが、それを聞いて、チェ内官はぽっと頬を赤らめた。そして、わざとらしい咳払いをして、ちらと外の様子を確かめてから昊《ヨン》に言った。

「世子《セジャ》様、府院君《プウォングン》様がお見えです」

「府院君《プウォングン》様が？」

二人だけでしたい話でもあるのだろうか？

突然の祖父の訪問に、昊《ヨン》は表情をがらりと変え、チェ内官に向き直った時にはいつもの世子《セジャ》の姿に戻っていた。完全なる無心の状態。人の心を抉り取った冷血の支配者。氷の仮面を被った世子《セジャ》昊《ヨン》が、チェ内官を見てうなずいた。

「お通ししろ」

間もなくして戸が開き、気難しそうな顔をした老人が昊《ヨン》の前に現れた。


昊《ヨン》の母方の祖父、永安府院君金祖淳《ヨンアンプウォングンキムジョスン》は、笑顔を引きつらせて部屋に入ってきた。昊《ヨン》は立ち上がり、軽く会釈をして祖父を出迎えた。

「お祖父様、どうなさいました？」

「用事がてら立ち寄りました。いや、ご無沙汰しております」

「こちらは何もできていないのに、時ばかりが過ぎていくような気がいたします。ちょうど、近々ご挨拶にうかがいたく、使いを送ろうと思っていたところでした」

すると、府院君《プウォングン》は豪快な笑い声を立てて言った。

「使節のもてなしでお忙しいと、人伝《ひとづて》に聞きましたぞ」

「至らぬところばかりで、己の未熟さを痛感しているところです」

「経験など、時が経てば自ずと身についていくものです。それに、世子《セジャ》様は鋭敏でいらっしゃる。どんなこともやり遂げられると信じております」

「府院君《プウォングン》様にそう言っていただけると、心強うございます」

「この爺の言うことなど、何の役にも立ちますまい。世子《セジャ》様にそのようなお言葉をかけていただき、この爺こそ力が出るというものです」

傍目には祖父と孫の和やかなやり取りのようだが、互いを見る眼差しには、わずかな緩みもない。

昊《ヨン》はチェ内官が運んできた茶と茶菓子を勧め、府院君《プウォングン》に尋ねた。

「今日は何用でございますか？　府院君《プウォングン》様が、まさか孫の顔を見るためにお越しになるとは思えません。何か、問題でも？」

「そういうわけではありません。ただ――」

府院君《プウォングン》は不自然に目を細め、小さな冊子を差し出した。

「こちらをお読みください」

「これは、明日の笏記《ホルギ》ではありませんか。これが、どうかしましたか？」

昊《ヨン》は素知らぬふりをして府院君《プウォングン》に尋ねた。府院君金祖淳《プウォングンキムジョスン》が気に入るはずがないことを承知のうえで、昊《ヨン》が直々に書き記した式次である。

「年を取ると、心配事ばかり増えていくと言います。余計な老婆心かもしれませんが、ここの、忠誠を誓うというくだりがどうも気にかかってなりません」

「これのどこが、府院君《プウォングン》様にご心配をおかけしたのでしょう」

「先代の王様が崩御なさり、今の王様が即位なさいました。あの頃の王様はまだお若く、不慣れなことばかりでいらっしゃいました。何をするにも不安と恐怖が先立っておられました。そこへ、洪《ホン》景来《ギョンネ》の大きな反乱まで起きて、王様の心労は深まるばかりでございました」

府院君《プウォングン》は顔から笑みを消して話を続けた。

「反乱が起きた当時、王様をお守りしたのは朝廷の重臣たちでございました。王様に何十年も仕えてきた者たちに、あえて宴の場で忠誠を誓わせるというのは、ともすれば、長年仕えてきた自分たちの忠誠心が疑われていると受け取られかねず、案じております」

「忠誠心を疑うとは、心外でございます。この孫はただ、宴の伝統を守ったまででございます」

「そのような伝統など、今さら守って何の意味がありますか」

「では、お祖父様は意味がないとおっしゃるのですか？　僕はそうは思いません。この国には、より厳しい規律が必要です。王が王らしく、臣下が臣下らしくある国をつくるために、これからはより一層、規律を強めていくつもりです。そうすることで、罪深い者たちが、王の前で顔を上げられないようにしたいのです」

旲《ヨン》は射貫くように府院君《プウォングン》金祖淳《キムジョスン》を見た。しばらく重苦しい沈黙が流れ、金祖淳《キムジョスン》が口を開いた。

「王が王らしく、臣下が臣下らしい国。まこと、その通りでございます。実に正しいお考えと思います。しかし世子《セジャ》様、いかに罪深くとも、能ある者はうまく取り入れて使っていくのが政治であり、君主が持つべき徳ではありますまいか」

「君主の持つべき徳？」

旲《ヨン》は咎めるように言った。

「確かに、それも徳と言えましょう。しかし、臣下の過ちを伏せる代わりに正し、それによって臣下が臣下らしくあるようにすることこそ、僕が考える君主の徳であり、臣下の徳でございます」

旲《ヨン》の言葉には、いかに権勢を誇る外戚も王の臣下であり、王を差し置いて臣下の好きにはさせないという意味が含まれていた。

府院君《プウォングン》の上瞼《うわまぶた》が小刻みに震えていたが、府院君《プウォングン》は顔色を変えることなく旲《ヨン》を見返して、空笑《からわら》いをして言った。

「そのような深いお志《こころざし》をお持ちとは露知らず、この爺が差し出がましいことを申しました」

「ありがたいお言葉でございます。これからもお祖父様のご高見を賜りたく存じます」

「幼少の頃より天才と謳われた世子《セジャ》様であらせられます。このような年寄りの小言など、何の役に立ちましょう。世子《セジャ》様が竹のようにまっすぐな志をお持ちと知り、爺はただただ、うれしいばかりでございます」

「恐れ入りましてございます」

「では、私はこれで」

府院君《プウォングン》は笑顔で一礼し、旲《ヨン》も笑顔で応えた。だが、二人の間には穏やかな笑顔に似つかない不穏な空気が流れていた。

府院君金祖淳《プウォングンキムジョスン》が東宮殿《トングンジョン》を出ると、朝廷の大臣衆とそのお付きの者たちが駆け寄ってきた。その中の一人、領議政《ヨンイジョン》が開口一番に言った。

「府院君《プウォングン》様、世子《セジャ》様とお話しはできましたか」

すると、府院君金祖淳《プウォングンキムジョスン》は笑みを浮かべた。その表情には余裕さえ漂っている。

「お若い方ゆえ、まだ世の中に立ち向かいたいお気持ちが強いようです」

「それはいかん。思った通りだ。それで、これからどうなさるおつもりですか？　まさか黙って見ているわけではありますまい？」

「一国の世子《セジャ》であり、私には大事な孫でもあります。可愛い子ほど厳しく育ててやりませんとな」

「どう育てると言うのです？」

「若い世子《セジャ》様が思うほど世の中は生易しくないことを教えて差し上げるのも、年長者である我々の役目です」

「何か策がおありなのですか？」

領議政《ヨンイジョン》が案じると、府院君金祖淳《プウォングンキムジョスン》は袖の中から先ほどの笏記《ホルギ》を取り出して皆に見せた。

「この笏記《ホルギ》を、不用の長物にするのです」

府院君《プウォングン》は背後に影のように従う男に言った。

「今晩、使節と朝廷の大臣たちを乗せる船を用意するよう礼曹《イエジョ》に伝えろ」

唐突に思いも寄らないことを言うので、領議政《ヨンイジョン》は思わず聞き返した。

「船ですか？」

「空を見上げてご覧なさい。一点の曇りもありません。この分では夜も見事に晴れるでしょうな。川風に吹かれて船遊びをするのも風流ではありませんか」

「なるほど。それで、笏記《ホルギ》が不要になるということですか」

「今宵の船遊びは長くなりそうです。明日の宴までに戻れますかどうか」

「しかし、明日は王様が主宰する宴が予定されています」

「王様には、今すぐ人をやってお許しをいただけばよいこと」

「さすがは府院君《プウォングン》様」

皆がにんまりする中、府院君《プウォングン》金祖淳《キムジョスン》だけは鋭い目をしたままだった。先ほど、こちらを見据えた炅《ヨン》の眼差しが、妙に目に焼きついて離れない。

「計画を早める必要がありそうだ」

低く独り言を言い、府院君《プウォングン》はさらに後ろの男に言った。

「今すぐモク太監《テガム》のところへ行き、予定が変わったと伝えるのだ」

「かしこまりました」

府院君《プウォングン》をはじめ、朝廷の誰も王の許しを必要としていなかった。

その頃、モク太監《テガム》は内班院《ネバンウォン》にいた。何か言いたそうにしているモク太監《テガム》の顔色をうかがいながら、ソン内官が言った。

「モク太監《テガム》様、どうかなさいましたか？」

「いや、どうということはないのだが……」

モク太監《テガム》は少し困ったような顔をした。

「何でもおっしゃってください。モク太監《テガム》様とわたくしの仲ではありませんか。どうぞ、何なりと」

「実は、そなたに内々に頼みがあって来たのだ」

「何でございましょう。わたくしにできることであれば、死ぬ真似でも何でもいたします」

「それが、私にはある趣向があるのだが、聞いておるか？」

「ある趣向、とおっしゃいますと？」

モク太監《テガム》は咳払いをして、遠くに視線を投げた。

「ああ、あのことでございますか」

ソン内官はすぐに察して、手を揉み合わせてにんまりした。清国皇室の権力者であるモク太監《テガム》の密かな楽しみ。それは、若くて美しい少年を侍《はべ》らせることだった。

「お気に召した者でもおりましたか？」

「さすがはソン内官だ。話が早い」

「つうと言えばかあでございます。わざわざおっしゃらなくても、目配せ一つでわたくしが万事、整えて差し上げます」

「では……」

モク太監《テガム》は口元をだらしなく緩ませた。そして咳払いをすると、ソン内官はそばに寄って耳を近づけた。

「お聞きします。どの者か、おっしゃってください」

「昨日の宴席で、世子《セジャ》様の後ろにいた者が誰か、わかるか?」

「世子《セジャ》様の後ろにいた者でございますか?」

「そうだ。顔が小さくて」

「顔が小さくて?」

「剥きたてのゆで卵のような肌をした、女のような顔の子だった」

「女のような容姿をした子……」

ソン内官の頭の中に、ある人物の顔が浮んだ。ソン内官は下卑た笑いを浮かべ、モク太監《テガム》にささやいた。

「かしこまりました。できるだけ早く、あの者を太監《テガム》様の寝所にお送りいたします」

「よろしく頼む」

用事を済ませると、モク太監《テガム》は席を立った。その頬は早くも上気していた。

「ホン・ラオンでございますか?」

マ内官は目をむいて、ソン内官をまじまじと見た。

「そうだ」

「しかし……」

マ内官は神妙な顔つきをした。目的はわからないが、どうも嫌な予感がした。

「このようなことを言っては何ですが、ソン内官様、ホン・ラオンには手を出すべきではないと存じます」

「なぜだ?」

「わかりません。私にもわかりませんが、あの者に下手なことをしたら、よからぬことが起こりそうな不吉な予感が……」

ソン内官はすかさずマ内官の頭を叩いた。

「誰がお前にそれを考えろと言った? お前はただ黙って私の命に従えばいいのだ」

「しかし、世子《セジャ》様がホン・ラオンをそばに置いて離さないそうです。もしかしたら、世子《セジャ》様が寵愛する者かもしれないのです」

「何だと?」

ソン内官は笑い出した。そしてひとしきり笑うと、呆れた顔をしてマ内官に言った。

「世子《セジャ》様をどなたと心得る。恐れ多くも天下に二人といない冷血漢だ。そのような御仁が、誰を寵愛するだと？　あの方は寵愛する相手も、そのような心も持ち合わせていやしない」

「ですが」

「うるさい！　つべこべ言わずに、私の言う通りにするのだ」

「……かしこまりました」

仕方なく引き受けはしたものの、マ内官は気が進まなかった。ホン・ラオンをモク太監《テガム》の寝所に送る。少し前なら何とも思わずにできたが、今はなぜかまずいことになりそうな予感がしてならない。不吉だ。実に不吉だ。

十七　願い事

その日の夕方、ラオンは東宮殿《トングンジョン》に向かった。

「ホン内官、ホン内官」

不意に呼び止められて振り向くと、塀を挟んだ向こうから、ト・ギが駆け寄ってきた。

「ト内官様、どうかなさいましたか？」

ト・ギは苦しそうに息をしながら言った。

「礼曹参議《イエジョチャミ》様がお呼びだ」

「礼曹参議《イエジョチャミ》様が私を？　何のご用でしょう」

「それは俺にもわからん」

「私はこれから東宮殿《トングンジョン》に行かなければなりません」

「東宮殿《トングンジョン》にはどうして？」

「今夜の宴のためです。今日も世子《セジャ》様の補佐を務めるので」

「ホン内官、何も聞いていないのか？」

「何のことです？」

また何かあったのだろうか。状況が刻々と変わる宮中は、気を緩める暇がない。

「今夜の宴は取りやめになったそうだ」

「取りやめですって？」

「急に決まったことらしい。何でも、使節と朝廷の大臣方が船遊びに行かれたそうだ。だから、ホン内官も東宮殿《トングンジョン》に行く必要がないのだ」

「世子様《セジャ》からは何もうかがっておりませんが」

「うかがうも何も、お決めになるのは上の方たちだ。こんな下っ端にいちいち伝えてなどくださるものか。それに、このことは急に決まったことだから、知らせる間もなかったのだろう」

「そういうことでしたら、なおさら東宮殿《トングンジョン》に行って、直に状況を確かめて来ませんと」

「わからないやつだな。言ったではないか。皆、船遊びに出かけられたのだ」

「世子様《セジャ》も、ご一緒ですか？」

「それはわからん。だが、今夜の宴に世子様《セジャ》がお出ましにならないのは確かだ」

何かおかしい、とラオンは思った。今度の使節のもてなしを取り仕切ってこられたのは世子様《セジャ》のはず。その世子様《セジャ》が、重要な行事にお出ましにならないわけがない。もしかして、どこかお悪いのだろうか？

そこまで考えて、ラオンは、はっとなった。

私のせいかもしれない。昨日の夜、私が世子様《セジャ》を布団から追い出したから……。

今さらながら、とんでもないことをしてしまった。私のせいで、世子様《セジャ》はお風邪を召されたのかもしれない。その証拠に、お呼びがかかる時刻になっても何の音沙汰もない。やはり、東宮殿《トングンジョン》に行って状況を確かめなければ。

「わかったら、早く行こう。礼曹参議《イエジョチャミ》様がお待ちかねだ」

「ト内官様、ちょっとお待ちください」

だが、ト・ギは無理やり背中を押した。

「いいから急げ。さあ、早く」

ト・ギに背中を押されながらも、ラオンは東宮殿《トングンジョン》から目を離せなかった。


その頃、旲《ヨン》とビョンヨンは小高い丘の上に並び立ち、使節団や朝廷の大臣たちが船に乗り込む様子を眺めていた。ここからは麻浦《マポ》の渡しが一目で見渡せる。灯籠が灯る船には、妓生《キーセン》のほかに、数日は優に越せるだけの食糧が次々に運び込まれていく。

「世子《セジャ》様の読み通りになったな」

川風を正面から受けながら、ビョンヨンは旲《ヨン》を見て言った。

「まったくだ。少しも予想を外れないのが、少し寂しい気もするが」

旲《ヨン》もビョンヨンを見て話を続けた。

「当分は足をつないでいてくれ。あの者たちの想定より長く、船の上に留まらせるのだ。その隙に、父上が民に公布なさる」

「うまくいくかな」

「今、父上と僕に必要なのは大義名分だ。それを敵の方からわざわざ作って与えてくれた」

「そう仕向けたのは世子様《セジャ》だけどな。世子様《セジャ》の手の平でいいように転がされたと知ったら、あいつら、どう出るかな？」

「敵は手強い。この状況も、あるいは想定内かもしれない。どのようなことが起こってもいいように、万全を期してくれ」

「覚悟のうえだ」

「ところで、あの者たちの行方はまだわからないのか？」

ビョンヨンは黙った。

「手を尽くしてくれているのはわかるが、もう少し急いでくれ。洪景来《ホンギョンネ》の子を敵の手に渡してはならない。洪景来《ホンギョンネ》の子は、敵にとっては最大の武器だ。先を越されれば、必ずまた反乱が起こる」

昊《ヨン》の目は真剣で、ビョンヨンはその目をじっと見返した。

「どうした、僕の顔に何かついているか？」

「いや、ふと恐ろしい方だと思ってな」

「僕が恐ろしい？　お前に斬られた例の一味が聞いたら、怒って祟ってきそうだ」

昊《ヨン》は笑った。

「そうかな。とにかく俺は、世子様《セジャ》が敵ではなくてよかったとつくづく思うよ」

「それは僕も同じだ。それに……」

昊《ヨン》はビョンヨンにまっすぐ向き直って言った。

「お前と親友になれたのは、僕の幸運だと思う」

ビョンヨンは黙ってうなずいた。この友を得て幸運と思っているのは、ビョンヨンも同じだった。それに、今はもう一人、浮かぶ顔がある。いつも笑ってばかりいて、その笑顔を独り占めしたいと思わずにはいられない、あいつだ。だからこそ、あいつの目がどこを向いているのかも知っている。本人たちが気づいていないだけで、いつしかあいつの視線は世子《セジャ》様に、そして世子《セジャ》様の視線もあいつに向いていた。互いに視線を向け合う二人の姿を思い浮かべ、ビョンヨンは胸が苦しくなった。なぜ苦しいのかはわからない。ただ、初めて抱く感情を持て余し、ビョンヨンは昊《ヨン》から顔を背けた。

「愛想のないやつだ」

思っていることを口にする男ではないことをわかっているので、そもそも返事は期待していなかったが、いつにも増して胸の内を見せないビョンヨンを、昊《ヨン》は寂しく思った。

「三日だ。三日、船が戻れないようにしてくれ」

ビョンヨンは何も言わずに笠を目深に被った。ラオンからもらった笠は、もはやビョンヨンの体の一部となっている。

ビョンヨンが去り、昊《ヨン》は月に照らされて輝く川を見た。色とりどりの灯籠を灯した船が、悠々とその水面を流れていく。

本当の戦いはこれからだ。これから、今よりもっと恐ろしい危険が襲いかかり、対立は深まるだろう。それでも――。

「今ならもう、孤独にならずに済みそうだ」

隣にはビョンヨンという頼もしい友がいる。そしてもう一人、特別な存在がある。指先に残る柔らかな感触。残り香のように脳裏を漂い続ける小さな丸い顔。

きらめく川面を眺め、昊《ヨン》はふと笑った。その目には、決意とはまた別の力強さが浮かんでいた。


ラオンが礼曹参議《イエジョチャミ》キム・ユンソンのもとを訪ねると、ユンソンは礼曹《イエジョ》の書庫の中で埃塗《まみ》れになっていた。女官たちのおしゃべりを聞いた限りでは、ユンソンは世子《セジャ》と同い年で、母方の従兄弟に当たるらしい。幼い頃に勉学のため清に渡り、このほど帰国したばかりだという。明るく爽やかな印象を与える色白の美男子で、背も高く、実力も兼ね備えている。この絵に描いたような立派な青年は、うわさ好きの人々の間でしばしば世子《セジャ》と比較されている。世子《セジャ》が青く光る鋭い真剣なら、ユンソンは葦を束ねた草の剣。世子《セジャ》が吹雪が起こす北風なら、ユンソンは甘い匂いを運ぶ春の風。人々がそう表現するように、振舞いの端々に温和な人柄が滲むユンソンは、いつも微笑みを浮かべている。

「ホン内官、ちょうどいいところに来てくれました」

ラオンに気がつくと、ユンソンはいつもの穏やかな笑顔で声をかけた。女官たちが見たら、黄色い悲鳴を上げるだろう。

「ト内官からうかがいました。私にご用とは、何でしょうか?」

「そのことですが」

うわさに上るものの、長い間、清に留学していたこともあり、実はユンソンのことはほとんど謎に包まれていた。女官や宦官たちが言うには、頭脳明晰で落ち着きがあり、世子《セジャ》と比べても少しの遜色もない好青年らしいのだが。

「痛い！」

ユンソンは立ち上がろうとして机の角に頭をぶつけ、少し大袈裟な声を上げた。見てはいけないものを見たような気持ちになって、ラオンは顔を逸らした。落ち着きがあるというのは違うらしい。

「大丈夫ですか？」

「平気です。ええと、どこまで話しましたっけ」

ユンソンは、ぶつけたところを押さえながら思い出そうとしている。頭脳明晰も違うようだとラオンは思った。

すると、ユンソンはそうだ、と両手を叩いて言った。

「思い出した！　ホン内官を呼んだのは、一緒に街に出かけたいからでした」

「街って、何のことです？」

「今から、一緒に街へ出かけませんか」

服についた埃を叩きながら、ユンソンはこともなげにラオンを外出に誘った。

「宮中を出ようとおっしゃるのですか？」

「ええ、そうです」

これほど軽く王宮を出ようと誘われる日が来るとは思いもしなかった。

机を挟んで向かい合い、ラオンは困った顔をして首を振った。

「せっかくですが、わたくしは王宮の外には出られません」

「どうしてです?」

「正当な理由がある場合を除いて、宦官は王宮を出ることができないのです」

「お許しなら、私がもらっておきました」

ユンソンは恥ずかしそうに頭を掻きながら理由を言った。

「実は、ある女《ひと》に贈り物をしたいのですが、何がいいかまったく思いつかなくて、ホン内官に選んでもらいたいのです」

礼曹参議《イエジョチャミ》様も隅に置けないとラオンは思った。でも、どうして私に頼むのだろう?

「困ります」

「なぜです?」

「ご存じの通り、わたくしは」

「宦官です」

「そうです、宦官です。宦官に、女人への贈り物を選ばせるのはいかがなものかと」

「しかし、ホン内官はただの宦官ではないでしょう? だって、ホン内官は……」

ラオンは慌ててユンソンの口をふさいだ。

「それは秘密のはずです!」

「ご安心ください。ここは私とホン内官の二人きりですから」

ユンソンは『二人きり』と言う時に特に力を込めた。顔の距離が近い。ラオンは後ろに下がったが、その分だけユンソンが近づいてきた。机に手を突き、ユンソンは身を乗り出して言った。

「だめですか？」

「もう一度申し上げますが、それは困ります。そのようなことをして、もしわたくしの秘密が露呈したら……」

「その心配はいりません。ホン内官は私と一緒に街へ出て、贈り物を選んでくれれば、それでいいのです」

ラオンは大きく首を振って言った。

「申し訳ございませんが、いたしかねます」

だが、何度断ってもユンソンは引き下がらなかった。むしろ親しみのある笑顔をラオンの鼻の先まで近づけて、ささやくように言った。

「前に頼み事を聞いてくれると言いましたよね？　覚えていますか？」

「はい」

「今、その頼み事をしても？」

「何でしょう？」

「今日一日、私の言う通りにすること」

つまり、断っても無駄ということだ。

「世子様《セジャ》がいつお呼びになるかわかりません」

「世子様《セジャ》がホン内官を必要としていたのは、使節への対応のためです。その使節は今、船遊びに出ていて今夜は戻らないそうです。ですから、世子様《セジャ》に用事を言い付けられることはありません」

「もう一つあります。わたくしが宮中を出るには、通符《トンブ》がいります」

「ですから、その用意ならできています」

ユンソンは袖口から通符《トンブ》を取り出して見せた。

「そこまでして、わたくしと宮中を出ようとする理由は何ですか?」

ユンソンは頭を掻きながら、決まり悪そうに言った。

「実は、朝鮮に帰ってきたばかりで、相談できる女人はホン内官しかいないのです。今日一日だけ、お願いします」

純朴な笑顔でここまで乞われては断れない。

「これで、借りはちゃらですよ」

ラオンが念を押すと、ユンソンは手で胸を打って言った。

「ご安心ください。こう見えて、私も男です。男に二言はありません」


半刻ほど後、ラオンとユンソンは街中を並んで歩いていた。ラオンは士大夫《サデブ》の男の出《い》で立ちをしている。以前、昊《ヨン》やビョンヨンと一緒に宮中を抜け出した時に着た服だ。

二人は市井の中を見物して回った。宮中を出ようと誘われた時は頑なに拒んでいたラオンも、いざ外に出てみると、目に映るものすべてに心が躍った。囲いの中の王宮とは異なり、人々の活気にあふれる街を歩いていると、それだけで胸がすくようだ。歩きながら聞くユンソンの話も、時を忘れるほど楽しかった。ユンソンは大変な博識で、話に出てくる未知の国の人々の暮らしぶりや文化に、ラオンは強く引き込まれた。王宮を出てから一度も休まずに歩き続けているが、目の前を流れる市井の風景と、見たこともない異国の話のおかげで少しも疲れを感じなかった。それに、宮中に召し抱えられる前の自分に戻ったようで、気持ちも軽やかだった。

そんなラオンの様子をうれしそうに見ていたユンソンが、不意に怪訝な顔をした。

「ちょっとこちらに」

ユンソンはラオンの腕に自分の腕を絡ませた。

「おやめください」

ラオンがとっさに腕を払おうとすると、ユンソンはラオンの耳元でささやいた。

「なぜです？　恥ずかしがることはないではありませんか」

「なぜって、だってわたくしは……」

「傍《はた》から見れば、ホン内官は美しい顔立ちをした男子に過ぎません。それなのに、同じ男を相手に恥ずかしがられては、逆におかしく思われてしまいますよ」

ユンソンの言う通りだった。ラオンは仕方なくユンソンに従った。すると、ユンソンはラオンと腕を組んだまま、いくつか狭い脇道を抜けて大通りに出た。そこにはわりと大きな店があった。

「何を買われるのです？」

ユンソンはそれには答えず、店主に会釈した。

「頼んでおいたものはあるか？」

すると、店主はちらとラオンを見て、含みのある笑みを浮かべた。

「奥に用意してございます」

「先に行って待っていてくれ」

店主は一礼して店の奥に入っていった。

「女人に贈りたい物というのは、もしかして」

二人のやり取りを見てラオンが尋ねると、まだ言い終わらないうちにユンソンはうなずいた。

「そう、服です。ただ、似合うものがわからず、ホン内官が着て感じを見せて欲しいのです」

「そんな、それはいけません」

ラオンは手まで振って断った。女人として生まれたが、物心ついた時にはすでに男だった。たった一度、女人の服を着たことはあったが、それもいつの頃だったか思い出せないほど遠い昔のことだ。それ以来、一度も女人の服に袖を通したことがない。それなのに、突然女人の服を着てくれと言われても困ってしまう。

だが、ユンソンにはラオンの反応が理解できないようだった。

「贈り物の服を着てみて欲しいというのが、そんなにおかしいですか？」

「だって、女人の服ですよ？」

「だからホン内官にお願いしているのではありませんか。私は着られませんから」

「そうおっしゃられましても」

「忘れたのですか？　今日一日、私の言う通りにすると約束したはずです」

にこりと笑って言われ、ラオンは渋々引き受けることにした。

「着るだけでいいのですね？」

「ええ、着るだけです。奥で先ほどの店主が待っています。ホン内官の事情は伝えておいたので、心配はいりません。着替えが済んだら、出てきて見せてください」

ラオンが重い足取りで店の奥に入っていくのを、ユンソンは笑顔で見送った。

嫌々店の奥に入ると、そこにはラオンが見たこともない世界が広がっていた。


ラオンは窓を閉め切った小部屋に通された。戸惑いながら中に入ると、反物屋の店主の女はすぐさま戸に鍵をかけ、腕まくりをしながらラオンに近づいてきた。

「な、何ですか？」

女は警戒するラオンの胸元の紐に手をかけ、あっという間に上衣を脱がしてしまった。被ってきた黒笠も落ち、ラオンはあれよあれよという間に半裸の状態にされてしまった。あまりの手際のよさに抗う間もなく、ラオンは最後の砦にしがみつくように胸に巻いたさらしをさらにきつく引っ張った。

「服を着るだけなら、これまで取る必要はないと思います」

ところが、店主の女は頑なに首を振って聞こうとしない。

「服を作り続けて三十年。私の経験から言わせてもらえば、着こなしの良し悪しを決めるのは下着です。お嬢様のその胸隠しは、何と言いましょう、不恰好にもほどがあります」

女はそう言って、容赦なくラオンのさらしに手をかけた。

「何をなさいます！　おやめください！」

「私の服を着るなら、この野暮ったいさらしは取っていただきます。長いことこの仕事をしていますが、ここまでへんてこな胸隠しは見たことも聞いたこともありません」

女はうずくまるラオンの腕を払い、無理やりさらしを剥ぎ取ると、代わりに滑らかな絹の布で白い胸を包んだ。すると、それまで少年のようだったラオンの胸に、滑らかな膨らみができた。女は満足そうにうなずき、床に並べられた衣を一枚一枚、拾い上げた。肌に直接触れる肌着から幅のある履き物まで、裳《チマ》の下に着る下着だけで何枚もあった。まるで戦場に向かう兵士が武装するみたいだとラオンは思った。一枚一枚、着せられるたびに、ラオンはやれやれといった思いだったが、下着を着終え、女が用意した紅い裳《チマ》を見た時にはさすがに溜息が出た。

紅い生地に薄桃色の梅の花が刺繍され、触れただけで傷つけてしまいそうなほど繊細な絹の裳《チマ》と、その裳《チマ》によく似合う白い上衣を着せ、女は手鏡の前にラオンを座らせた。

「服というのは、それに相応しい装いが伴わなければなりません」

反物屋の店主の女は、そう言ってラオンの髷を解き、艶のある長い黒髪を美しく仕上げていった。男装をして男らしい表情を作り、男らしい振舞いを真似てばかりいたラオンが、少しずつ本来の姿を取り戻し始めた。


ユンソンは手を後ろに組み、落ち着かない様子で店の中をうろうろしていた。すると、奥の部屋の鍵が開く音がした。振り向くと、店の奥から紅い裳《チマ》に身を包んだラオンが現れた。その姿を見て、ユンソンの顔から笑みが消えた。まるで時が止まったようだった。耳も、目も、声も、感覚も、何もかも奪われたように、ユンソンはラオンに釘付けになった。韓服《チマチョゴリ》を着たラオンは、白い雪の上に咲く一輪の梅の花のようだった。強い息吹を持ちつつも、どこか儚《はかな》げで、今にも雪に溶けてしまいそうな危うさを感じさせる。ユンソンはまるで夢を見ているようだった。

「礼曹参議様《イエジョチャミ》?」

呆然と立ち尽くすユンソンを、ラオンは少し大きな声で呼んだ。

「ああ、すみません。ちょっと考え事をしていました」

夢から引き戻され、ユンソンは両手で顔をこすっていつもの笑顔に戻った。

「どうです?」

ラオンが尋ねると、ユンソンは躊躇《ためら》いもせずに言った。

「実にお美しいです」

「わたくしも、とても美しい服だと思います」

「ええ、服も美しいですね」

「もう、脱いでいいですか?」

これ以上とても着ていられなかった。絹の質感や肌触りからして、かなり高価な代物に違いなかった。粗相でもして服を汚してしまったらと思うと、想像しただけで怖くて、一刻も早く脱いでしまいたかった。

「ちょっと待ってください」

ラオンが着替えに向かおうとするのを、ユンソンは引き留めた。

「何です?」

「気が変わりました」

「はい?」

「その服は、ほかの人に贈るべきではないようです」

「どういう意味ですか?」

「ホン内官の姿を見て、この服は、ホン内官にこそ相応しいと思いました。ですから、服はホン内官に差し上げます」

ラオンは呆気に取られた。これほど上等な服を、おいそれともらえるはずがない。

「それはなりません。わたくしがいただくなど、滅相もございません」

ラオンは強く断ったが、ユンソンは聞かなかった。

「これは私の頼み事です」

十八　雨降る夜

中秋の名月を祝う嘉俳《カベ》の日を明日に控え、雲従街《ウンジョンガ》の夜はすでにお祭り騒ぎだった。通りには赤い灯篭が長く連なり、その下では夜だというのに子どもたちが駆け回っている。女たちは露天で買ったきな粉餅を頬張りながらおしゃべりに興じ、その傍《かたわ》らでは男たちが酒を酌み交わしていた。

その男たちの顔が赤くなり始めた頃、賑やかな通りに若い男女が現れた。士大夫《サデブ》の男と、おしとやかな良家の娘。二人は月明りを提灯代わりに、並んで歩いている。夜更けに両班《ヤンバン》の男女が表を歩くのは珍しく、周囲も色眼鏡で見るものだが、今日は祭りの前夜だけあって、誰も気にする者はいない。

若い二人はしばらく通りを進み、もっとも賑わう街の中心部に入った。二人の姿に気がつくと、おしゃべりに花を咲かせていた女たちはもちろん、酔って大声で騒いでいた男たちまで二人に目を奪われた。美男美女という言葉をそのまま形にしたような二人で、赤い道袍《トポ》姿の男は、風が吹けば竹の香りがしそうな清秀な印象だ。隣にいる娘は梅の花が刺繍された紅い裳《チマ》がよく似合い、この世のものとは思えないほど可憐で、天に咲く潤しい花のようだった。

皆が水を打ったように静まり返る中、最初に口を開いたのは鍛冶《かじ》職人のチョンの遠い親戚の叔母だった。都に住む甥に会うため、江原道《カンウォンド》の山里から出てきたこの叔母にとって、漢陽《ハニャン》はまさに新天地だった。目に見えるもの、耳に響く音、足元の道まで故郷の村とは何もかもが違って見え、空に浮く雲さえも特別に感じられた。だが、何より驚かされたのは、今、目の前を歩く若い男女だった。

「世の中にはあんなに綺麗な人たちがいるんだね！　同じ人かねぇ。あの顔をご覧よ。漢陽《ハニャン》の男はみんなあんな感じなの？」

隣できな粉餅をもぐもぐしながら、チョンの女房アン氏が少し得意になって答えた。

「叔母さんったら大袈裟なんだから。いい男なら、どこにでもいるじゃありませんか」

「だけど、あんな綺麗な男は初めてよ。頬に触れたら、きらきらって白粉が舞いそうなくらい、雪みたいに透き通った肌をしてる」

「嫌だわ、ここではあれくらいじゃ誰も騒ぎませんよ。雪の日に、雪か人の顔か見分けがつかないくらいじゃないと、色白にも入らないくらいですから」

「あら、そうなの？　都の男は、みんな別嬪さんなのね」

「ええ、それはもう」

「驚いたわ。漢陽《ハニャン》の男たちは、顔の良し悪しで身分が決まるのかい？」

「そんなはずないじゃありませんか。顔で身分が買えるなら、私だってとっくに両班《ヤンバン》になってますよ」

「馬鹿野郎！」

するとそばで酒を呑んでいた鍛冶《かじ》職人のチョンが、二人の会話に割り込んだ。チョンは完全にできあがった赤い顔をして、女房のアン氏を睨んだ。

「何を言ってやがる」

「私が何を言ったっていうんですよ」

「何が、私だってとっくに両班《ヤンバン》ですよ、だ。鏡を見てみろってんだ」

「お前さん！」

ほんの笑い話のつもりだったが、怖い顔をして睨んできた亭主に腹を立て、アン氏はチョンを睨み返した。

「じゃあ、私の顔がどれくらいだって言うんです？　両班《ヤンバン》？　中人《チュンイン》？　それとも何？　言ってご覧なさいよ」

アン氏の目は、もう一言でも言ったらただじゃおかないと怒りに燃えていたが、夫のチョンはそんな気配にはまったく気づかず、アン氏に言い返した。

「お前のツラはなぁ」

「王族でいらっしゃいます」

下の下の下の下だと言おうとして、女の声に遮《さえぎ》られた。仕立てのいい紅い絹の裳《チマ》を着て、頬かむりをした良家の娘だ。娘はチョンに近づいて、耳元でささやいた。

「あれほど言ったのに、もう忘れてしまったのですか？　女人には本音を言ってはいけません」

「あちゃあ！」

チョンは自分の額を手で打って、白々しい顔をして声を張った。

「そうだよ、俺はそれが言いたかったんだ。顔の良し悪しで言やあ、お前は王族さ。姫様だよ。何を怒ってんだ」

　すると、アン氏は途端に顔を赤くして、うれしそうに亭主の腕に抱き着いた。周りの呆れ顔など目に入ってもいない。そのまましばらく夫婦ででれでれしていたが、チョンはふと首を傾げた。

「おかしいな」

「何が？」

「今、サムノムのやつが来なかったか？」

「出し抜けに何を言うかと思ったら。どうして急にサムノムのことなんて」

「そうだよな。いるわけないよな」

　サムノムでないなら、さっき助けてくれたのは誰なのだろうと思いながら、チョンは先ほどの若い男女に目をやった。二人の姿はすでに遠くなっていた。背丈のある男と、歩き方まで控えめな娘。

「あの後ろ姿、妙に見覚えがあるんだがなぁ」

　もしかして、とつぶやいて、チョンは目を細めて凝らしたが、すぐに首を振った。

　酔いが回ったらしい。いくらサムノムが女みたいな見た目をしていても、本物の女になれるわけがない。両班《ヤンバン》の娘をサムノムと思うなんてどうかしていると思いながら、チョンはもう一杯、酒を呷った。

「危うく気づかれるところでしたよ」

頬かむりをして、後ろから速足でついて来るラオンに振り向いて、ユンソンは言った。ラオンは鍛冶《かじ》職人のチョン夫婦の喧嘩を見過ごせず、助け船を出したことを反省していたところだ。

「面目次第もございません。昔の癖でつい……」

ユンソンは立ち止まり、ラオンに向き直った。

「どうかなさいましたか？」

「宮中に上がる前、市井で何をなさっていたのです？」

「どうして、そのようなことを？」

「雲従街《ウンジョンガ》について知らないことがないし、知らない人もいない。あそこで店でもなさっていたのですか？」

「店などしていません」

「では、何を？」

「相談です」

「相談？」

「雲従街《ウンジョンガ》の人たちの、いろいろな悩み事を聞いていました」

「よろず相談ですか？」

「はい」

ラオンは気恥ずかしくなり、頬を赤らめた。その顔を少し屈んでのぞき込み、ユンソンはふと笑った。

「素晴らしい才能をお持ちなのですね」

「そんな、才能だなんて」

「もし悩みができたら、ホン内官に相談することにします」

「とんでもないことでございます」

ラオンが照れているのがわかり、ユンソンは微笑ましく思った。

「ところで、礼曹参議《イェジョチャミ》様。どこへ行かれるのです?」

頼み事を聞くのは約束したことだから構わない。高価な服を着て欲しいという頼み事はむしろ大歓迎だ。だが……。

「この服を、いつまで着せておくおつもりですか?」

女人の服で歩くのだけは断りたい。それに、行き交う人々から向けられる視線も気になって仕方がない。ただ見られるだけならまだしも、ユンソンと自分を色眼鏡で見る女たちの視線や、あちこちから聞こえてくるひそひそ声に居た堪れなくなる。

きっとこの服のせいだとラオンは思った。自分で見ても、この裳《チマ》は美しすぎる。そのせいで逆に着心地の悪いこの服を一刻も早く脱いでしまいたかった。だが、ユンソンは素知らぬ顔でのんきに雲従街《ウンジョンガ》の中を進むばかりだ。

「礼曹参議《イェジョチャミ》様、贈り物は何をお探しですか?」

「そうですね。これといったものがないので、見つかるまで街中を見て回ろうと思います」

冗談でしょうと、ラオンは眩暈《めまい》がする思いだった。この服のまま、目的もなくただ街をぶらぶらするなんてまっぴらご免だ。

「この恰好で、まだ歩けとおっしゃるのですか？」

「だめなことはないでしょう」

「もちろんそうですが、着心地があまりよくないですし……」

「そうですか？」

「裳《チマ》を着たことがないのです。それに、服だけではありません。見てください。先ほどからずっとじろじろ見られて。全部この服のせいです」

「なるほど。ホン内官は人の視線が気になるのですね」

「はい」

いつもの服に着替えて、一刻も早く王宮に帰りたかった。王宮に来て以来、これほど王宮を恋しく思ったことはない。帰りたくて涙が出そうだ。

そんなラオンを見て、ユンソンは周りを見渡した。すると、それまで二人を見ながらひそひそ話していた人々は、わざとらしいほど素知らぬ顔で目を逸らした。

「これは申し訳ないことをしました。贈り物を選ぶことばかり考えて、ホン内官を困らせてしまいました」

「おわかりいただけましたか」

わかったなら、早く帰りましょう。

「では」

「もう王宮に帰り……」

「こちらの通りに入りましょう。人通りが少ないので、じろじろ見られることもありません」

ラオンはどっと肩を落とした。ユンソンは先に脇道に入り、ラオンを手招きした。

「ホン内官、こちらです」

「今、まいります」

暗い道を通るのは怖いが、人目にさらされるよりましに思え、ラオンはユンソンのあとを追った。

脇道は人通りが少ないどころか、人がまったくいなかった。ここで悪人に絡まれたら一巻の終わりだとラオンは思った。


「よう、お二人さん」

大通りから脇道に入って間もなく、柄の悪い男たちが二人を呼び止めた。嫌な予感はどうして外れないのだろう。

「わたくしのせいです」

「何がです?」

「ここに来るべきではありませんでした。この道で、両班《ヤンバン》の方がよく襲われていたのをすっかり忘れていました」

「そういうところなのですか?」

「申し訳ございません」

「ホン内官が謝ることはありません。この道に入ろうと言い出したのは私なのですから。そんな顔をしないでください」

「いいえ、わたくしがいけなかったのです。わたくしが表道《おもてみち》を歩くのを嫌がらなければ、この道に来ることはありませんでした。このような怖い目に遭うこともなかったでしょう」

そうこうしているうちに、男たちは二人を取り囲んだ。雲従街《ウンジョンガ》のやくざ者、ドクチルとその一味だ。

「妬《や》けるねぇ。何をささやき合っているのかな、お二人さん」

ドクチルは黄ばんだ歯を見せて笑った。

「昼間でもなし、隠すことねえじゃねえか。今日は夜風が気持ちいいぜ」

ドクチルはそう言って、ラオンの頬かむりを剥ぎ取った。すると、見たこともない美しい顔が露わになった。

「こいつは驚いたな」

ドクチルは目を見張り、口笛を鳴らした。

「祭りの前の晩だけあって、どこもかしこも二人連ればかりだ。俺たちみたいな独り身は、肩身が狭くていけねえと思っていたが、どうやらお月さんが味方してくれたらしい。こんな別嬪を寄こしてくれたんだからな。どうだい、お嬢さん。こんな優男なんかやめて、俺たちと遊ばねえか」

ドクチルは黄ばんだ歯を見せたまま舌なめずりをして、仲間たちと顔を見合わせ卑しい笑い声を立てた。そして、今度はユンソンをあごで指して言った。

「女を置いて大人しく消えるか、半殺しの目に遭って逃げて消えるか。どっちがいい？」

ユンソンは男たちを睨みつけた。

「お前たち、無礼だぞ」

「野郎、女みてえなツラして威勢がいいじゃねえか」

「愚か者め」

「何、愚か者だ？　てめえ、死にてえのか」

男たちはぺっと唾を吐き、殺気立った目でユンソンを睨んだ。袖をめくり、鼻息を荒くして今にも襲いかかりそうな勢いだ。ラオンはユンソンの前に立って両手を広げ、一気に言った。

「話して通じる相手ではありません。わたくしが引きつけておくので、礼曹参議様《イェジョチャミ》は大通りにお逃げください」

すると、ユンソンは笑い出した。恐怖で気がおかしくなってしまったのだろうかと、ラオンは心配になった。

「礼曹参議様《イェジョチャミ》、お気を確かに」

「ホン内官はこれまで、どんな生き方をしてきたのですか？」

「どういう意味です？」

「本当に男になったつもりでいるのですか？」

ユンソンは、小さな体を張って暴漢に立ち向かおうとするラオンに驚き、おかしくて笑いが出てきた。

「本当に、本物の男のようだ」

ラオンはその言葉をどう受け止めればいいかわからなかった。物心ついた時から男として生きることを求められ、自分で自分の生き方を決めることなどできなかった。だが、今ここで、そんな事情を話す余裕はなく、また話すべき場面でもない。

すると、ユンソンはラオンを自分の後ろに下がらせた。

「いけません！」

「せっかく韓服《チマチョゴリ》を着ているのです。今日くらいは女人の気分を味わってみてはどうです？」

「何をおっしゃるのですか」

「こういう時くらい、男に頼ってもいいということです」

「そうはまいりません」

なおも立ち向かおうとするラオンに、ユンソンはいつものように優しく微笑み、静かに言った。

「安心してください。私が解決してみせます」

「しかし」

「久しぶりに腕が鳴ります」

ユンソンはラオンの前に進み出て両腕を広げると、男たちに向かって大きく一歩、近づいた。

ただ腕を広げただけだったが、その雰囲気からただの優男ではない気がして、ドクチルは怯《ひる》んだ。

だが、仲間を見ると不安は一気に吹き飛んだ。たとえどんなに強くても、頭数ではこちらに分がある。負けるはずがないと、ドクチルは強気になった。

「なめやがって。おい、何をしゃべってやがる。女の前だからって、恰好つけるのも大概にしておけよ」

その時、足元で重いものが落ちる音がして、ドクチルと仲間たちは驚いて飛び退いた。

「何だよ！」

最初は爆竹か何かだと思ったが、しばらく経っても何も起こらず、訝しく思った仲間の一人が近づいて拾い上げると、それは巾着だった。男は巾着の中身を見てドクチルに言った。

「兄貴、十両入ってますぜ」

「十両だと？」

ドクチルはカッとなった。

「野郎、こんなはした金で俺が引き下がると思ったら大間違い……」

すると、ユンソンがまた巾着を投げてきた。

「今度は何だ！」

「二十両、入ってます」

「俺は物乞いじゃねえぞ！」

ユンソンはさらに巾着を投げた。

「五十両、入ってます」

「だから、俺は物乞いじゃ……」

最後にもう一袋。

「あ、兄貴、ひ、百両入ってます」

「旦那！」

ドクチルが腰まで曲げて頭を下げると、仲間たちも急にしおらしくなった。やくざ者の自尊心は、百両で買われてしまったというわけだ。

「欲しければ、この銀塊もやる」

「へえ。旦那、この道は足元が危なっかしくていけねえ。こっちの方が歩きやすいですぜ」


「もったいない」

男たちに渡した金銀を指折り数えながら、ラオンは溜息ばかり吐いていた。結局、いくらになったのかはわからないが、結構な大金だったのは間違いない。それを思うと、ラオンは嘆かずにはいられなかった。だが、当のユンソンはけろっとしていた。

「いいのです。おかげでこれほど美しい女人と楽しい時を過ごすことができているのですから」

ユンソンは本当にうれしそうで、ラオンは呆れて物も言えなかった。この状況で、よく平気でいられるものだ。

するると、ユンソンは『玄遇斎《ヒョヌジェ》』と書かれた門の前で立ち止まった。

「ここは、どこです？」

「時々、家の者たちが立ち寄るところです。今日のように歩き疲れた時や、急な雨に降られた時には、ここに来てひと休みしているのです」

つまり、ユンソンの家の人たちのための休憩場所ということだ。

門をくぐって中に入ると、よく手入れのされた庭が一面に広がっていて、その一角に八角屋根の東屋があった。ユンソンは雨除けがされた東屋を指さして言った。

「今にひと雨、来そうです。あちらで少し休んで行きましょう」

ラオンが見上げると、晴れていたはずの空には雨雲がかかっていた。吹く風にも雨の匂いが混じっている。

「ここなら誰にも邪魔されることはありません。少し座りましょう」

ユンソンはそう言って、東屋までラオンを案内した。

「礼曹参議《イエジョチャミ》様は、お入りにならないのですか？」

「私はちょっとそこまで、用事を済ませてきます」

「用事って、何です？」

「女人に言うのは憚《はばか》れます」

きっと厠《かわや》にでも行くのだろう。

「どうぞ、ごゆっくり」

「すぐに戻ります」

「ここでお待ちしています。ゆっくり用事を済ませていらしてください」

ラオンの気遣いに、ユンソンは笑顔でうなずいた。ユンソンが足早に庭を横切っていくのを見届けて、ラオンは東屋の中に入った。雨はその直後に降り始めた。


「今日はツイてるぜ」

ドクチルは手の平にあふれる銭の山を見ながら、笑いが止まらなかった。これだけあれば、妓《ぎ》楼《ろう》で豪遊ができる。ざっと半年は酒と女に困らずに済むだろう。夕べ、吉夢でも見たようだ。

「ついて来い。今日は俺のおごりだ」

ドクチルが声をかけると、仲間の男たちは肩をうきうきさせて大通りに向かった。だが、もう少しで脇道を出るというところで、男たちの行く手を長い影が遮《さえぎ》った。

「おや、旦那じゃありませんか。どうなさいました？　まだ何かくださるので？」

ユンソンは静かに微笑んだ。

「いや」

「それじゃ……」

戻ってきた理由を尋ねようとして、ドクチルは地面に転がった。あごに強烈な痛みが走った。

「何をしやがる！」

仲間の男たちは、一斉にユンソンに飛びかかったが、全員、地面に転がされてしまった。先ほどとはまるで違うユンソンの姿に、ドクチルは激しく身を震わせ、跪《ひざまず》いて命乞いをし始めた。

「お、お許しください」

ドクチルは先ほどユンソンからもらった金や銀、それに自分の持ち金まですべて差し出した。ユンソンがそれを無言のまま袖の中にしまい込むと、ドクチルは恐る恐る尋ねた。

「旦那……さっきは、どうなすったので？」

「さっき？」

「こんなに腕っぷしが強いのに、どうして何もしなかったんですか？」

「この私に、女の前で血を吹かせろというのか」

ユンソンはまた微笑んだ。それはいつもの優しい笑顔とは違う、悪魔のような微笑みだった。

「血？」

次の瞬間、ドクチルの首元から赤黒い血が噴き出した。ドクチルは手で自分の首を押さえて悶絶したが、最後に恐怖におののいた目でユンソンを見上げ、動かなくなった。

ユンソンは空を見上げた。

「降ってきたか」

その顔には、いつもの穏やかな笑みが浮かんでいた。


雨は太い線を描きながら庭一面を打ちつけている。

「雨さんが降ってきた」

ラオンは東屋の欄干にあごを乗せて夜空を見ていた。この分ではしばらく続きそうだ。

「やまないと帰れないのに」

このまま降り続けるなら雨の中を走ってでも宮中に帰りたいが、それでは服が濡れてしまう。ラオンは綺麗に着飾った自分の姿をまじまじと見た。

ユンソンに頼まれて仕方なく着た絹の裳《チマ》。これほど素敵な韓服《チマチョゴリ》を着る日が来るなんて思ってもみなかったので、戸惑う一方でうれしくもあった。男装をしていても、私は女だ。男になろう、ならなければといくら頭で考えても、体の奥でうずく女の本能は思い通りにならなかった。

春が来れば心が高鳴り、色とりどりの花を見ればときめかずにはいられない。鮮やかな服を見かけた時は、たまらなく着たくなることもある。嫌なはずがない。女なのだから。

だが、いざ着てみると、あれこれ心配になることばかりだった。形を崩してしまいそうで息が浅くなるし、裾が汚れないようずっと裾を持ち上げている。おかげで手が痺れそうだ。

いい服をもらっても意味がない。所詮、私には不釣り合いなのだ。ただ、この姿を見たら、あの二人は何て言うだろう。

『豚に真珠だな』

『世話が焼けるやつだ』

二人の真似をして言ってみたら、おかしくて笑いが出てきた。ひとしきり笑ったあとで、今度は会いたくなった。今すぐ王宮に帰りたかった。愛想なんて微塵もなく、人に対する興味を持たないあの二人のどこがいいのか自分でもわからないが、とにかく二人のいるところへ帰りたかった。

「雨が上がったら、急いで帰ろう」

先ほどより雨脚が弱くなってきたので、もうすぐやむだろう。

ほっとした矢先、背後から人の気配がした。ラオンは立ち上がり、

「遅いので心配しておりました」

と、笑顔で言って凍りついた。雨の中、東屋に現れたのはユンソンではなかった。だが、知らない男ではない。よく知る見慣れた顔。雨雲に隠れた月に似た人。

「温室の花の世子《セジャ》様……」

それはラオンにしか聞こえないほど小さなつぶやきだった。

雨は透明な帳《とばり》となって、向かい合う二人を東屋に閉じ込めた。もうすぐやむと思われた雨脚は、再び強くなった。ほかには何も見えず、何も聞こえなかった。ただ、見つめてくる旲《ヨン》の眼差しに捕らわれて、身動きが取れなかった。

十九　やはり、そういうことか

時が止まり、外の音も聞こえない。雨は二人を東屋に閉じ込めた。

世子《セジャ》様の瞳には、間抜けな私の姿が映っている。どこをどう見ても、私は今、女人として世子《セジャ》様の前に立っている。

ラオンは祖父の言葉を思い出した。

『どうしていいかわからなくなった時は、そこから逃げるより、正々堂々、立ち向かいなさい。それが一番だ』

祖父の言葉はしかし、昊《ヨン》の冷たい視線と表情の前に無残にも砕け散った。緊張で今にも心臓が弾けそうなラオンを、昊《ヨン》は目も逸らさずに見つめている。刺すような眼差しに、肌がひりひりしてきた。

世子《セジャ》様は気づいただろうか。灯籠があるとはいえ夜は暗く、何より女人の恰好をしているのだからわかるはずがない。

「世子《セジャ》様ではありませんか」

ユンソンの声に、止まっていた時が動き始め、激しい雨音が聞こえてきた。

ラオンは我に返り、昊《ヨン》に見られないよう顔を逸らした。ユンソンはそれを察して、ラオンを隠すように二人の間に立った。

「ここへは何のご用です？」

「ちょっと用事があってな。そういうお前こそ、どうしてここにいる？」

「私も用事があって街に来たのですが、あいにくの雨で、こちらに逃げ込みました」

ユンソンが後ろのラオンに顔を向けると、旲《ヨン》が言った。

「連れか？」

「はい」

ユンソンの肩越しに何気なくラオンを見て、旲《ヨン》は二人の向かい側に腰かけた。すると、ユンソンは旲《ヨン》に視線を向けたまま、小声でラオンに言った。

「顔色がよくないようです」

「だって……」

ラオンが向かいに座る旲《ヨン》を見ると、ユンソンは穏やかに笑って言った。

「世子《セジャ》様のせいでしたか」

「このようなところでお会いするとは思いもしませんでした。もうだめです。こんな姿を見られてしまって、何もかもおしまいです」

「まあ、そう心配しないで」

「これが心配せずにいられますか？」

自分の正体を隠して宦官になりすまし、王宮や世子《セジャ》様をも騙したのだ。今この場で首を刎ねられても文句は言えない。

この服さえ着ていなければと、恨み言の一つも言いたかったが、ラオンはすぐに思い直した。頼みを聞き入れたのは自分だ。綺麗な服を着せてもらって、内心ではうれしく思ってもいた。今さら人のせいにするのは虫がよすぎる。恨むなら、自分を恨もう。

すると、ユンソンが言った。

「お忘れですか？」

「何をです？」

「世子《セジャ》様にたった一つの欠点があることです」

ラオンは何の話かわからなかったが、不意に、

「あっ！」

と声を上げた。

「女人の顔を覚えられない」

「そう、それです」

「礼曹参議《イエジョチャミ》様、では、世子《セジャ》様がわたくしの顔を見てもわからないということですか？」

「その通りです」

ユンソンは昊《ヨン》に顔を向けたままだ。ラオンも昊《ヨン》を見ると、昊《ヨン》は完全に他人を見る目をしていた。

確かに、気づいていないようだ。だが、ラオンはそれを否定したい気持ちになった。

「そんなはずがありません。世子《セジャ》様は毎日のようにわたくしの顔をご覧になっているのですよ。気

づかないはずがないではありませんか」

現に、すでに私の顔を覚えていらっしゃる。どうして私の顔だけ見分けがつくのか、理由はわからないけれど。

「それは、ホン内官を女人と思っていらっしゃらないからです。女人の姿をしていたら、絶対にわかりません」

「でしたら、明温公主《ミョンオンコンジュ》様のお顔はどうしておわかりになるのです？」

「公主《コンジュ》様は世子《セジャ》様には妹君、女人ではありません」

「公主《コンジュ》様は家族で、女人として見ていないから、顔を覚えられるということですか？」

「そういうことです」

ユンソンに断言され、ラオンはほっとする一方で、確かめたくなった。毎日のように顔を合わせてきたのに、着ている服が違うというだけでわからなくなるものだろうか。

「確かめてみましょうか？」

ユンソンはラオンの胸の内を見透かしたように言ってきた。

「世子《セジャ》様が本当に気づいていないのか、知りたそうな顔だ」

「とんでもないです！」

人の心の中まで見透かせる、まるで仙人のような人だ。確かめてみたいが、わざわざ自分から危険を招くようなことはしたくない。少し意地悪そうに言ってきたユンソンに、ラオンは絶対に余計なことをしないでくれと目で訴えた。

すると、向かいの昊《ヨン》から、

「ところで」

と話しかけられたので、ラオンとユンソンは驚いて同時に振り向いた。

「船遊びには行かなかったのか？」

「私は用事がありますので」

「用事？」

昊《ヨン》はユンソンの後ろにいるラオンに目を向けた。ラオンは怖くなった。猫に追いつめられた鼠はこんな心境なのだろうか。緊張して、肌が粟立つようだ。

他人を見るような目。真一文字に結ばれた口。その口から、今にも怒声が出てきそうで目をつぶってしまいたいが、恐れ多くてそれもできない。あまりの緊張に手が震えてきた。

何を言われるかと身構えていたが、昊《ヨン》は結局、何も言わずにラオンから目を逸らした。安堵するラオンをよそに、昊《ヨン》は服についた雨を払いながらユンソンに言った。

「珍しいこともあるものだ」

「何がでございますか？」

「お前が女人を連れているとは」

「私とて」

ユンソンは微笑んだ。

「いつも本に囲まれてばかりいるわけではありません」

「本に囲まれてばかり、か」

昊《ヨン》はユンソンの言葉を繰り返した。何となく含みのある口ぶりだった。

優れた学識を持ち、有能な人物であることは昔からよく知られている。そのため、ユンソンのもとには縁談の話が絶えず、当然ながら恋心を抱く女人も多かった。ところが、当のユンソンはそういうことには興味がないようで、これまで浮いた話一つ聞いたことがなかった。そのユンソンが女人を連れているのだから、昊《ヨン》が意外に思うのも無理はなかった。

「そちらの女人とは、どういう関係なのだ？」

昊《ヨン》は今度はラオンに聞いた。

「いえ、わたくしは何も……」

昊《ヨン》に見られていると思うと、ラオンはそれだけで頭が真っ白になった。この場をうまく切り抜けなくてはと思えば思うほど、焦って言葉が浮かばない。

するとと、幸いにもユンソンが代わりに答えてくれた。

「どう見えますか？」

「僕が聞いているのだ」

「世子《セジャ》様がどうご覧になったのか、気になるのです」

「どういう関係かによって、見る側の見方も変わるものだ」

ユンソンはそっとラオンの肩に手を回し、わずかに自分の方に寄せて言った。

「私がお慕いしている方です」

ラオンは耳を疑った。

今、確かにお慕いしていると言った。つまりそれは、私を好きだということだろうか？

だが、すぐにまさかと思い直した。これが告白のはずがない。冗談なら冗談だと言って笑って欲しいとラオンは目で催促したが、ユンソンは真剣な面持ちを崩さず、ラオンはますます混乱した。

「どうです？　お似合いではありませんか？」

「さあ、どうかな。僕はそういうことに疎《うと》い」

「もう一度、よく見てください。ずっと気になっていたのです。私たちは、人からどんなふうに見えているのか」

ユンソンに乞われ、昊《ヨン》はしばらくユンソンとラオンの顔を交互に見た。

「そんなに気になるなら、近いうちに訪ねてくるといい。ちょうど僕のところに女人に詳しい者がいる。その者なら、お前が欲しい答えを聞けるはずだ」

昊《ヨン》が自分のことを言っているのがわかり、ラオンは宙に視線を逸らした。そして、すぐ目の前にいるのに、まったく気づいていない昊《ヨン》に、ラオンは驚きを超えて呆れてしまった。世の中には、稀な弱みを持つ人がいるものだとほっとする一方で、例えようのない寂しさを感じる。ほかの女人ならまだしも、私のことまで気づかないとは、なんて薄情なのだろう。

だが、ラオンはすぐに気を取り直した。何を考えているの？　今は寂しがっている場合ではない。おかげで命拾いしたのだから。

ただ、そうは言っても、寂しい気持ちは消えなかった。友として過ごした日々を思えば、いつもと違う装いをしていてもわかりそうなものだが。

がっかりしました。温室の花の世子様《セジャ》。私に対する気持ちは、その程度だったのですか？　信じられる友と、この世に二人しかいない友と言ってくださったではありませんか。

安堵と傷心の狭間で、ラオンの気持ちは揺れていた。

「ところで、その女人とはどこで知り合ったのだ？　清から戻ったばかりではないか」

「偶然が運命に変わった、といったところでしょうか」

「どういう意味だ？」

「偶然に出会い、ある小さな秘密を共有する間柄になりました。その秘密は日に日に大きくなり、気づけば深い思いを抱くようになっていました」

「ご冗談が過ぎます」

ラオンは笑顔を引きつらせた。これでは旲《ヨン》に誤解されてしまう。

「秘密を共有する仲か」

何か思うところがあるのか、旲《ヨン》はその言葉を繰り返した。

「僕にもいるよ。思いがけず知った秘密のおかげで、友になったやつが」

「世子様《セジャ》にも、そのような方がいらっしゃいましたか。どんな方なのです？　世子様《セジャ》が友とおっしゃる方なら、さぞやご立派な方なのでしょう」

「ああ、立派だよ。この僕に恐れもなく歯向かい、言いたいことを言ってくる。あいつには、いつも驚かされてばかりだ」

「世子様《セジャ》を恐れもせずに？　それは驚きです。世子様《セジャ》からうかがわなければ、にわかには信じられないお話です」

　ユンソンは本当に驚いていた。記憶にある限り、旲《ヨン》は人と触れ合うような男ではなかった。何事にも感情というものがなく、冷静を超えて冷徹でさえあるこの男にここまで言わせしめるとは、一体どういう人物なのだろう。それより何より、この性格で自分に逆らう者をそばに置いておくことが信じられない。

　もしかして、と、ユンソンはラオンの顔を見た。旲《ヨン》の友というのは、ホン内官のことを言っているのではないだろうか。

　ラオンはそんなユンソンの視線に気づいたが、あえて澄ました顔をして目を合わさなかった。相手は友の顔も見分けられない人だ。素直にうなずけるような気分ではなかった。温室の花の世子様《セジャ》、世子様《セジャ》と私の間に、本当に友情はあるのですかと拗ねて見せたいくらいだった。

「一体、どんな方なのです？」

　ユンソンが尋ねると、旲《ヨン》は淡い笑みを浮かべて言った。

「そういうやつがいるのだ。見ているだけで楽しいやつがな」

　本当はうれしい言葉だが、今のラオンには腹立たしい言葉でしかなかった。見ているだけで楽しい人なら、私にもいます。歯がゆくて、見ているだけで胸が苦しくなるような方が一人、いらっしゃいます！

　旲《ヨン》の表情がほころぶほど、ラオンのもどかしさは募った。

雨脚は次第に弱まり、やがて白い月が顔を出した。晴れた夜空を見上げ、ユンソンは席を立った。

「雨がやんだので、我々はお先に失礼いたします」

ユンソンが昊《ヨン》に頭を下げると、ラオンはうつむいたまま頭を下げて東屋を出て行こうとした。

「僕も一緒に行くよ」

ところが、思わぬことを昊《ヨン》が言うので、二人は意外に思った。

「一緒に、でございますか？」

ユンソンが聞き返すと、昊《ヨン》は無表情でうなずいた。

「僕も雨宿りをしに寄っただけだ。雨がやんだから、もうここにいる理由はない」

「私たちはもう少し、市井を見て帰るつもりでおりますが」

「ちょうどいい。民がどのように中秋の名月を祝うのか、僕も一度見ておきたいと思っていた。せっかくだから、一緒に見て回るのも悪くないだろう」

昊《ヨン》はそう言って、先に東屋を出た。ユンソンとラオンも仕方なく東屋を出た。ラオンは恨めしい気持ちで昊《ヨン》の後ろ姿を見つめた。

やはり気づいていない。一緒に行くと言われた時は、やっと気づいてくれたかと思ったが、昊《ヨン》は一瞥もくれずにラオンの目の前を素通りした。通り過ぎる昊《ヨン》を見ながら、ラオンは昊《ヨン》にとって自分がどういう存在かを思い知らされたような気がした。友と言っても、歴然とした身分の差がなくなるわけがない。あの方が雨上がりに浮かぶあの月なら、自分はせいぜいこの地面にできた水溜り。水溜りは月を映すことができても、月のある場所はあまりに高く、水溜りなど見えないだろう。

ふと、そんなことを思いながら歩いている自分に気がついて、ラオンは愕然となった。

私はなんて分不相応なことを考えているのだろう。傷ついて悲しがるなんてどうかしている。あの方の目に、私など映らなくて当然であって、むしろその方が自然だ。何より、今はこちらの正体に気づいていないことを幸いに思うべきだ。もし気づかれたら、それこそ大変なことになるのだから。

これでよかったのだ。ラオンはそう思うことにした。めそめそするなんて、私らしくない。気持ちを切り替えて、明るい顔をしていなくちゃ。私はラオンだもの。いつだって、楽しく過ごさなきゃ、この名が廃る。

ラオンは自分を励ましたが、明るく笑おうにも、目から涙がこぼれてきそうになる。世子《セジャ》様は女人の私に気づいていないだけだ。昔からそうなのだから仕方がない。世子《セジャ》様のせいじゃない。それなに、どうしてこんなに悲しいのだろう。私は、何を期待していたのだろう。

賑やかな雲従街《ウンジョンガ》の中を、ラオンは昊《ヨン》とユンソンに挟まれて歩いた。三人は水標橋《スピョギョ》近くの大きな銀杏の木を目指していた。中秋の名月の日に銀杏の木の下で願い事をすると、どんな願いも叶えてくれるという言い伝えがある。おかげで水標橋《スピョギョ》の銀杏の木を訪れる人は年々増えていた。

「お祭りの雰囲気が出ていますね」

ユンソンは少し高揚した様子でそう言うと、急にきょろきょろし始めた。そして、何か思いついたような顔をして、昊《ヨン》とラオンに言った。

「ここでお待ちください」

ユンソンが行き先も告げずに走り出したので、ラオンは心配して大きな声で言った。

「もしはぐれたら、銀杏の木の下にお越しください。そこでお待ちしております」

「わかりました」

ユンソンは手を振って応え、しばらくして飴を持って戻ってきた。

「大の大人が、年甲斐もなく飴ですか？」

ユンソンが子どものようにはしゃぐ姿に、ラオンは思わず笑った。そして、隣で黙々と歩く昊《ヨン》が少し憎らしく思えた。気づいてもらえない寂しさが、まだ消えていなかった。

「何か気になることでも？」

すると、その視線に気がついて、昊《ヨン》が言った。いつもとは違う、丁寧で礼儀正しい言い方。それが、ラオンを傷つけた。他人行儀で、どこか遠い存在のように感じる。

「いいえ、何でもありません」

ラオンも他人行儀に、ほかの娘たちのようにつつましく答え、まっすぐ前を向いて歩いた。前を向いて、昊《ヨン》の顔を見なくて済むように。

するると、後ろから人々の話す声が聞こえてきた。

「この先で、ただで天灯《てんとう》を配っているんですって」

「あら、本当？」

「ええ、願い事を天に届けてくれるの」

「店では一つ一両もしたのに」

「高いわね」

「それがただでもらえるなら、行かない手はない」

「行こう、早くしないとなくなっちゃう」

その話は一瞬で広まり、多くの人が押し寄せて、一帯はあっという間に大変な混雑になった。

「どいてくれ。前に進めないぞ」

「ちょっと、押さないで！」

「行かせてくれよ。これじゃ天灯《てんとう》がなくなっちまう」

声を荒げる者や乱れた足音、耳にかかる荒い息に気を取られているうちに、ラオンは人波に飲み込まれてしまった。

「痛い……押さないでください」

ラオンは人混みから抜け出そうとしたが、もみくちゃにされて身動きがとれなかった。次々に押し寄せる人波と人々の熱気で次第に息が苦しくなり、眩暈《めまい》がし始めた。

その時、誰かに腕を強く引っ張られた。驚いて振り向くと、腕をつかんだのは昊《ヨン》だった。昊《ヨン》は人混みを避けて少し高いところに移動して、ラオンの腕をつかんでいる。

「天灯《てんとう》をもらいに行くのでなければ、こちらへ」

ラオンが両手でその手をつかむと、昊《ヨン》は思い切りラオンを引き上げた。ところが、あまりに強く引き上げたので、勢い余ってラオンを胸に抱き留める形になった。

「危ないところだった」

昊《ヨン》はほっとした様子で言ったが、ラオンは何も言うことができなかった。額に当たる固い胸板。太い腕は、この身を守る盾のようだ。意識した途端、胸の鼓動が激しくなった。長い間押さえつけていた女の本能が体の奥底から湧き上がってくる。

昊《ヨン》の胸に顔を埋めたまま、ラオンは自分の心臓の音を聞いていた。耳元に響く、大きく波打つ昊《ヨン》の鼓動も。

「ご気分はいかがかな?」

石のように固まるラオンに、昊《ヨン》は淡く微笑んだ。

二十　僕の大切な人

嘉俳《カベ》を明日に控えた雲従街《ウンジョンガ》の夜。ただでもらえるという天灯《てんとう》目当てに、通りには多くの人が押し寄せ、あちこちで荒々しい怒号が飛び交い、親とはぐれた子どもの泣き声も聞こえてくる。だが、そんな周囲の騒音は、今のラオンの耳には届いていなかった。旲《ヨン》の腕に包まれ、聞こえてくるのは自分と旲《ヨン》の鼓動だけ。ドクン、ドクン、と大きく脈打つ自分の心臓の音に驚かされる。頬は焚火に当たったように火照り、とても顔を上げられそうにない。ラオンは旲《ヨン》の胸に深く顔を埋め、気持ちが落ち着くのを待った。

平常心、平常心。温室の花の世子《セジャ》様は、困っていた私を助けてくださっただけ。抱きしめているわけじゃない。この抱擁には人助け以外に何の意味もない。だから、勝手にどきどきしないで。だが、鼓動は速くなるばかりだ。ラオンは月のせいだと思うことにした。禁じられていた女人の服を着て、温かい男の胸に抱かれる幻想を見せられているに違いない。夢なら期待などさせずに早く醒めて欲しい。

そうやって自分を戒めていると、徐々に気持ちが落ち着いてきた。だが、顔を上げるのはまだ勇気がいった。自分がどんな顔をしているかわからないし、どんな顔をして旲《ヨン》を見たらいいかもわからない。ただ、旲《ヨン》が今、どんな顔をしているかは見なくてもわかった。どうせまたいつもの無表情な顔をして、こちらを見下ろしているに違いない。

ラオンはえいやと顔を上げた。すると、旲《ヨン》は意外にも微笑みを浮かべていた。

今日、初めて笑ってくれた。

ラオンはやっと自分に気づいてくれたのではないかと、淡い期待を抱いた。

「落ち着きましたか？」

だが、心配も、ほかのどんな感情もこもっていない低い声。

「は、はい」

やはり気づいていないようだ。旲《ヨン》の態度はよそよそしく、いつもとは大違いで、ラオンは肩を落とした。先ほど微笑んで見えたのも、勘違いだったのかもしれない。

「では、そろそろ」

がっかりするラオンに、旲《ヨン》はそう言って自分の胸元にちらと目をやった。ラオンははっとなって慌てて旲《ヨン》から離れた。そして、自分はやはり思い違いをしていたのだと思った。旲《ヨン》に抱きしめられていたのではなく、自分がしがみついていただけだった。

私、どうかしている。慣れない装いをして、変なことばかり考えて、大きな勘違いまでしてしまって。早く目を醒まして、いつもの私に戻ろう。

そんなラオンの胸の内を知ってか知らずか、旲《ヨン》は行き交う人々の様子ばかり気にしている。

「あちらも落ち着いてきたようだ」

通りでは天灯《てんとう》の混雑もだいぶ落ち着いて、先ほどの人波がうそのように収まっていた。

「そのようですね」

ラオンがそう返すと、昊《ヨン》は先に通りに下りて、ラオンに手を差し伸べた。

「いいえ、自分で下りられます」

だが、昊《ヨン》は手を下げなかった。

「女人が飛び下りるには高すぎる。それに……」

昊《ヨン》はラオンの頭から足元まで視線を走らせた。それで、ラオンは思い出した。裳《チマ》を着ていては飛び下りることはできない。

ラオンが手を取ると、昊《ヨン》はラオンを軽く抱えて地面に降ろしてくれた。

「ありがとうございます」

礼を言って、ラオンはまた赤くなった。手を握っただけなのに、もう頬が火照ってくる。この間は着替えも手伝ったのだから、手を握るくらいどうってことないと思おうとしたが、逆に昊《ヨン》の広い背中が思い出され、余計に赤くなった。

そんな自分の気持ちに気づかれたくなくて、ラオンは下を向いて歩いた。そして気まずさを紛らわそうと咳払いをして言った。

「礼曹参議様《イエジョチャミ》はどこに行かれたのでしょうね」

「あそこに」

昊《ヨン》が指さす方を見ると、多くの人で混み合う水標橋《スピョギョ》の向こう、天灯《てんとう》を求める人山の先にユンソンの姿があった。天灯《てんとう》を配っていたのは、なんとユンソンだった。

「ずいぶん突拍子もないことをなさるのですね」

ラオンは思わず本音を漏らした。

すると、昊《ヨン》は少し怖い顔をして言った。

「切れ者なのだ」

天灯《てんとう》をただで配るあの方のどこが切れ者なのか、ラオンには理解ができなかった。すると、周りからひそひそ声が聞こえてきた。

「あった。天灯《てんとう》はあそこでもらえるのか」

「あんな高い物、一体誰がただで配ろうなんて考えたのかしら」

「見ろよ、府院君《プウォングン》様の家紋だ」

「そういえば、天灯《てんとう》を配ってるあの人、府院君《プウォングン》様のお孫さんじゃない？」

「この間、清からお帰りになったという、あの方のこと？」

昊《ヨン》はそれを聞きながら、天灯《てんとう》が夜空に吸い込まれていくのを無言で見上げた。見慣れた紋様が、一番に目に入ってきた。それも、ほかのどの天灯《てんとう》より目立つところを飛んでいる。

昊《ヨン》は沈んだ表情で、やはり何も言わずに歩き出した。並んで歩くラオンも何も発さない。二人の間に流れる沈黙が、一歩進むごとに深まっていくようだった。

「まあ、どなたかと思ったら」

そこへ、聞き覚えのある女の声が二人を呼び止めた。

「ソヤン姫様……」

ラオンは無意識につぶやいて、慌てて口をつぐんだ。ここで宦官ホン・ラオンに戻るわけにはいかない。真っ先に様子をうかがったが、幸い昊《ヨン》には聞かれていなかった。

つかの間、ラオンはほっとしたが、今度はソヤンは二人のすぐそこまで近づいてきていた。ラオンは上着を頭から被り、できるだけ顔を隠した。清の使節を迎える宴の間、ずっと昊《ヨン》のそばにいたので、顔を覚えられているかもしれない。女人の顔を覚えられない人はそう多くない。

「世子《セジャ》様ではありませんか」

ソヤンは甲高い声で昊《ヨン》に挨拶し、ラオンに棘《とげ》のある視線を送ってきた。

「このような偶然もあるのですね。まさか世子《セジャ》様にお目にかかるとは思いませんでした」

偶然と聞いて、ラオンは笑いそうになった。ソヤンの性格を思えば、あとをつけてきたことくらい言われなくても察しがつく。

「宮中でお会いするより、うれしくなりますわ。きっと見えない縁で結ばれているのですね」

ソヤンは偶然を特に強調して言った。自分たちは運命なのだとほのめかしたいのだろう。ラオンは白々しい気持ちでそれを聞いて、ふと、この状況がまずいことに気がついた。隣を見ると、案の定、昊《ヨン》は困惑していた。

この露骨な困り顔……やはり世子《セジャ》様はこの方がどなたかわかっていない。この女人は何者だ、どうして僕を知っているという声が表情から聞こえてくるようだ。すぐ教えて差し上げなければ、ソヤン姫様の心証を悪くしてしまいかねない。相手は清の姫様。下手をすれば国同士の関係にひびが入るかもしれない。そういうことがないように、世子《セジャ》様の補佐役を仰せつかり、昼も夜もそばに仕えたのだ。

でも、ここでソヤン姫様だと伝えたら、私の正体がばれてしまう。

焦るラオンをよそに、ソヤンは華やかな笑顔で昊《ヨン》に話しかけた。

「美しい光景ですこと。夜空に向かって人々の願いを乗せた天灯《てんとう》を飛ばすのは、清も朝鮮も同じなのですね」

ラオンは昊《ヨン》の顔を確かめて、さらに顔を強張《こわば》らせた。

いけない。さっきよりもっと困惑している。そのうち『そなた、何者だ』などと言い出しそうな顔だ。

後々のことを考えると、ラオンは頭がくらくらしてきたが、ソヤンの性格が不幸中の幸いに思えた。ソヤンは押しが強く、相手の気持ちをはかることが上手ではないが、おかげで昊《ヨン》が困惑していることにも気づいていない。

「月に向かって昇る天灯《てんとう》は、実に美しゅうございます。もっと見ていたいのですが、たくさん歩いたので足が痛くなってしまいました。どこかでゆっくり見物できればいいのですが。そういえば、この近くにちょうどいい場所があったような」

ソヤンはあからさまに昊《ヨン》の出方をうかがった。ラオンはいよいよ眩暈《めまい》がしてきた。こうなったら、正体を知られるのを覚悟でお教えするしかない。

すると、昊《ヨン》の表情がわずかに変わった。目線を追うと、ソヤンの着ている服や、首にかかる派手な首飾りを見ているのがわかった。どうやら相手の顔ではなく、服と装飾品で相手を思い出そうとしていたようだった。さすがは聡明な世子様《セジャ》だと、ラオンはほっと胸を撫で下ろした。

　ソヤンの服は特に目立つので、覚えやすいのもあるだろう。派手さからして、朝鮮の女人たちのそれとはまるで違う。昊《ヨン》はようやく思い出し始めたのか、徐々に眉間のしわも伸びてきた。ラオンはあと少し、もう少しでございます世子様《セジャ》と胸の中で声援を送り、ついに昊《ヨン》が、

「ソヤン姫でしたか」

と言った時には、心の底から万歳を叫びたくなった。拍手と称賛を送りたいくらいだ。

ただ、ソヤンの方は少し驚いている様子だった。会ったばかりならともかく、今気づいたというように唐突に名前を呼ばれたのだから無理もない。

　我が世子様《セジャ》は、あなた様と気づくのにそれだけの時が必要だったのですと、ラオンは胸の中で独りごちた。

「どうかなさいまして？」

　ソヤンが尋ねると、昊《ヨン》はまた抑揚のない声で一言、

「いや、何も」

と言った。急に人の名前を呼んでおいて、何でもないはないだろうとラオンは呆れた。それだけ言われて、あら、そうですかとなる女人がどこにいるといのだ。

「あら、そうですか」

だが、ソヤンはあっけらかんと言ったので、ラオンはずっこけそうになった。

「いかがでしょう。これから座って見物できる場所へ移りませんか？」

ソヤンの提案に、旲《ヨン》はまずラオンに都合を聞いた。

「どうする、行けるか？」

「え、あの、わたくしは……はい、構いませんが」

なぜだか残念な気持ちがしたが、これで朝鮮と清の絆が深まるのなら喜んでお供しよう。

ラオンの返事を聞いて、旲《ヨン》はソヤンにうなずいた。

「ではまいろう」


ソヤン姫が二人を案内したのは、水標橋《スピョギョ》からさほど遠くないところにある二階建ての楼閣だった。清の様式で建てられているのを見ると、朝鮮にいる清の商人たちによく利用されているのだろう。

ラオンは漢陽《ハニャン》に、それも雲従街《ウンジョンガ》にこのような場所があることに驚き、初めて朝鮮を訪れたはずのソヤンが土地勘のあることにさらに驚かされた。雲従街《ウンジョンガ》のことは何でも知っていると自負していたが、そんな自分も知らない場所が存在していたなんて、井の中の蛙になったような気分がした。

「偶然通りかかった時に見つけましたの」

楼閣に入る時、ソヤンはそう言ったが、偶然通りかかったにしてはずいぶん通い慣れている様子だ。二階に上がると、街を流れる小川を一望できた。ラオンはソヤンに顔が見えないよう、あえて灯を背にして座ったが、幸いにも勝気なソヤンはラオンの存在など気にも留めず、旲《ヨン》のことばかり見ていた。普通の女人なら不愉快な思いをしそうなものだが、ラオンにはその方がありがたかった。おかげで少しは気楽に見物できる。

「ご覧ください。ここからは漢陽《ハニャン》の街が一望できます」

ソヤンは楼閣の外を指さして言った。確かに、楼閣から見下ろす市井はまた違う趣がある。ラオンは人々が飛ばした天灯《てんとう》が目の前の軒すれすれに昇っていく様に見とれた。

三人が見物に興じている間に、楼閣の中では豪勢な膳が用意されていた。

「ここは大陸でも有名な料理人が営んでいる店で、味はなかなかでございますよ」

ラオンは黙々とその料理を口に運んだ。どれを食べても味は逸品で、品数も豊富だった。朝鮮の料理より多少脂っこいが、今日は特別と思うといくらでも食べられた。これほどの珍味をまたいつ味わえるかわからない。ラオンは休む間を惜しんで箸を運んだ。旲《ヨン》の方はというと、いつもと同じ調子で何を言われても黙ってうなずくだけだ。

料理はあとからあとから運ばれてきた。宮中でも見たことのない不思議な料理が膳に並べられ、並べられたそばから皿が空《から》になった。急な来客にしてはずいぶん手が込んでいると思ったが、用意されていたのは料理だけではなかった。

「せっかくの楽しい夜には、これがありませんと」

ソヤンが手を打ち鳴らすと、美しい舞姫たちが現れて踊りを踊り始めた。それぞれに華やかな衣装を身にまとい、華麗に舞うその姿は大輪に咲く夏の花のようだった。ラオンは恐れ入った。二度とお目にかかれないであろう山海の珍味や見事な舞いのためではない。これほどのもてなしを手配したソヤンに対してだ。昊《ヨン》の気を引くために、ソヤンはありとあらゆる趣向を凝らしていた。ほかのことはさて置き、欲しいものを手に入れるためなら手間を惜しまないその執念は見上げたものだ。

ただ、ソヤンの涙ぐましい努力も昊《ヨン》には少しも響いていない。この手厚いもてなしにも眉一つ動かさず、そればかりか楼閣に案内されてからずっと無関心を貫いている。それに、目尻がわずかに下がっている。この状況に飽きた証拠だ。それでもソヤンは諦めずに清の煌びやかな風物について話して聞かせ、何とか昊《ヨン》の気を引こうと頑張っている。昊《ヨン》はそのたびにわずかにうなずくか、短く受け答えるかで、ラオンもさすがにソヤンが気の毒になってきた。ソヤンも何となく昊《ヨン》のつれない態度に気づいたようだ。

「嫌だわ、清のお話ばかりして」

ソヤンはにこりと笑った。

「此度の朝鮮訪問では、驚かされることばかりです。大国の雄大とまではいかなくとも、どこを見ても素材が生かされた、気品のある風景が広がっているのですもの。もちろん、一番驚いたのは、世子《セジャ》様にお会いした時でしたが」

ソヤンはまたにこりと笑った。

だが、昊《ヨン》は小さくうなずいて、

「そうでしたか」

と言うだけだった。もはやそばで見ているラオンの方が苛々してきた。女人がここまでしているのだから、少しは笑って冗談の一つも返してあげるのが男というものではないのか。

だが、そこでへこたれるソヤンではなかった。

「世子様《セジャ》、よろしければ、一つうかがっても？」

「どうぞ」

するとソヤンはここへ来て初めてラオンに目を向けた。もちろん棘のある眼差しだ。ラオンは慌てて顔を逸らした。ここで正体がばれたら一巻の終わりだ。気位の高い清の姫様が一介の宦官の顔など覚えているとは思えないが、用心するに越したことはない。

「そちらの女人とは、どういうご関係ですの？」

我関せずを装って、ちょうど肉を口に入れたところだったので、ラオンはむせてしまった。気にしていないように見せていても、狙った男が連れている女を平気に思う女はいない。

「先ほど、ちらとお見かけしたところ、世子様《セジャ》はそちらの女人を抱きしめておられましたが。どういうご関係か、うかがえますか？」

「偶然出くわしたにしては、ずいぶんよく見ておられたようだ」

ソヤンはほほほ、と笑った。

「幼い頃から観察力があるとよく褒められておりました。特に、興味のあるものに対しては、ほかの人では気づかないところまで見てしまう類稀なる才がございます」

旲《ヨン》は、それには何も答えなかった。

「あら、そんなお顔をなさらないでくださいい。わたくし、心が広いとも言われておりますの。正直におっしゃって。その女人とはどういうご関係ですの？　何を言われても気にいたしません。英雄とは元来、色を好むものだそうですから」

ソヤンは探るように二人の様子をうかがった。

「僕は英雄でも、ましてや好色でもありません」

昊《ヨン》は吐き捨てるように言った。だがそれよりも、次に言った言葉が、ソヤンの胸に突き刺さった。

「それに、この女人が誰かなど言う義理もない」

だが、そこまで言われても、ソヤンは引き下がろうとしなかった。

「教えてください。この方は、世子《セジャ》様の何なのです？」

答えを聞くまで引き下がるつもりはなさそうだった。昊《ヨン》は呆れた顔をしてソヤンを見て、仕方なく答えた。

「それほど知りたければ、教えましょう。この女人は——」

ソヤンの顔が強張《こわば》るのがわかった。つられてラオンまで緊張してきた。二人の女人は、昊《ヨン》の唇をじっと見つめ、次の言葉を待った。

「僕の大切な人です」

二十一　我が民のため

「僕の大切な人です」

昊《ヨン》ははっきりとそう言った。

「ご冗談を……」

「僕が冗談を言っているように見えますか？」

わずかに声を震わすソヤンに、昊《ヨン》はいつになく真剣は顔で聞き返した。ソヤンの表情が、硝子のようにひび割れていくのがわかる。

ラオンは頭が真っ白になった。

私が、温室の花の世子《セジャ》様の大切な人？

思いがけない状況に、ラオンは息を吸うのも忘れて昊《ヨン》の顔を見つめた。

「十分な答えになりましたか？」

止めを刺す昊《ヨン》の一言に、ソヤンは言葉を失った。ある程度のことは覚悟をしていたが、ここまではっきり言われるのはさすがに堪えた。

「わらわに、なぜこのような恥を……」

ソヤンは床を蹴るように立ち上がり、下唇を噛んで昊《ヨン》とラオンを睨みつけた。何か言いたいことがあるようだったが、ソヤンはそれ以上は何も言わず、部屋を飛び出した。

ソヤンが出ていくと、ラオンは昊《ヨン》を問いつめた。

「一体、どういうおつもりですか！　あのようなことをおっしゃるなんて」

息が苦しくて、うまく声が出なかった。大切な人だという昊《ヨン》の言葉に、馬鹿みたいに胸が震え、昊《ヨン》に向ける眼差しにも期待があふれてしまう。

すると、昊《ヨン》は無表情の顔をラオンに近づけて言った。

「僕が間違ったことを言ったか？」

ラオンは言葉が出なかった。間違えていないなら、正しいことを言ったとでも思っているのだろうか。こんなところで思いを告げられて、こちらの身にもなって欲しい。

「僕が自分の国の民を大切に思うのが、いけないことか？」

「た、民を？　そういう意味だったのですか？」

女としてではなく、単に民として？

「それ以外に何がある」

昊《ヨン》は当然のことを言ったまでだという顔をしている。ラオンは苦笑いをさらに引きつらせて言った。

「そ、そうですね……わたくしも、そう思います」

昊《ヨン》はきっと、ソヤンを諦めさせるために自分を利用したのだとラオンは思った。自信家で猪突猛進な姫君には、あれくらいはっきり言った方がよかったのかもしれない。だから昊《ヨン》を悪く思う気持ちはなかったが、なぜか胸の痛みが治まらなかった。それが何の痛みなのか、ラオンは自分でもわからなかった。

「もう行こう」

昊《ヨン》に言われ、ラオンも席を立った。外に出ると、すでにソヤンの姿はなかった。

こっぴどく振られて、今頃はどこかで泣いているかもしれない。どれほど気位の高い人でも、女である以上、傷つかないはずがない。しばらくは心を痛めて過ごすだろう。食事が喉を通らず、身も心も病んでしまうかもしれない。

ラオンはソヤンを気の毒に思いながら、楼閣を出ようとした。

「あら、どちらへ？」

ところがいつの間に着替えたのか、ソヤンは先ほどよりも派手な服をまとい、勝ち誇った笑顔で二人を引き留めた。

どこかで泣いているのではないかと心配していたが、ソヤンは何事もなかったかのようにけろっとしている。まこと、最強の姫君だとラオンは舌を巻いた。

すると、隣で昊《ヨン》が呆れて言った。

「もう遅いので、帰るところです」

それは冷たく突き放すような言い方だったが、ソヤンは勝気な笑顔を少しも崩さず、

「残念ですわ。夜は始まったばかり、中秋の名月はこれからですのに」

と言って、さりげなく二人の間に割り込み、鼻にかかった声で昊《ヨン》に言った。

「朝鮮に着いた時から、やってみたいことがございましたの」

「やってみたいこと？」

「朝鮮の文化を、もっと知りたいのです。実は、清を出るのはこれが初めてですの。朝鮮のことは、話に聞くだけで、この身で触れたことがございません。ですから、今宵はこの目で朝鮮を見て、聞いて、感じてみたいのです」

「案内が必要なら、人を使わせましょう」

「いいえ」

ソヤンは首を振った。

「わたくしは世子《セジャ》様と一緒がいいですわ」

昊《ヨン》はソヤンを睨むように見て、ラオンに視線を移して言った。

「朝鮮の文化を知りたいと言いましたね」

「はい、世子《セジャ》様と一緒に」

「僕もすべてを知っているとは言えないが、ここにしかない珍しい文化を体験できるところなら知っています」

すると、ソヤンはうれしそうに頬を艶めかせ、

「どこなのです？　ぜひ連れていってください」

と、昊《ヨン》は腕をつかんでせがんだ。昊《ヨン》はそれを払い、念を押した。

「いいのですか？　後悔するかもしれませんよ」

「わたくしを心配してくださるなんて、お優しい世子様《セジャ》。どうぞご安心ください。わたくしは大国清の姫でございます。このわたくしに耐えられないものなどありませんわ」

ソヤンが言い切ると、昊《ヨン》は初めて大きくうなずいた。

「そこまでお望みなら、お連れしましょう」


三人は繁華な通りを抜け、狭く入り組んだ脇道に入った。その通りは暗くて歩きづらく、見物できるものなど何もない。一体どこへ行くつもりなのだろう？　昊《ヨン》のあとを早足で追いながら、ソヤンは怪訝に思った。

しばらくすると、狭い道の先にぼんやりと灯りが見えてきた。目を凝らすと、そこは小さな雑炊《クッパ》の店だった。お祭り気分の人々の熱気はここまで届いていて、夜だというのに、小さな店は多くの客で賑わっていた。

店の様子を見て、ソヤンは愕然となった。清の姫であるわらわを、このような小汚い店に連れて行こうというのか？　まさか。

だが、昊《ヨン》は何の躊躇《ためら》いもなく店に入っていった。ソヤンも仕方なく店に入ったが、途端に気を失いそうになった。店の中は外から見るよりずっと古びていて、食事をするところとは思えないほどみすぼらしく、今にも虫が湧いてきそうだ。

「あの、この店は……」

二人のあとを影のようについて来たラオンも、昊《ヨン》に尋ねずにはいられなかった。この店のことは、ラオンが一番よく知っている。ここは、昊《ヨン》と初めて会った日、思い出作りのために昊《ヨン》と一緒に訪れた悪口婆さんの店だ。あの日のことを思い出しながら、ラオンは昊《ヨン》とソヤンの様子をうかがった。

温室の花の世子《セジャ》様は、どういうつもりでソヤン姫様を連れてきたのだろう。この店のことは、世《セ》子《ジャ》様もよくご存じのはずなのに。

案の定、婆さんは店に入ってきた三人を見るなり、ものすごい勢いで怒鳴りつけてきた。

「こんな夜中に来やがって、どこの馬鹿どもだい！」

だが、婆さんは昊《ヨン》に気がつくと、目を丸くして石のように固まった。そして、まるで死んだ人が蘇ったのを見るような顔で昊《ヨン》を見て震え出した。昊《ヨン》はそんな婆さんには目もくれず、無言で奥の席に座った。ソヤンは渋々昊《ヨン》の前に座った。ラオンは席から離れて気まずそうに店の入口に立ったままだ。

すると、昊《ヨン》はソヤンを気遣いもせず、ラオンに言った。

「何をしている？」

「わたくしは、ここで結構です」

「ここにお座りなさい」

昊《ヨン》はそう言って、自分の隣の席を指で指した。

「お気遣いなさらないでください。わたくしは、ここにいる方が楽なのです」

「僕が楽ではないのだ。ここに座りなさい」

ラオンは仕方なく、ソヤンが座る側の隅に座った。ところが、それがソヤンの怒りに触れた。身分の低い者が自分と同じ席に着くなど、清ではあり得ないことだった。

ソヤンの怒りが露骨に伝わり、ラオンは少し驚いた。好きな男の前では、優しく思いやりのある人に見られたいのが女心だ。ところが、自信家で自惚《うぬぼ》れの強いソヤンは敵対心を隠そうともしない。清の女人は、みんなそうなのだろうか。

ラオンは堪らず顔を背けた。睨まれるのはいいが、それで顔を思い出されては困る。頬かむりをしていても気を抜くことはできない。

目の前で女同士の攻防が繰り広げられていたが、旲《ヨン》はそれに気づいていないのか、なおもラオンに自分の隣の席を勧めた。

「こちらの方が広い。隅になど座らず、ここへ来るといい」

それを聞いて、ソヤンはさらにきつくラオンを睨んだ。ラオンは苦笑いを浮かべて旲《ヨン》に言った。

「どうぞ、お気遣いなさらないでください。わたくしは、ここで構いません」

ソヤンは顔まで突き出して二人の間に割り込み、

「それがいいですわ。本人がそう言っているのですから」

と、魅惑的な笑顔を見せた。そして手で顔を仰ぐと、ラオンに言った。

「たくさん歩いたせいで喉が渇いたわ。水をいただけて?」

笑っていても、ラオンを見る目にはやはり棘があった。ラオンが戸惑っていると、ソヤンはさ

らに目を吊り上げて、

「わらわの言うことが聞こえないのか？」

と、ラオンを責めた。

「あ、あの……」

「わらわは喉が渇いている。水を持たぬか」

普通なら羞恥心を覚えるほどの侮辱だが、ラオンにはむしろ好都合だった。ソヤンから離れられるなら、水と言わず買い物に行ってもいい。

「はい」

ラオンは水を用意しに行こうとしたが、昊《ヨン》に腕をつかまれて再び座り直す形になってしまった。

ラオンがきょとんとしていると、昊《ヨン》は婆さんを呼んだ。

「女将《おかみ》！」

「はい！」

そのひと声に、婆さんはすぐに飛んできた。

「何でございましょう」

「雑炊《クッパ》を三つと水を一つ」

婆さんは手を腹の前で重ねて恭しく言った。

「すぐにご用意いたします」

すると、後ろ歩きで厨房に戻ろうとする婆さんに、昊《ヨン》は言った。

「少し来ないうちに、店がずいぶん変わったようだ」

「何か、お気に召さないことでもございましたか？」

「初めて来た時とは、まるで雰囲気が違う」

昊《ヨン》は婆さんをじっと見た。

「僕にはとても勇猛な友がいるのだが」

そして、ラオンも気づかないほど、一瞬、ちらとラオンを見て、再び婆さんに視線を戻した。

「その勇猛な友が言うには、ここに来ると幼い頃の思い出に浸れるそうだ。子どもの頃、祖母に言われたような、親しみのある言葉を聞けてうれしいと」

「と、おっしゃいますと……」

昊《ヨン》の表情から次第にその意味がわかり、婆さんの顔からみるみる血の気が引いていった。

「大事な客人をお連れしたのはそのためだ。ここでしか体験できない珍しい文化に触れていただきたくてな」

「それだけはお許しくださいまし。恐れ多くてとても……」

すると、昊《ヨン》は手を挙げて婆さんの話を遮《さえぎ》った。

「今宵は無礼講だ。どんなことも許す。だから女将《おかみ》は安心して、盛大にやってくれ」

婆さんは終始恐縮し切りで何度も頭を下げたが、昊《ヨン》にそこまで頼まれては拒むわけにもいかない。

婆さんは腰を伸ばし、いつもの顔つきに戻ると、一気にまくし立てた。

「何て図々しい女だろうね。てめえの水くらいてめえで持ってきな。人にやらせようなんて呆れてものも言えないよ、このこんこんちき！」


雲従街《ウンジョンガ》の名物婆さんの洗礼を受け、ソヤンは凍りついてしまった。高貴な身分の姫様には想像もつかない仕打ちだったに違いない。言葉がわからないならまだしも、幼い頃から朝鮮の言葉を習っていたソヤンには、不幸なことに細かいところまで正確に聞き取れてしまった。

婆さんの悪口を浴びる間、ソヤンの顔はどんどん青ざめていき、しまいには急用を思い出したと言って逃げるように店を出ていってしまった。勝気で負けず嫌いの姫様も、雲従街《ウンジョンガ》の路地裏のあくの強さには敵わなかったらしい。

「やっと静かになった」

昊《ヨン》がほっと溜息を吐くと、婆さんは深々と頭を下げた。

「とんだご無礼をいたしました」

「構わないさ。僕が頼んだことなのだから」

「しかし、貴い方に、決して口にしてはならないことを申しました。このご無礼をどうお詫びすればいいやら」

もとは水剌間《スラッカン》の女官として宮中に仕えていただけに、昊《ヨン》に命じられたこととはいえ、婆さんは内心、気が気でなかった。

「本当にいいのだ。頼んだのは僕なのだから、気にしないで面を上げてくれ」

昊《ヨン》は言いながら、膳の上に代金を置いた。

「世話になった」

「とんでもないことでございます。いただくわけにはまいりません」

「僕を勘定もしない罪人にしたいのか？」

「そんな、滅相もございません」

仕方なく代金を受け取って、婆さんは目を丸くして再び首を振った。

「こんなに！　雑炊《クッパ》三つのお代金にしては多すぎます」

「もらってくれ。おかげで面倒なことが済んで助かったよ。これはその礼だ」

少し迷ったが、婆さんはそれを受け取ることにした。

「恐悦至極に存じます」

昊《ヨン》はラオンと共に店を出た。昊《ヨン》の三歩後ろを歩くラオンは呆れ顔だ。

「なぜあのようなことをなさったのです」

「何のことかな？」

「ソヤン姫……あの方は、とても驚いておられました」

「驚く？　そうかもしれないな」

「何もあそこまで冷たくなさることはないではありませんか」

「合わないのだから仕方あるまい」

昊《ヨン》がソヤンに対して気がないことは傍目にもわかった。もしかしたら、ソヤン自身も、とっくに気づいているのかもしれない。だが、仮にそうだとしても、昊《ヨン》がしたことは褒められることではなかった。傷つけずに断る方法なら、ほかにいくらでもあったはずだ。

「それとなく伝えることもできたはずです」

すると、昊《ヨン》は立ち止まり、ラオンに振り向いて言った。

「僕は何度も自分の気持ちを伝えたつもりだ。それでもあの方は諦めてくれなかった。そのような相手に、僕はどうすればよかったのだ？　もっと優しく接するべきだったとでも言いたいのか？　優しく接していたら、あの方を傷つけずに断ることができたとでも？」

「それは……」

ラオンは返す言葉がなかった。ソヤンの強引なやり方を考えれば、優しく接するほど、もうひと押し、あとひと押しと一生懸命になるだろう。そういう状況が長引くほど、深く傷つくことになる。だから、あえてはっきりと気持ちを伝えた昊《ヨン》の判断は正しかった。少なくとも、相手がソヤンの場合には。

改めて、男女のことはつくづく難しいとラオンは思った。かつては色恋の悩みはサムノムに聞けと言われるほど女心に詳しいつもりでいたが、実際はまだまだわからないことだらけだ。

そもそも、女心がわかるのは自分が女だからであって、鈍感な男たちの話を聞いて女の気持ちを推察できたのも、やはり自分が女だからにほかならない。だが、今度の昊《ヨン》とソヤンの一件で、男と女の機微を、自分まだわかっていないことに気づかされた。

ふと、ラオンは失笑した。サムノムと呼ばれていた頃のことを思い出して何になると言うのだろう。今は宦官として王宮に捕らわれている身だ。女の姿をしていられるのは今宵一晩限りで、明日になれば、男でも女でもない宦官ホン・ラオンに戻らなければならない。今夜のことは一場の春夢。そう思うと、堪らなく惨めな気持ちになってきた。

土手を歩く昊《ヨン》とラオンの足音が、水の音と共に流れていく。煌々とした月明りを散りばめたような水面を眺めながら、二人は川沿いを歩き続けた。初秋の夜はわりと冷たいが、足元を月明りに照らされて歩くのは気持ちがよかった。

だが、しばらくすると風が急に冷たくなって、ラオンは身震いした。すると、昊《ヨン》が急に早足になった。

急ぎの用事でも思い出したのだろうか。昊《ヨン》と並んで歩いていると、自分が良家の娘になった気分でいられたのに。ラオンは名残惜しい気がした。

「急にどうなさったのです？」

「ひと雨、来そうでな」

「雨ですか？」

昊《ヨン》の言う通り、先ほどまで晴れていた夜空に、いつの間にか雨雲が戻っていた。

「もう秋なのに、天気の変わりやすさは春のようです」

通り雨が止んだばかりで、もう降らないだろうと思っていたのに。生まれて初めて綺麗に着飾った私に意地悪しているのだろうか。

ラオンが空を見上げて拗《す》ねて見せると、頬に雨粒が落ちてきた。雨脚は瞬く間に強くなり、慌てた人々が行き交う中、昊《ヨン》とラオンも走り出した。ちょうどすぐそばに門を見つけ、二人は狭い軒下に駆け込んだ。

「ありがとうございます。助かりました」

ラオンは昊《ヨン》に礼を言い、頭の雨露を払った。だが、ほっとしたのもつかの間、風向きが変わって軒下の二人に吹きつけた。

ラオンは驚いて小さく悲鳴を上げ、服を守ろうと身を屈めた。自分が濡れるのは構わないが、せっかくの服を台無しにしたくなかった。

ところが、そんな思いもむなしく、風雨は激しさを増していった。まるで水に落ちた小動物になった気分だった。自分の服ではないだけに、弁償しろと言われるのではないかと不安にもなった。

すると、不意に雨が止まった。おもむろに見上げると、昊《ヨン》はラオンをかばうように腕を伸ばし、自分の袖を雨除けにしていた。

「我が民のためだ」

遠くの山を見ながらそう言った昊《ヨン》の顔には、少しのうそも浮かんでいなかった。

「わかっております。十二分に、心得ております」

温室の花の世子《セジャ》様は、私を自分の民と思って優しくしてくれている。だが、それでも構わなかった。家族以外に私を守ってくれる人がいる。それが温室の花の世子《セジャ》様であることがうれしくてならない。

先ほどより強く風雨が吹きつけたが、ラオンは少しも寒くなかった。昊《ヨン》の優しさに、身も心も温められていくようだった。そんな気持ちがくすぐったくて、ラオンはにやけてばかりいた。

「口の中に虫が入るぞ」

「うわっ！　大変！」

ラオンは慌てて手で口を覆ったが、うれしい気持ちは抑えられなかった。そして、それを昊《ヨン》に悟られないよう下を向いた。

だから、ラオンは気づかなかった。昊《ヨン》の口調が変わっていたことも、昊《ヨン》が自分を見つめていることにも。そして、その眼差しがどれほど優しさにあふれているかも。ただ、この雨がやまなければいいと願うばかりだった。

二十二　そういうことだったのか

ところが、雨はすぐにやんでしまった。甘やかなひと時は、秋の通り雨と共に過ぎていった。どうせなら、もっと降らせて欲しかったな……。ラオンは気分屋の空を恨んだ。

だが、そう思っていたのはラオンだけだったようで、旲《ヨン》はすぐに軒下を出て歩き出した。ラオンもあとに続いて歩いていると、遠くから駆け寄ってくる乱れた足音が聞こえてきた。その足音はあっという間に二人に追いついて、周りを取り囲んだ。

「黄精飴《ファンジョンヨッ》はいらんかね？　あまりのおいしさに、隣で人が倒れても気づかない黄精飴《ファンジョンヨッ》だよ」

「油蜜菓《ユミルクァ》もありますよ。今買わないと二度とお目にかかれない、それはそれは高級な油蜜菓《ユミルクァ》！」

年の頃は十歳くらいだろうか。五、六人の子どもが、飴と揚げ菓子をそれぞれの手に握って売りつけてきた。中秋の名月を祝う嘉俳《カベ》の前夜のお祭り騒ぎは先ほどの雨のせいで早くもお開きとなり、客が引けて品を売り損ねた子どもたちは砂糖に群がる蟻のように旲《ヨン》とラオンの周りに集まった。まだこんな商売をする子どもがいるのかと、ラオンは溜息が出た。祭りになると必ず現れる子どもの売り子。同情を引いて商売をするのがやり方だ。ラオンは誰が引っかかるものかと思ったが、旲《ヨン》は子どもたちに値段を尋ねた。

「その飴はいくらだい？」

飴売りの子は待っていましたとばかりに、

「三両です！」

と言った。すると、周りの子どもたちも次々に値段を言い始めた。

「油蜜菓《ユミルクァ》は二両と五分、特別に安くするよ！」

「花餅はいかがですか？　これ全部で、たったの二両です」

ラオンは怖い顔をして子どもたちを見た。子どもたちが売りつけているのは、どれも粗末な材料で作ったものばかりだ。一番値が張りそうな串焼きも、小糠などを捏ねたものをさっと炙って肉に見立てただけの、言ってしまえば偽の肉だ。それを二両だの三両だのと悪びれもなく値段を吹っかけるのは見逃せない。

「みんな、いいかげんに……」

ラオンは厳しく叱ろうとしたが、昊《ヨン》は身を屈めて子どもたちに値段を尋ねた。

「どれどれ、三両に二両五分。そっちはいくらだったかな？」

「一両、いえ、二両です、二両」

「二両だよ！」

すると、昊《ヨン》は子どもたちの言い値で品を買い始めた。代金を受け取ると、子どもたちは逃げるように走り去っていった。客の気が変わって金を返せと言われるのを恐れたのだろう。ラオンは呆れて昊《ヨン》に言った。

「騙されているのがおわかりにならなかったのですか？」

「わかっている」

「わかっていながら、どうしてお金を払ってしまわれたのです？」

「あの子どもたちも、僕が守るべき民だ。民のためにできることをするのは当然のことだろう」

ラオンは面白くなかった。僕の民なら、見ず知らずのあの子どもらも、温室の花の世子《セジャ》様の大切な人になるのだろう。その気持ちはいいけれど、子どもを相手に騙されたふりをするなんて、人がいいというか世間知らずというか、この先が思いやられる。穏やかに微笑む旲《ヨン》の隣で、ラオンは呆れ半分、心配半分の心境だった。

ふと視線を感じて振り向くと、すぐそばに七つくらいの姉弟が手をつないで立っていた。二人は今しがた旲《ヨン》が子どもたちから買ったばかりの食べ物をじっと見ている。ぼろをまとった身なりは言うまでもないが、丈の合わない裾からのぞく腕がやけに痩せている。旲《ヨン》はおもむろに幼い姉弟に近づき、片膝をついて女の子の目を見て尋ねた。

「お前たちも何か売りにきたのか？」

少女は首を振った。

「売る物がありません」

旲《ヨン》は少女と手をつないでいる弟の方に視線を移した。五つか六つと思しき男の子は、手に天灯《てんとう》を握りしめている。

「その天灯《てんとう》は、売り物ではないのか？」

すると、少女は今度も首を振った。

「いいえ、これはただでもらった物だから、お売りできません」

「僕はその天灯《てんとう》が欲しいのだが、売ってくれないかな?」

少女はしばらく考えて、やはり首を振った。

「ごめんなさい。やっぱり、ただでもらった物を売るわけにはいきません」

昊《ヨン》はうれしそうに笑い、すぐに困った顔をして、

「まいったな。どうすれば譲ってもらえるだろう。そうだ、こうしてはどうだ?」

と言うと、買ったばかりの食べ物を少女に差し出した。

「もらい物だから売れないと言うが、僕はどうしてもその天灯《てんとう》が欲しいのだ。だから、この食べ物と交換しないか?」

「その食べ物と、交換?」

少女の顔が明るくなった。

「美味しそうなので買ったものの、今は腹が減っていないのだ。捨てるにはもったいないし、その天灯《てんとう》と交換してもらえると助かるのだが」

「でも……」

少女が躊躇《ためら》っていると、弟の腹が鳴った。よほど腹を空《す》かせているようで、昊《ヨン》が差し出す食べ物に目が釘付けになっている。そんな弟を見て、少女の方もようやく昊《ヨン》の申し出に応じた。

「わかりました。交換します」

「ありがとう」

昊《ヨン》は満面の笑みで言った。

「どうして何も言わない？」

幼い姉弟と別れてからずっとラオンが何も言おうとしないのが気になって、昊《ヨン》の方から声をかけた。

「すべきことをなさったからです」

「どういう意味だ？」

「最初の子どもたちには、代金をやりすぎました。あの子たちはきっと、これで味をしめたでしょう。大人を騙せば容易くお金を手に入れられると思ったはずです。これからあの子たちは、楽して儲けることばかり考えるようになるかもしれません。でも、先ほどの姉弟は事情が違います」

「何が違う？」

「あの姉弟にとって、天灯《てんとう》は一時の娯楽に過ぎません。あればその時は楽しいかもしれませんが、もともとはなくてもいい物です。しかし、食べ物は違います。世子《セジャ》様が差し上げたのは、あの姉弟にとって、なくてはならないものでした」

「そういうことか」

昊《ヨン》は笑った。ラオンも笑ったが、昊《ヨン》の持つ天灯《てんとう》を見て少し困った顔をした。

「その天灯《てんとう》は、どうなさるおつもりですか？」

食べ物は幼い姉弟にあげたので無駄にならなかったが、天灯《てんとう》は使い道がない。昊《ヨン》は肩をすくめて言った。

「この天灯《てんとう》も、必要としている人にあげればいい」

「必要としている人？　誰です？」

すると、昊《ヨン》はラオンに天灯《てんとう》を差し出した。

「わたくしにですか？」

ラオンは目を見張った。

「まだ飛ばしていないだろう」

「そうですが……」

「楼閣で、空に昇る天灯《てんとう》を見ていた時、とても飛ばしたがっていたように見えたが、僕の勘違いかな？」

ラオンは少し躊躇《ためら》ったが、にこりと笑って天灯《てんとう》を受け取った。

「ありがとうございます」

そして、昊《ヨン》に細筆を借りて願い事を書き込んだ。子どもの頃からずっと変わらない願い。

――母さんとダニが、元気で幸せに暮らせますように。

ラオンは後ろの昊《ヨン》の様子をちらと見て、天灯《てんとう》の端にもう一つ、願い事を書き足した。

「書けたか？」

「はい」

「では、飛ばそう」

昊《ヨン》が火をつけると、天灯《てんとう》はゆっくりと空に昇っていった。月暈《つきがさ》に吸い込まれるように、二つの願い事を乗せた天灯《てんとう》が昇っていく。

――温室の花の世子《セジャ》様と、キム兄貴の願いが叶いますように。


それからは、二人の話は尽きなかった。昊《ヨン》の歩幅に合わせて歩いていると、いつもより早く景色が流れていった。

だが、不意に昊《ヨン》が立ち止まったので、ラオンも立ち止まって昊《ヨン》の視線を追うと、そこには水標《スピョ》橋《ギョ》の大きな銀杏の木が立っていた。

すると、二人に気づいたユンソンが、笑顔で近づいてきた。

「ホン殿！」

昊《ヨン》と過ごす時があまりに楽しくて、ラオンはユンソンと落ち合う約束をしていたのをすっかり忘れていた。

「どこへ行っていたのです？　ずいぶん捜しましたよ」

「お待たせして、申し訳ございません」

ラオンは申し訳なさそうに言った。昊《ヨン》を意識してか、ユンソンはラオンをホン殿と呼んだ。そんなふうに呼ばれるのは初めてだったので、ラオンは赤くなって下を向いた。ユンソンはそんなラオンに目を細め、誇らしそうにすみれ色の天灯《てんとう》を見せた。

「どうです？」

「まあ、素敵！」

「ホン殿のために特別に残しておきました」

「わたくしのために？」

「一緒に願い事を書き込んで、天に飛ばすのです」

ユンソンがあまりに無邪気に言うので、ラオンはすでに天灯《てんとう》を飛ばしたことは言えなかった。何気なく目をやると、昊《ヨン》はすっかり無表情に戻っていた。

ラオンはユンソンに視線を戻し、

「礼曹参議《イエジョチャミ》様は、もう願い事を書かれましたか？」

と尋ねた。すると、ユンソンは頭に手を当ててしばらく考え、ラオンに言った。

「いざとなると、何も浮かびません。何を書けばいいでしょう」

「礼曹参議《イエジョチャミ》様がいつも願っていることです」

「いつも願っていること……」

ユンソンはラオンを見てにこりと笑った。

「それなら、ホン殿に私の気持ちを信じてもらうことです」

ラオンは声を出して笑った。

「ご冗談を」

今日はこういうやり取りをするのが楽しいらしい。ラオンが憎らしからぬ目でユンソンを見ると、ユンソンもそれに応じて首を振った。

「まいったな。私の言うことが冗談に聞こえますか？」

「ええ、冗談にしか聞こえません。お戯れはこのくらいにして、本当に叶えたいことを考えてください」

「真剣なのに」

少し不貞腐れて、ユンソンは今度は旲《ヨン》に話を向けた。

「世子《セジャ》……いえ、我が従兄弟はどうです？」

その瞬間、旲《ヨン》の顔色が変わった。周囲の手前、気を遣ったつもりだったが、我が従兄弟と呼ばれたのが旲《ヨン》の気に障《さわ》ったようだった。だが、ユンソンは構わず話を続けた。

「我が従兄弟の願い事も聞かせてください」

「この国から外戚を一人残らず排除することだ」

ユンソンはわずかに顔を引きつらせたが、すぐにいつもの笑顔に戻った。

「またそのようなご冗談を。外戚の身としては肝を冷やしましたよ」

「冗談ではない」

旲《ヨン》は真顔で返した。二人の間に微妙な空気が流れ、ラオンは場の雰囲気を和ませようと話題を変えた。

「ほかにはないのですか？　例えば、ほら、空から突然、お金が降ってくるとか」

「この国の生きとし生けるものすべてが幸福に暮らすことだ。皆が患うことなく、病人が金の心配などせずに医者にかかり、誰も食べる物に困らない国を作るのが僕の願いだ」

旲《ヨン》が心からそう願っていることがわかり、ラオンはさすがは一国の君主だと旲《ヨン》を見直した。

すると、ユンソンはラオンにも話を振った。

「そういうホン殿の願い事は何なのです？」

「わたくしの願いは……」

すでに天灯《てんとう》に書いてしまった。ほかには特に浮かばず、ラオンは遠く山を眺めた。

「何もないのですか？」

「考えたのですが、これといって思いつきません」

「つまり、今が満ち足りていると？」

「そうではありませんが、以前は病気がちだった妹も、今ではずいぶん元気になりましたし、裕福ではなくとも家族は食べていけるくらいの暮らしができています。おかげさまで、わたくしも。ですから、これ以上欲張ったら、お天道様に叱られてしまいます」

でも、もし許されるなら、願い事をもう一つだけ……温室の花の世子《セジャ》様とキム兄貴のそばにもう少し長くいさせて欲しい。月の綺麗な夜に、また三人で酒を酌み交わしたい。だがそれは、とても口に出すことのできない願いだった。

旲《ヨン》は黙ってラオンを見守り、何も発さなかった。

しばらく沈黙が流れ、やがて遠くから太鼓を叩く音が聞こえてきた。

「もうすぐ鶏が鳴く。最後の天灯《てんとう》を飛ばそう」

誰かがそう言うと、にわかに辺りが騒がしくなった。ユンソンは袖口から筆と墨を取り出して、天灯《てんとう》に大きく『願』と書いた。

「それは?」

「願い事を願うという意味です」

「願い事を願う?」

「ええ。誰の願いも、どんな願いも叶えてもらえるように」

間もなくして嘉俳《カベ》の前夜に飛ばす最後の天灯《てんとう》が一つ、また一つと天に昇り始めた。親が元気で長生きしますように、子どもたちが元気にすくすく育ちますように、この恋がずっと続きますように……。人々の願いを乗せて、天灯《てんとう》は天に向かって昇っていく。風が吹くと、天灯《てんとう》はさらに高く昇っていった。秋の夜空が、色とりどりの天灯《てんとう》に彩られていった。


楽しい時はあっという間に過ぎていった。先ほどの通り雨がうそのように、夜空には望月が煌々と浮かんでいる。その月が山裾に沈む頃、旲《ヨン》はユンソンとラオンに別れを告げてひと足先に王宮に帰った。

「お帰りなさいませ」

東宮殿《トングンジョン》の門をくぐると、チェ内官が素早く駆け寄って昊《ヨン》を迎えた。昊《ヨン》は軽く会釈をして寝所へ向かった。チェ内官も影のようにあとに続いた。

「いつもよりお帰りが遅いので、心配しておりました」

「……………」

「護衛の者たちも従えず、お忍びで出られたとうかがい、世子《セジャ》様の御身にもしものことがあってはと、大変案じておりました」

「明日の嘉俳《カベ》を民がどう祝っているのか見てきただけだ」

「さようでございましたか」

チェ内官は手際よく寝巻きに着替えさせ、ふと昊《ヨン》の表情に気がついた。

「外で何かございましたか？」

東宮殿《トングンジョン》に入ってきた時から、チェ内官は昊《ヨン》の様子がいつもと違うことに気づいていた。無表情なのはいつも通りだが、どこか元気がないように見えた。

「そんなことはない」

昊《ヨン》は短く、チェ内官の心配を拒むように答えた。チェ内官はそれ以上は何も聞かず、

「それでは、わたくしはこれで失礼いたします」

と言って、後ろ歩きで部屋を出ていった。

チェ内官が表に出るなり、部屋の中から大きな笑い声が聞こえてきた。チェ内官は驚いて、慌てて部屋の戸を開けた。

「世子《セジャ》様、何事でございますか？」

断りもなく戸を開けられ、昊《ヨン》は声を張った。

「これ」

「ご無礼をいたしました！」

チェ内官は戸を閉め、首を傾げた。今、確かに世子《セジャ》様の笑い声が聞こえたが、聞き間違いだったのだろうか。

すると、また部屋の中から昊《ヨン》の笑い声が聞こえてきた。

「そうか！　そういうことだったのか！」

「世子《セジャ》様……」

チェ内官は胸がつまった。世子《セジャ》が子どもの頃から仕えてきたが、これほど大きな笑い声を聞いたのは初めてだった。王宮の外で何があったのだろう。そういうことかとは、どういうことなのだろうか。世子《セジャ》様は一体、どうしてしまわれたのだろう。

聞きたいことは膨らんでいくばかりだが、笑い声を聞く限り、とてもうれしいことがあったことは間違いない。

昊《ヨン》はひとしきり笑うと、何か思いついたようにいつもの無表情に戻り、小声でユルを呼んだ。影のように昊《ヨン》を守る世子翊衛司《セジャイギサ》だ。昊《ヨン》はユルに顔を向けることなく言った。

「頼みがある」

「何なりと」

「調べて欲しい者がいるのだ」

「誰のことでしょうか」

「ひょんなことから宦官になった者がいるのだが」

そこまで言って、昊《ヨン》は悩んだ。本人に黙って素性を調べるのは後ろめたい。相手が友ならなおさらだ。

「いや、下がっていい」

ユルは頭を下げたまま、再び陰の中の人となった。

一人になると、昊《ヨン》はぶつぶつと独り言を言い始めた。

「どういう事情があったかは知らないが、自分から打ち明けてくれるまで待とう。それが友に対する礼儀だ。だが、ホン・ラオン。この僕を騙すとはいい度胸をしている。この罪は決して軽くないぞ」

この罪をどう償わせよう。

昊《ヨン》はにやにやが止まらなかった。

二十三　宮廷女官ホン・ダニ

人々が家路に就くと、通りには青い夜の霧が立ち込めた。先ほどよりやや精彩を欠いた月明りの下、ラオンとユンソンは言い争いをしていた。

「それはいけません」

ユンソンは食い下がった。

「王宮まで送ります。暗い夜道を、女人一人で歩くなんて危険すぎます。そんなことさせられません」

何度断っても、ユンソンは王宮まで送るの一点張りで、ラオンは困り果てていた。

「本当に結構です。ご存じの通り、わたくしは普通の女ではありません。子どもの頃から男として育ってきたのです。夜道を歩くくらい、どうってことありません」

「暗いことを言っているのではありません」

「では何を心配なさっているのです？」

ラオンはじっとユンソンを見て、ふと何かに気づいたような顔をして自信満々に言った。

「そういうことでしたら、ご心配には及びません。どこの男が、わたくしによからぬことをしようと思うものですか。そのような輩が現れたら、灯りでこの顔を照らして見せてやります」

「顔を照らしてどうするのです？」

「この顔を武器にするのです。もし変な人にあとをつけられても、顔を見ればびっくりして逃げていくはずです」

「…………」

ユンソンが急に黙り込んだので、ラオンは不思議に思った。

「どうかなさいましたか？」

「私にはわからないのです」

「何がです？」

「ホン内官が本当にわかっていないのか、それとも、わからないふりをしているのか」

「どういう意味ですか？」

ユンソンは灯りを持ち上げて、ラオンの顔を照らした。

「この顔を見れば、男がびっくりして逃げだすなどと、本気で思っているのですか？　ホン内官は鏡を見たことがないのですか？」

「はい」

ユンソンは耳を疑った。

「手鏡も持っていないものですから。でも、それがどうかしましたか？」

「どうかしましたかって、どうして見ないのです？　手鏡を持たない女人など見たことがありません」

ラオンは咎められた気がして、気恥ずかしそうに頭を掻いた。

「仕方がなかったのです。鏡を買うお金もなかったし、それに、化粧や髪に気を遣ってなどいられませんでしたから」

「だとしても、ホン内官は女人ではありませんか」

「ですから、何度も言うように、わたくしはほかの娘たちとは事情が違うのです。それに、今は女ではなく、宦官です」

ラオンは茶化すように笑った。あまりにこともなげに言うので、聞いているユンソンの方が胸が痛み、しばらく言葉が見つからなかった。そして、改めてラオンに尋ねた。

「女人でありたいと思ったことは、なかったのですか?」

その言葉はラオンの胸に深く突き刺さった。

「わたくしには……守るべき家族がおりますので」

ラオンは顔を逸らした。自分には、女人に戻りたいと思うことさえ贅沢だった。これまでも、そしてこれからも、それは変わらないだろう。

「女人として、誰かに守って欲しいと思ったことは?」

「自分の身を守るくらいの力はあります」

ラオンは見かけによらず、なかなか逞しい拳を握って見せた。ユンソンは微笑んだが、内心では胸を痛めていた。自分のことを考える余裕もなく、今日まで生きてきたであろうラオンの姿に、これまで感じたことのない胸のさざめきを覚えている。体に痺れるような感覚が走ったが、ユンソンはそれを隠して穏やかに笑った。ラオンもにこりと笑い、思い出したように礼を言った。

「今日はありがとうございました。礼曹参議様《イエジョチャミ》のおかげで、いくつも貴重な経験ができました」

「貴重な経験？」

「生まれて初めて、これほど素敵な服を着せていただいて、天灯《てんとう》を飛ばすこともできました。本当を言うと、一度でいいから天灯《てんとう》を飛ばしてみたかったのです」

「礼を言うのは私の方です。ホン内官のおかげで、楽しい休日を過ごせました」

「礼曹参議様《イエジョチャミ》には、いつももったいないほど親切にしていただいています。これ以上していただいては申し訳が立ちません。ですから、どうか、もうここで」

「それとこれとは別です」

「ここから宮中までわたくしを送り届けたら、北村《プクチョン》のご自宅へお帰りになる頃には朝になってしまいます。明日も宴が控えているのですから、少しでも早くお帰りになって、ゆっくりお休みになりませんと」

「心遣いはありがたいが」

「お願いします。わたくしが、そうしていただきたいのです」

「そこまで言うなら、わかりました。では、これを」

ユンソンは袖口から通符《トンプ》を取り出した。これさえあれば、王宮に戻れる。

「何から何まで、ありがとうございます。ではまた、宮中で」

ユンソンに礼を言って、ラオンは一人で王宮に向かった。少しして振り向くと、ユンソンはまだそこに立ってラオンを見守り、明るく笑って手を振ってきた。

本当にいい方だ。

ラオンはもう一度、軽くお辞儀をして歩き出した。自分が見えているうちは、ユンソンはあの場所から動かないだろう。

それからしばらく歩いたところでまた振り向くと、ユンソンはもう見えなくなっていて、ラオンは急に心細くなった。ずいぶん歩いたようだ。足元から吹きつける風も異様に冷たく感じられ、ラオンは上着で首元を隠すようにして歩みを速めた。

こういう時、隣に温室の花の世子《セジャ》様がいたら、どんなにいいだろう。

天灯《てんとう》を飛ばすと、温室の花の世子《セジャ》様はすぐに帰ってしまわれた。一緒に帰りたかったが、自分の正体を知らない世子《セジャ》様について行くことはできなかった。ここに世子《セジャ》様がいてくだされば、ここまで寒くも寂しくもないだろうに。

ラオンは自分の袖を雨除けにしてくれた昊《ヨン》の姿を思い浮かべた。温かくて、どこか懐かしい感じがする、私のための軒下。

思い出すだけで深い安心感に包まれ、ラオンはそっと微笑んだ。

「しかし、温室の花の世子《セジャ》様もあんまりだ。着ている服が違うだけで、毎日見てきたこの顔に気づかないなんて」

他人を見るような昊《ヨン》の目が頭に浮かび、ラオンは顔を曇らせた。世子《セジャ》様も、こんなふうに寂しい思いをすればいいんだ。

そんなことを考えながら歩いていたが、ラオンはふと大事なことを思い出した。

「いけない！　この服！」

ユンソンに返すのをすっかり忘れていた。この恰好で王宮に帰って、もし顔見知りに会いでもしたら大変なことになる。

ラオンは来た道を引き返し、仕立て屋に向かって全力で走り出した。

「どうか間に合って！」

●

「暗い道を走ったら危ないのに」

ユンソンは突然走り出したラオンを、微笑みながら見守った。

頑なに断られはしたものの、やはり心配になり、ユンソンはラオンから少し離れて、こっそりついて来ていた。これまで一度も見せたことのない、穏やかで温かみのある微笑み。自分がどれほど自然で優しい笑みを浮かべているか、この時のユンソンはまだ、気づいていなかった。

ふと、背後に人の気配がして、ユンソンは真顔に戻った。そして後ろも振り向かずに言った。

「何のご用ですか？」

丁寧だが、その口調には不快さが表れていた。夜闇の中から聞こえてきたのは、男の声だった。

「仕事の進み具合が気になって、様子をうかがいにまいりました」

「万事順調に進んでいます」

そう言って男に振り向いたユンソンの顔には、ラオンを見る時とはまるで違う、仮面のような笑みが浮かんでいた。

「私にお役に立てることがあれば、いつでもお申し付けください。面倒なことは、この私が片付けます」

男はラオンが消えた方を凝視しながら、含みを持たせる言い方をした。すると、ユンソンの目つきが変わった。ユンソンは笑顔のまま、冷酷な目で男を見据えた。

「それは夢にも思わない方がいいでしょう」

「礼曹参議《イエジョチャミ》様」

「これは私の仕事です。余計な手出しをされたら……その時は、自分が何をするか、私にもわかりません」

ユンソンはさらににこりと笑った。その笑顔の中に一瞬、ぞっとするほど残虐な色が浮かんで消えた。


「お願いです！　開けてください！　お願いします！」

ラオンは仕立て屋の戸を懸命に叩いた。人気のない通りに戸を叩く音だけが大きく響いている。

だが、いくら叩いても灯りの消えた店の中からは何の音も聞こえてこない。どうやら、店の人はすでに帰ってしまったらしい。

「もうだめだ」

ラオンは店先にしゃがみ込んだ。いつもならお尻をつけてしまうところだが、上等な服を着ていると行動にも品が出てくるらしい。

膝と膝の間にあごを乗せてうなだれていると、丑の刻（午前一時から午前三時）を知らせる太鼓の音が聞こえてきた。この分ではあっという間に寅の刻（午前三時から午前五時）になってしまう。

宴の準備のため、今日は内侍府《ネシブ》の者は全員、寅の刻までに内班院《ネバンウォン》に集まるよう厳しく命じられている。何があっても時刻を厳守するよう、あれほどきつく言われたのに、もし間に合わなければ……。マ内官とソン内官の顔を思い浮かべるだけで身震いがした。

いつまでもここにいるわけにはいかない。

ラオンは頭を振って気を引き締め、遠くに見える王宮と手元の通符《トンブ》を交互に見た。

「この通符《トンブ》があれば、王宮に戻れる」

今の装いのまま帰って、もし誰かに見られたらと思うと恐ろしいが、このままここに座っていても店が開くわけではない。ラオンは覚悟を決めて王宮に帰ることにした。

「入るのか？」

ラオンが王宮の門前に立ち尽くしていると、中年の門番が声をかけてきた。一介の宦官の顔を覚えているわけがないが、ラオンはなるべく顔を見せないようにしてうなずいた。だが、門番は不自然に顔を背ける様子を不審がった。

「顔の向きがおかしいようだが」

「首を寝違えたようです」

「寝違えねぇ。羽目を外しすぎたのではないのか？」

門番はにやけながら手を出してきた。ラオンが戸惑っていると、門番は苛立って面倒臭そうに言った。

「通符《トンブ》だよ」

「はい。ここに」

ラオンが通符《トンブ》を見せると、門番は懐《ふところ》から小さな帳面を取り出した。

「通符《トンブ》はあるからよし、と。それで、どこの所属だ？」

「しょ、所属が、なぜ必要なのです？」

「おいおい、外に出るのは初めてじゃないだろう？」

初めてではありませんが、これが二度目なのですと、ラオンは胸の中で返した。

「名簿と突き合わせて確認するのだ。どこの殿閣の、名は何と言う？」

「わ……私は、ですから……」

一度目は昊《ヨン》とビョンヨンと一緒だったし、二度目の昨日はユンソンが手筈を整えてくれたので、ラオンは外出した者の名簿があることなど知らなかった。王宮は通符《トンブ》があれば出入りできると思っていたが、実際には門を出る時に名簿に名前を書き、帰りはその名簿に書かれた名前と突き合わせて本人かどうか確かめる必要があったのだ。

　ラオンは頭が真っ白になった。だが、門番はさらに追い打ちをかけるように言ってきた。

「何をぼそぼそ言っている。早く名前と所属を……」

「何事だ？」

　そこへ、守門将《スムンジャン》の男が様子を見にやって来た。

「この娘が、自分がどこの誰か言わないのです」

　門番が事情を報告すると、守門将《スムンジャン》の顔つきが鋭くなった。

「通符《トンブ》は？」

「こちらに」

　門番が通符《トンブ》を手渡すと、守門将《スムンジャン》はそれを確かめて、睨むようにラオンを見据えて言った。

「名前は？　どこの殿閣に仕える者だ？」

「で、ですから、私は……」

　背筋を嫌な汗が流れた。ラオンは声をやっとの思いで声を振り絞った。

「と、東宮殿《トングンジョン》の……」

「東宮殿《トングンジョン》？　東宮殿《トングンジョン》の……」

　守門将《スムンジャン》が帳面の文字を指先でなぞるのを、ラオンは固唾《かたず》を呑んで見守った。不安と焦りで、まともに息も吸えなくなってきた。

「ああ、あった。東宮殿《トングンジョン》付きの女官、ホン・ダニだな？」

「誰ですって?」

ラオンは思わず聞き返した。

「東宮殿《トングンジョン》なのであろう?　東宮殿《トングンジョン》付きで宮中を出たのは、女官のホン・ダニだけだ。お前ではないのか?」

「い、いえ、私は……私が、ホン・ダニなのだと思います。いえ、ホン・ダニです。間違いありません」

女官のホン・ダニさん、どなたか存じ上げませんが、ごめんなさい!

ラオンは顔も知らない女官に、胸の中で何度も謝った。

「入っていいぞ」

守門将《スムンジャン》は横に退いて、ラオンを通した。ラオンは軽く会釈をして、飛ぶように東宮殿《トングンジョン》へと向かった。その姿を見送って、中年の門番が守門将《スムンジャン》に尋ねた。

「どうなさったんです?　ついさっき仮眠を取りに行かれたばかりではありませんか」

「歳を取ると、寝るにも体力がいるものだ」

自分より若い守門将《スムンジャン》にそう言われ、中年の門番は苦笑いした。それを年上の俺に言うかと思いつつ、門番は遠ざかる女官の後ろ姿に首を傾げた。

「東宮殿《トングンジョン》に、あんな美人な女官がいたとはなぁ。ホン・ダニ、ホン・ダニね」

時刻はもうすぐ寅の刻（午前三時から午前五時）になろうとしていた。

「チェ内官、チェ内官はいるか？」

表に控えていたチェ内官は、旲《ヨン》に呼ばれると、すぐに寝所の中に入った。

「お呼びでございますか、世子様《セジャ》」

「今すぐ調べて欲しいことがある」

「何でございましょう」

「今日の門番のところへ行って、女官のホン・ダニが宮中に帰っているか確かめてきてくれ」

「女官のホン・ダニでございますか？」

深夜に呼びつけて、藪から棒に女官のことを調べろと言う。チェ内官は首を傾げた。ホン・ダニ？　女官の中に、ホン・ダニという娘がいたのか？

ふと見ると、旲《ヨン》がこちらを睨んでいた。早くしないとお怒りを買いそうだと、チェ内官は慌てて門番のもとへ向かった。

チェ内官が出ていくと、旲《ヨン》は薄い笑みを浮かべた。東宮殿《トングンジョン》の女官、ホン・ダニ。そんな女官など存在しない。旲《ヨン》が作った架空の人物だ。だが、それを知るのは旲《ヨン》と守門将《スムンジャン》しかいない。

子の正刻（午前零時）を過ぎてひと足先に宮中に戻った旲《ヨン》は、ふと、ラオンが着ていた服から真新しい絹の匂いがしたのを思い出した。あれは、仕立てたばかりの服を着ていたに違いない。荷物は持っていなかったので、自分の服は仕立て屋に置いたままなのだろう。もちろん、そうではない可能性もあるが、もしその通りなら、帰る時に困ることになる。

そこで、昊《ヨン》は万一に備え、先回りして手を打つことにした。

「世子様《セジャ》」

いつの間にチェ内官が戻ってきて、昊《ヨン》のそばで声を潜めて言った。

「女官のホン・ダニのことですが、つい先ほど宮中に帰ったそうにございます」

「そうか」

昊《ヨン》は笑いを噛み殺した。


「助かった」

資善堂《チャソンダン》に駆け込んで、ラオンは大きく安堵の息を吐いた。時刻が早朝だったおかげで、ここまで誰にも会わずに戻ってこられた。

「怖かったけど、これで安心だ」

暗い部屋の中に入ると、ラオンは灯りもつけずに大の字に寝転がった。慣れない服を着て一日中歩き回ったせいで、肩も背中も、体中が筋肉痛になったようだった。ラオンは強張《こわば》った体をほぐそうと思い切り伸びをした。

しばらくすると、部屋の中が白み始めた。障子の下から半分が青くなったのを見ると、じきに寅の正刻（午前四時頃）を告げる太鼓の音が聞こえてくる頃だ。そろそろ宦官の自分に戻らなければ。

ラオンは服を着替えようと起き上がったが、ふと誰かに見られているような視線を感じた。周りを確かめたが、暗くてよく見えず、ラオンは仕方なく火を灯した。そして、明るくなった部屋の中を見渡して、ぱっと顔を明らめた。

「キム兄貴！」

二日ほど帰れないと言っていたビョンヨンが、梁《はり》の上で寝ている。どうりで人の気配がするはずだ。ラオンはビョンヨンのそばに駆け寄った。

「キム兄貴！　いつお戻りになったのです？　明日まで帰れないのではなかったのですか？」

すると、ビョンヨンはラオンに振り向き、

「世話が焼けるやつ……」

とつぶやいて、思わず口をつぐんだ。自分を見上げる大きな瞳も、丸い小鼻も、杏子色の唇もいつもと変わらない。だが……。

ビョンヨンは頭が真っ白になった。だが、ラオンはそんなビョンヨンの様子にも気づかないほど、うれしそうに話しかけてばかりいる。ラオンが話しかけても返事をしないのはいつものことだが、その眼差しは普段とはまるで違った。ビョンヨンの目はラオンに釘付けになり、しまいには梁《はり》の上から落ちてしまった。

「キム兄貴！」

猿も木から落ちるというが、まさかビョンヨンが落ちるとは思わず、ラオンはとっさにビョンヨンを抱き起こそうとした。

「キム兄貴、大丈夫ですか？　怪我はありませんか？」

ラオンは心配して問いかけたが、ビョンヨンは落ちたまま固まって、ラオンを凝視するばかりだった。

「キム兄貴、どうなさったのです？　どうしてそんな目で私を……」

ラオンはようやく服の着替えがまだだったことに気がついた。無事に資善堂《チャソンダン》に戻ってこられたことに安心して、うっかりしてしまった。

ビョンヨンは妖《あやかし》でも見るように、なおもラオンから目を離せないでいる。

ラオンの顔から、徐々に血の気が引いていった。この姿を見られてしまっては、今度こそ一巻の終わりだ。

二十四　女装ではなく、女です

雲の隙間から金色の筋が差し込んで、東宮殿《トングンジョン》にも青白い朝の霧が漂い始めた。中秋の名月を祝う進宴《チニョン》が執り行われる朝。この日も、旲《ヨン》はいつものように読書をしていたが、頭の中はラオンのことでいっぱいで、本の内容など少しも頭に入ってこなかった。気を取り直して何とか本に集中しようとするも、気づけば無意識のうちに昨夜のことを思い出している。

突然の雨に降られ、雨宿りをしに駆け込んだ東屋で、その女人に会った。その瞬間、息が止まるかと思った。相変わらず女人の顔は覚えられないが、東屋の女人がラオンであることはすぐにわかった。

どうしてここにいる？　それに、なぜそのような恰好をしている？

最初は女装をしているのかと思ったが、違った。宦官の中には女のように見える者もいるが、本物の女人と見紛うことはない。そこに現れたのは、正真正銘の女人だった。

旲《ヨン》は凍りついた。だが、驚きはすぐに疑問に変わった。なぜラオンは宦官になり、宮中に仕えることになったのか。言うまでもないが、女の身ではなりたくてもなれないはずだ。

宦官になるには、徹底した身体検査と厳しい教育課程を経なければならない。その過程は過酷とも言えるもので、まさかラオンが女であろうとは夢にも思わなかった。

驚き、戸惑う一方で、旲《ヨン》はどこか安堵してもいた。ラオンを見るたびに胸が締めつけられ、わけもなくどきどきして、日に何度も思い出すほど気になって仕方がなかった。特別な感情がなかったと言えばうそになる。その感情を持て余し、これは自分ではないとずいぶん悩みもした。だが、やっとわかった。おかしいのは僕ではなく、ラオンの方だったのだ。女でありながら宦官になるなど、普通ならあり得ない話なのだから。

しかし、昨晩は女人の姿で東屋にいた。一体なぜだ？　東屋で会った時、遅れて来たユンソンにラオンのことを紹介された。気づいていないふりをしたのは、ラオンを思ってのことだった。あの状況で気づいた素振りを見せれば、ユンソンにどう利用されるかわからない。少なくとも、ユンソンが一緒にいる間は知らないふりをした方が得策に思え、終始他人のように接した。

その後、天灯《てんとう》の騒ぎとソヤン姫の登場で、図らずも二人だけで街を歩くことになった。ラオンと並んで歩いたひと時を思い出すと、胸がじんと温まり、くすぐったい気持ちになる。例えようのない感情と、嫌ではない胸の高鳴り。

「実に厄介だ」

炅《ヨン》は思わず口に出して言った。経験のない感情に混乱すら覚えるが、一方で口元がにやけて敵わない。恋しいとは、こういう感情を言うのだろう。

もう一度、見ておきたかった。女人としての、ラオンの姿を。

すると、外から慌てて走ってくる足音がした。あまりの慌ただしさに、それがラオンの足音であることはすぐにわかった。

炅《ヨン》はたちまち笑顔になったが、ラオンが乱暴に戸を開けて入ってくると、炅《ヨン》は見向きもせずに本に顔を向けた。足音を聞いただけでラオンだとわかる自分に失笑するも、すぐに無表情に戻って、やはり本を見たままラオンに言った。

「遅かったな」

「申し訳ございません」

「昨晩、何かあったのか?」

「はい?」

ラオンはわかりやすいほど狼狽した。思ったことがすぐ顔に出るので、からかい甲斐がある。旲《ヨン》は机の下で拳を握り、笑いを堪えた。

「大方、月見でもして寝坊したのだろう」

「そ、そんなところでございます」

ラオンが小さく息を吐いたのがわかった。気づかれていないと思って安堵したのだろう。そんな些細な気持ちの変化まで感じ取れるようになった。少し前までは気づきもしなかったラオンの一つひとつが目に映る。

すると、いつもとは様子が違う感じがして、ラオンは旲《ヨン》の顔をまじまじと見た。

「そんなにじっと見て、どうした? 僕の顔に何かついているか?」

「いいえ、何でもありません」

ラオンはそう言って、唇を尖らせた。機嫌を損ねたのだろうか?

ラオンの小さな頭の中が、気になって仕方がない。

全然、気づいていないんだ……。

ラオンはそのことに傷ついていた。この世にたった二人の友だと言っていたが、本当にそう思っているなら、わからないはずがない。友と言ったのはその場の気分だったのかと思うと、寂しい一方で憎らしい気持ちが湧いてくる。

「友だと言ったくせに」

ラオンは自分しか聞こえないくらい小さい声でつぶやいた。

「何か言ったか?」

ところが、旲《ヨン》に聞き返され、ラオンは慌てて首を振った。

「何も言っていません」

「そうか」

旲《ヨン》は再び本に顔を戻したが、その口辺には笑みが浮かんでいた。

『友だと言ったくせに』

今、ラオンは確かにそう言った。僕が気づいていないのが不満なのだろう。本当は気づいていたと言ってみようか。いや、やめておこう。これまでどんな思いで本当の自分を隠し続けてきたのか、それを思うと、言ってはいけない気がした。何か、人に言えない事情があるに違いない。僕からは何も聞かず、ラオンが自分から言ってくれるのを待とう。それが友への、ラオンへの思いやりであり、礼儀だ。

「遅刻をしておいて、ぶつぶつうるさいぞ」

「遅刻したことを反省しておりました」

声を聞くだけで機嫌が悪いのがわかり、旲《ヨン》はラオンに手招きした。

「どうなさいました?」

ラオンはすり膝で近寄った。

「もっと近くに」

「このくらいですか?」

「忘れたのか? 僕から一歩以上離れるなと言ったはずだ」

旲《ヨン》が命令口調で言うと、ラオンは渋々近くに寄った。

「これで一歩です。よろしいですか?」

「減らず口め」

旲《ヨン》はじっとラオンを見つめ、今度は手を持ち上げた。どうするのだろうとラオンが見ていると、旲《ヨン》は笑って、左手をラオンの額に、右手を自分の額に当てた。

「熱はないから、風邪ではなさそうだ。もしかして、眠れなかったのか? どうして顔色が悪い?」

「お、おやめください!」

旲《ヨン》が気兼ねなく触れてきたので、ラオンはのけぞるように旲《ヨン》から離れた。その反応を見て、やはり女は女だと昊《ヨン》は思った。考えたら、以前も度々こういうことがあった。その時は男のくせにとおかしく思うくらいだったが。

「一歩だ」

昊《ヨン》が厳しい顔つきをして言うと、ラオンはまた渋々昊《ヨン》に寄った。

「世子《セジャ》様が変なことをなさるから、驚いたではありませんか」

「変なこと？」

「今、なさったことです」

「僕が何をしたというのだ？」

「急にわたくしの顔を触ったではありませんか」

「それのどこが変なのだ？」

昊《ヨン》は今度も素知らぬ顔で言った。

「僕が自分の家臣を心配して何がおかしい？　お前の方こそ、何でもかんでもおかしな方向に考えすぎなのではないか？」

その時、外からチェ内官の咳払いが聞こえてきた。

「世子《セジャ》様、チェ内官でございます」

「何だ？」

「正殿《チョンジョン》にうかがう時刻でございます」

「あいわかった」

昊《ヨン》は返事をして立ち上がった。すると、昊《ヨン》の影が障子に映った途端に、部屋の戸が音もなく左右に開いた。部屋を出る時、昊《ヨン》は言い忘れなかった。

「ホン・ラオン、一歩だ。僕の一歩後ろに、ぴったりついていろ」


巳の上刻（午前九時）を知らせる太鼓が鳴り、宴が始まる時刻となったが、大きな日除けが張られた正殿《チョンジョン》は水を打ったような静けさに包まれていた。うずたかく盛られた料理が並ぶ壇上に王や王族が座し、中央に設けられた舞台には宮中の宴のために披露される歌舞、呈才《チョンジェ》を演ずる舞姫や掌楽《チャンア》院《グォン》の楽師たちが今か今かと宴が始まるのを待っている。

王は品階石《プムゲソク》が並ぶ広い庭を物悲しそうな目で見渡した。文武百官に用意されたはずの席は、がらんとしている。王の宴に、朝廷の大臣をはじめ家臣の誰も出席していなかった。

「父上、お部屋にお戻りください」

昊《ヨン》は静かに父に言った。

「昨夜、大臣や使節らを乗せた船が不慮の事故に遭い、岸に戻れなくなったそうです。今日の宴には間に合わないでしょう」

「…………」

「ここは僕に任せて、父上は中でお休みになってください」

昊《ヨン》に勧められ、王は力なくうなずいた。

「そうしよう。あとは世子《セジャ》に任せて、余は大殿《テジョン》に戻る」

王が席を立つと、それまで居心地悪そうにしていた王族たちはほっとした顔をして、一人、また一人と席を立った。

間もなくして全員が立ち去ると、壇上に残る王族は昊《ヨン》一人になった。後ろからその姿を見守り、ラオンは胸が痛んだ。

王の宴に大臣たちが出席しないという信じがたい事態が起こった。これは、王権に叩きつけた紛れもない挑戦状だ。府院君金祖淳《プウォングンキムジョスン》が催した船遊びで予期せぬ事故が起こり、岸に戻れなくなったということだったが、それが偶然の事故でないことは子どもでもわかる。実際には、世子《セジャ》の式次に反発した大臣たちが、欠席という形で反意を突きつけたに過ぎない。覇権が王から外戚に移って久しいことはすでに聞き及んでいたが、ここまでまざまざと見せつけられることになるとは思いもしなかった。いつも大きくて、心強い城壁のようだった昊《ヨン》の背中が、やけに小さく見えた。

もっとも高いところに坐し、今まで意地悪もされずに育ってきたであろう世子《セジャ》様の心は、大臣衆の非情な仕打ちに深く傷ついているに違いない。昊《ヨン》が受けた胸の痛みを思い、ラオンは涙ぐんだ。

すると、昊《ヨン》は立ち上がり、皆々に向かって大声で言った。

「今日の宴はこれにてお開きにする。皆も下がるがいい」

そして、ほんの一瞬、かすかに笑みを浮かべたが、その笑みに気づいた者はいなかった。

大臣たちの欠席は王への背反であり、普通なら許すまじと憤りそうなものだが、昊《ヨン》は怒るどころか、むしろ内心で笑っていた。すべてが昊《ヨン》の計画通りに進んでいた。今は王に対して自分たちの力のほどを見せつけたといい気になっているであろう大臣衆も、王の権威に挑んだ己の愚かさをじきに思い知ることになる。そして、宴に出席しなかったことを含め、すでにこちらの術中にはまっているということも。

昊《ヨン》は硬い表情で東宮殿《トングンジョン》に向かった。ラオンは緊張し切った面持ちで昊《ヨン》のあとを追った。

「世子様《セジャ》……」

ラオンは労わるように昊《ヨン》に声をかけた。東宮殿《トングンジョン》に戻ってきてから、昊《ヨン》は一言も発していない。ただ淡々と、今朝と同じように本を読んでいる。昊《ヨン》の表情からは余裕すらうかがえたが、それがかえってラオンを不安にさせた。つらい気持ちを押し隠しているように見えてならず、ラオンは大きな瞳を潤ませてもう一度昊《ヨン》を呼んだ。

「温室の花の世子様《セジャ》」

だが、昊《ヨン》はやはり何も言わなかった。そんな昊《ヨン》をしばらく見守っていたが、ラオンは不意に部屋を出て、小さな膳に茶や茶菓子を乗せて戻ってきた。それを恭しく昊《ヨン》の前に置くと、ラオンは昊《ヨン》と向き合う形で座った。すると、本から目を離して昊《ヨン》が言った。

「どうした?」

「チェ内官様からうかがいました。今朝はお食事もろくになさらなかったそうですね」

「それがどうかしたのか？」

「少しでもお召し上がりいただこうと、餅を持ってまいりました。つきたてで、とてもおいしいそうですよ」

「今はいい」

「このような時こそ、しっかり召し上がって力をつけませんと」

「このような時？」

「祖父がよく申しておりました。気持ちが上向かない時こそ、腹を温めて力をつけよと。落ち込んでいるからといって何も召し上がらなければ、ご自分の腹が空《す》くだけで何にもなりません。つらい時こそ、しっかり腹ごしらえをするのが吉です」

　ラオンは旲《ヨン》を元気づけようと、ついたばかりの餅を差し出した。

「さあ、どうぞ」

　すると、旲《ヨン》は怪訝そうにラオンを見て言った。

「もしかして、僕を心配しているのか？」

「当たり前です」

「どうして？」

「友を心配するのは当たり前のことです。それなのにどうしてだなどと、寂しいことをおっしゃらないでください」

「友か……」

昊《ヨン》が再三、ラオンに言ってきた言葉だ。だが、ラオンの口から『友』と言われてみると、妙な居心地の悪さを感じた。友として心配しているというラオンの言葉が、喉に刺さった魚の骨のように胸に引っかかる。何というか……。

まったく、うれしくない。

昊《ヨン》は無意識に眉間にしわを寄せたが、それを見てラオンは餅を引き下げた。

「お餅の気分ではありませんか？　では、薬菓《ヤックァ》はいかがです？　これは頬が落ちるほど」

「うまかろう」

「ええ、それはもう。わたくしもいただいたので、味はよくわかります。この薬菓《ヤックァ》はこの世のものとは思えないほど美味でございます。ですから、お一つ、さあどうぞ」

数日前に食べた薬菓《ヤックァ》の味が蘇り、ラオンは思わず生唾を飲み込んだ。その様子に、昊《ヨン》は表情をほころばせ、少し意地悪そうな顔をして言った。

「そんなに勧めるなら、一つもらうとしよう」

そして、膳を自分のもとへ引き寄せて、薬菓《ヤックァ》を口の中に放り込んだ。すると、急に食欲が湧いたのか、さらに一つ、また一つと皿の上の薬菓《ヤックァ》を次々に口の中へ放り込んでいった。ラオンはそのたびに物欲しそうな顔で昊《ヨン》が薬菓《ヤックァ》を頬張るのを見守った。一つくらい勧めてくれてもいいのにと思っていると、そんな視線を感じたのか、昊《ヨン》が一つどうだと声をかけてきた。

「いいえ、とんでもないことでございます」

ラオンは断った。自尊心もあるが、こういう場合、一度目は断って二度目でいただくのが礼儀と心得ていたためだ。

ところが、旲《ヨン》は手を引っ込めてしまった。

「そうか。今日は腹が減っていないようだな」

もう一度くらい勧めてくれるものと思っていたラオンは腹を立てた。

なんて人だろう。普通、三回は勧めるものではないのか。いや、三回とはいかなくとも、せめて二回は勧めるのが礼儀というものだ。一度勧めただけで取り下げられたら、相手はどうなるのだ。

ラオンが不満そうにしていると、旲《ヨン》は突然、ラオンの官帽を押さえつけた。

「無礼者！　誰に向かって唇を尖らせているのだ」

旲《ヨン》はラオンのやることなすことすべてが可愛くて仕方がなかった。女であることを知って、余計にそう思うのだろう。目の下まで官帽に隠れた顔さえ愛らしくてたまらない。だが、そんな旲《ヨン》の気持ちなど知る由もないラオンは怒り出した。

「何をなさるのです！」

「わからないのか？　誰の前で膨《ふく》れっ面をしているのだ？」

口ではそう言いつつも、ラオンの官帽を手で押さえつける旲《ヨン》は楽しそうだ。

「おやめください。前が見えません」

「見えないようにしているのだから当然だ」

「お戯れが過ぎます！　おやめくださいったら！」

昊《ヨン》が手を離すと、ラオンは官帽を被り直して昊《ヨン》を睨んだ。心配して損したという顔をしている。その反応が面白くて、昊《ヨン》は口元が緩んでしまう。

　ラオンは違和感を覚えた。ここまでちょっかいを出されるのは初めてだった。いつもとは雰囲気も違うような気がする。大臣たちに裏切られた衝撃がそれほど大きかったということだろうか。それとも、ほかに理由があるのだろうか？

　ラオンが案じていると、突然、口の中に何かが放り込まれた。

「い、ほれは？」

「薬菓《ヤックァ》だ」

　昊《ヨン》は微笑んだ。

「食べろ。これは命令だ」


「世子様《セジャ》は何を考えていらっしゃるのだろう」

　東宮殿《トングンジョン》の方を振り返り、ラオンは独り言をこぼした。途中、王様に呼ばれなければ、世子様《セジャ》のいたずらはまだ続いていただろう。

　薬菓《ヤックァ》に餅まで、ラオンがこしらえた膳は結局、ラオンの腹の肥やしになった。おかげで空腹は満たされたが、どうも昊《ヨン》にいいようにあしらわれたような気がしてならない。

「子どもでもあるまいし、人が嫌がることばかりなさって」

ラオンはぶつぶつ言いながら、資善堂《チャソンダン》へ向かった。一睡もしていない体は、鉛のように重く、一刻も早く帰りたかった。

ところが、資善堂《チャソンダン》が近づくにつれ、ラオンは徐々に背筋が伸びて、眠気もどこかへ行ってしまった。緊張と不安で、心臓がばくばく言っている。女の恰好をしているところを、ビョンヨンに見られたのを思い出したのだ。せめて言い訳をしたかったが、ビョンヨンが資善堂《チャソンダン》を飛び出して行ってしまったので、それもできなかった。どんな顔をしてビョンヨンに会えばいいかわからず、ラオンは資善堂《チャソンダン》に到着してもしばらく門前に立ち尽くしていたが、思い切って門をくぐった。

「キム兄貴、キム兄貴！」

部屋に入るなり、ラオンは腹の底から声を張った。ビョンヨンにいて欲しい気持ち半分、もう半分はできれば顔を合わせたくないという気持ちだった。

「何だ？」

すると、いつものぶっきら棒な物言いで、梁《はり》の上からビョンヨンが返事をしてきた。いつもなら喜んで駆け寄るところだが、状況が状況なだけに、ラオンは緊張した面持ちで気まずそうに梁《はり》の上を見上げた。

「キム兄貴、帰っていらしたのですね」

「…………」

「お話ししたいことがあります」

ビョンヨンは梁《はり》の上から飛び下りた。ラオンの前で転げ落ちたことを挽回するかのような華麗な身のこなしで軽々と下り立ち、ラオンのそばに座った。すると、ラオンはわざとらしい咳払いをして思い切って言った。

「キム兄貴、あの……」

「………」

「今日は、お出かけにならないのですか?」

「そんなことを言うために、わざわざ俺を呼んだのか?」

「いえ、まさか」

「じゃあ、何だ?」

「お、お食事は、お済みですか?」

「俺は行くぞ」

「お待ちください。お話……お話しますから」

ビョンヨンが面倒臭そうに話を切り上げようとするのを、ラオンは慌てて引き留めた。

「キム兄貴、今朝、というか夜分遅くに……」

ビョンヨンはびくりとなった。

「あれはその……」

どこからどう話せばいいのかわからなかったが、ビョンヨンにはきちんと話しておきたかった。ビョンヨンならきっと理解してくれる。それに、仮に理解してもらえなかったとしても、これ以上うそをつき続けたくない。

　ラオンは正直に打ち明けることにした。

「あの時、私があのような恰好をしていたのは……」

「どうでもいいことだ」

「キム兄貴」

「お前の女装の趣味など、興味はないと言っているのだ」

「女装だなんて」

「誰にでも秘密はある。だから、わざわざ言い訳などする必要はない。お前の風変わりな趣味のことは、俺も一切他言するつもりはない」

「キム兄貴……」

　本気で女装だと思っているのだろうか？

「話はそれだけか」

「え？」

「じゃあ、俺は出かける。用事があるのでな」

「いえ、キム兄貴、違うんです」

「どんな重大な話かと思ったら、まったく世話が焼けるやつだ」

　ビョンヨンはラオンを突き放すようにそう言うと、行き先も告げずに部屋を出ていった。ラオンは茫然と、資善堂《チャソンダン》を出ていくビョンヨンの後ろ姿を見送るしかなかった。

こんなはずではなかった。キム兄貴は大きな誤解をしている。風変わりな趣味があるのではなく、女装をしていたのでもない。私は女だ。紛れもない、正真正銘の女なのだ！

温室の花の世子《セジャ》様ばかりかキム兄貴まで、どうして気づいてくれないのだろう。ばれていないのはありがたいが、私はそれほどまでに女に見えないのだろうか。悲しいやら情けないやら、ラオンは複雑な心境だった。


資善堂《チャソンダン》を出ると、ビョンヨンは急いで塀の下に隠れた。そして、資善堂《チャソンダン》を振り返り、淡い笑みを浮かべた。

これでいいのだ。今はまだ、その時ではない。

「だから、お前も落ち着けよ」

ビョンヨンは壊れたように波打つ心臓に向かってつぶやいた。

二十五　本気で奪いたくなる

王の威信をかけて準備を進めてきた進宴《チニョン》を台無しにされ、激怒した王は宴への出席を拒んだ大臣らに対し、血の粛清を敢行した。

と、普通ならそうなりそうなものだが、翌日も、その翌日も、そのまた翌日も、宮中に血の嵐が吹き荒れることはなかった。王は自分に背いた者たちを粛清はおろか処罰することもなく、王も大臣衆も何事もなかったように過ごした。

そんな中、ラオンもいつも通りの日々を過ごしていた。小宦仲間と共に教育を受け、日課に勤しみ、夕方になると資善堂《チャソンダン》に戻った。今日は世子旲《セジャヨン》が使節と会う予定がないので余裕があり、ラオンは大急ぎで押入れにしまった風呂敷包みを取り出した。風呂敷には、ユンソンからもらった服が包まれている。こんなに素敵な服を、いつまた着られるかわからない。一夜限りの夢を思い、ラオンは切なくなった。

せっかくの服を手放すのは残念だが、女として生きられない以上、いつまでも手元に置いておくことはできない。ラオンは服の包みを抱えてユンソンのもとへ向かった。

礼曹《イエジョ》を訪ねると、ユンソンは書庫にいると言われた。ラオンは礼曹《イエジョ》の書庫に向かい、入口から顔を出してユンソンを呼んだ。

「礼曹参議様《イエジョチャミ》」

だが、返事はなかった。夕暮れ時の書庫の中を見回し、ユンソンがよくいる大きな机の下までのぞいたが、ユンソンの姿はどこにもなかった。

「おかしいな、ここにいらっしゃると聞いたけど」

ラオンは諦めて書庫を出ることにした。

「私にご用ですか？」

突然、背後から声をかけられて、ラオンは飛び上がった。

「礼曹参議様《イエジョチャミ》！」

「すみません、そんなに驚かれるとは思いませんでした。大丈夫ですか？」

「お返事がなかったものですから、いらっしゃらないのかと思いました」

「ホン内官の姿が見えたので、急いで隠れたのです」

「どうしてです？」

「どうしてって、ホン内官を驚かせるために決まっているではありませんか」

ラオンが目を丸くすると、ユンソンはいたずらっ子のように笑った。

「ホン内官は実にからかい甲斐がある」

面と向かってそう言われ、ラオンがむっとすると、その顔を見てユンソンはまた目を細めた。

「ほら、その顔。そうやって表情がころころ変わるから、こちらはついからかいたくなるのですよ」

思ったことがすぐ顔に出る。思わず笑い出したユンソンに、ラオンは怒ることも、一緒に笑うこともできなかった。ユンソンは腰を屈め、ラオンの顔をまっすぐにのぞいて穏やかに言った。

「ところで、何の用だったのです？　まさか、私に会いたかったとか？」

ラオンは何も言わず、抱えていた包みを差し出した。

「これは？」

「先日の服です」

「それを、どうして？」

「お返しに上がりました」

ユンソンはラオンとラオンが差し出す包みを代わる代わる見て首を振った。

「受け取れません」

「どうしてです？」

「言ったでしょう、これは贈り物です」

「このような高価な物をいただくわけにはいきません」

「贈った物を返されては、私の立つ瀬がありません。それに、返されたところで私には使い道がありません」

「それは、わたくしにとっても同じです」

「なぜです？」

ユンソンは声を潜めた。

「女人の服なのですから、女人には必要なはずです」

それに合わせ、ラオンもささやき声で答えた。

「ご存じではありませんか。わたくしは女人ではなく宦官です。今のわたくしにとって、この服は絵に描いた餅、二度は着ることのない服ということです」

「そう決めつけなくてもいいでしょう。次に私と出かける時に、また着ればいいではありませんか」

「次とは、もしかして、また外に出るおつもりですか？」

「もちろん」

ラオンが困った顔をすると、ユンソンはまるで岩の割れ目に染み入る雨水のように、ラオンの胸の内を察して言った。

「それも嫌だというのなら、ください。誰も使わない物など捨ててしまいます」

「いけません。真新しい服を捨てるなんてもったいない！」

ざっと見積もっても十両は下らない代物だ。それを躊躇《ためら》いもなく捨てると言われ、ラオンは思わず服をかばった。すると、ユンソンはそうこなくてはと言わんばかりに、にこりと笑って言った。

「それなら、ホン内官が着ればいいことです」

「それはちょっと……」

「捨てましょうか？」

「それもちょっと……」

これではユンソンの思うつぼだとラオンは思った。

「よし、ではこれはホン内官のものということで」

ユンソンはそう言って包みをラオンに返すと、思い出したように尋ねた。

「そういえば、あの夜、世子《セジャ》様から何か言われませんでしたか?」

「世子《セジャ》様から? 何をです?」

ラオンが聞き返すと、ユンソンは手であごを撫でながら深刻そうにつぶやいた。

「どうやら、世子《セジャ》様の症状は思ったより重症のようだ」

「症状とは?」

「いえ、こちらのことです」

ユンソンは慌てて首を振った。しばらく沈黙が流れ、ユンソンは言った。

「まだホン内官と話していたいのですが、このあと礼曹《イエジョ》の会議があるのです」

「それは申し訳ないことをいたしました。お忙しいところ、お邪魔してしまいました」

「いえ、いいのです。私もひと休みしようと思っていたところでしたから。おかげでいい息抜きができました」

「そう言っていただけて、ほっとしました。それでは、失礼いたします」

ラオンは服の包みを抱えて書庫を出た。

「仕事が一段落したら、私の方から会いにいきます。その服を着て、また出かけましょう」

ユンソンもラオンを見送りに表に出た。

「そうおっしゃられましても……」

「約束ですよ」

ユンソンはラオンの話を遮《さえぎ》って強引にそう言うと、微笑みを湛えたまま書庫の戸を閉めた。ラオンはしばらく呆然とその場に立っていたが、やがて抱えてきた包みに視線を移した。

「結局、持って帰ることになってしまった」

ラオンは顔をうつむかせ、溜息を吐いた。


ユンソンは書庫の戸を薄く開け、ラオンの様子を見守った。そして、その姿が完全に見えなくなると、天井に向かって言った。

「もういいですよ、蘭皐《ナンゴ》殿」

すると、物陰からビョンヨンが姿を現した。

「お久しぶりですね。お元気でしたか？」

ユンソンがうれしそうに笑いかけると、ビョンヨンは顔色を変えた。

「俺を見て笑うな」

「そうおっしゃらずに。旧友との再会なのですから」

「旧友だと？」

「子どもの頃は世子《セジャ》様と私、そして蘭皐《ナンゴ》の三人でよく遊びましたね」

楽しかった遠い昔に思いを馳せるユンソンを、ビョンヨンは冷ややかに見返した。

「昔の話だ。今は笑い合えるような仲ではあるまい」

「そうですか？」

ユンソンは笑顔のまま続けた。

「ところで蘭皐《ナンゴ》殿、今日はどうなさったのです？」

「あいつに」

ビョンヨンはラオンが立ち去った方を見て言った。

「あいつとは？　ホン内官のことですか？」

「二度と会うな」

「藪から棒に何をおっしゃるのです」

「…………」

「それは無理な注文です。望む望まないにかかわらず、ホン内官には今、礼曹《イェジョ》の仕事を手伝ってもらっています。それに、今日はホン内官の方から私を訪ねて来たのですよ」

肩をすぼめ、茶化すように言うユンソンを、ビョンヨンは無言で睨んだ。二人の間に重々しい沈黙が流れ、しばらくしてビョンヨンが言った。

「もしあいつを泣かせるようなことをしたら、お前は血の涙を流すことになるぞ」

「人聞きの悪い」

ユンソンは声を出して笑った。

「まるで私が悪いことをしているような言い草ですね」

「忘れるな」

ビョンヨンは短くそう言い残し、塀を飛び越えて去っていった。

「世子様《セジャ》に続いて蘭皐殿《ナンゴ》まで」

一人の女人を巡る男たちの戦いか。

ユンソンはまいったというように頭を掻いた。

「困りましたね。お二人がそんなに真剣になられては、本気で奪いたくなるではありませんか」


礼曹《イエジョ》の書庫から戻ったラオンを、思わぬ人物が出迎えた。

「マ内官様？」

ラオンが声をかけると、縁側に腰かけていたマ内官がひと息にラオンに駆け寄ってきた。招かれざる客とはこのことだ。

「どうしてこんなに遅いのだ！」

頭ごなしに怒鳴りつけられ、ラオンは笑顔を引きつらせた。

「礼曹《イエジョ》の書庫に行っておりました」

それを聞いて、マ内官は目をむいた。

「礼曹《イエジョ》の書庫に？　何用で行ったのだ？」

「礼曹参議《イエジョチャミ》様に用事がございました」

「礼曹参議《イエジョチャミ》様に？　お前ごときが生意気な……」

マ内官は頭を振った。

「いや、今はそんなことはどうでもいい。それより、私について来い。お前に頼みたいことがある」

「今からですか？」

「そうだ」

「先にご用件をうかがえますか？」

もうすぐ亥の刻（午後九時から十一時）になろうとしている。当番以外は特に仕事はない時刻だ。

「モク太監《テガム》様がお前をお呼びなのだ」

「モク太監《テガム》様とは、清の使節の、あのモク太監《テガム》様ですか？」

「そうだ。お偉い方がお前を呼んでいらっしゃるのだ」

「そのようなお偉い方が、私に何のご用でしょう？」

「それは、その、あれだ……」

マ内官は言葉につまり、苦し紛れの咳払いをして話を続けた。

「この国の平和とさらなる繁栄のため、お前と折り入って話したいことがあるらしい」

「清のモク太監《テガム》様ほどの方が、一介の小宦の私と、朝鮮の平和と繁栄について話したいとおっしゃったのですか？」

ラオンが訝しがると、マ内官は声を荒げて言った。

「何だ、その目は。私の言うことが信用できないというのか?」

「いえ、そういうわけではありませんが……モク太監《テガム》様がそのようなご用で私をお呼びになるとは、どうしても思えないものですから」

「口数の多いやつだ。先輩の言うことにいちいち口答えをしないで、黙ってついて来い」

ラオンは妙な胸騒ぎを覚えたが、それ以上は何も言えず、仕方なくマ内官について行くことにした。


「やあ、ホン内官、帰っていらしたのですね！　ずいぶん捜しましたよ」

ラオンが資善堂《チャソンダン》に入るところを見かけ、偶然そばを通ったチャン内官は手を振ろうとしてすぐに引っ込めた。

「あれはマ内官、いや、マ・ジョンジャだ。どうして資善堂《チャソンダン》に?　しかも、あんなに深刻そうな顔をして、一体何を話しているのだ?」

チャン内官はほかに人がいないのを確かめて、足音を出さないよう忍びのような身のこなしで二人に近づいた。そして、両耳に手を添えて二人の会話に耳を澄ませたのだが、当のラオンとマ内官はまったく気づいていなかった。

皆が寝静まった頃、ラオンは使節が滞在する太平館《テピョングァン》の奥の間に通された。

「モク太監《テガム》様、マ・ジョンジャでございます」

マ内官が声をかけると、モク太監《テガム》の部屋の戸が大きく開かれ、

「入れ」

と、中からモク太監《テガム》が言った。

「入れとおっしゃるのが聞こえないのか？」

マ内官は急かすように言ったが、ラオンは戸惑うばかりで部屋の中に入れなかった。

「マ内官様はご一緒ではないのですか？」

「モク太監《テガム》様はお前にご用がおありなのだ」

マ内官はそう言うと、無理やりラオンを部屋の中に押し込んだ。ラオンが短い悲鳴を上げて部屋の中に入ると、背後で音を立てて部屋の戸が閉められた。

「マ内官様！」

ラオンは振り向いてマ内官を呼んだが、戸は閉められたまま、障子紙に映るマ内官の影が言った。

「この国の安泰はお前にかかっている。モク太監《テガム》様のお許しがない限り、この部屋から一歩も外に出てはならん。わかったな？」

朝鮮の安泰が、なぜ自分にかかっていると言うのか聞き返したかったが、マ内官が脅すように言

うので、ラオンは怖くて何も言えなかった。

「よく来たな」

背後からモク太監《テガム》の声がして振り向くと、清の様式で飾られた部屋の様子がひと目に入ってきた。絹の布を垂らした寝台や、赤く塗られた家具の数々。モク太監《テガム》は酒が置かれた丸い卓子の前に座っていた。

「一杯、どうだ」

脂の浮く頬を揺らしながら、モク太監《テガム》はラオンに酒を勧めた。

「お酒でございますか?」

ラオンはふと、昊《ヨン》とビョンヨンのことを思い浮かべた。冴えわたる月夜に三人で酌み交わした酒の甘みが口の中に蘇る。また三人で一緒に呑めたらどんなにいいだろうと思うが、それ以外の人が相手ではとてもそんな気になれなかった。これがどんな席か、仔細を聞かされていない状況ではなおさらだ。

「せっかくですが、わたくしは酒が呑めません」

ラオンが断ると、モク太監《テガム》はそうかと言って、ラオンに勧めた酒を自分で呑み干した。ラオンが来る前から晩酌を始めていたらしく、モク太監《テガム》はすでにできあがっていた。

「モク太監《テガム》様、わたくしをお呼びになった理由を、うかがってもよろしいですか?」

「何も聞いておらんのか?」

「はい。わたくしが疎《うと》いこともあり、何もわからないまま、まいりました」

「何もわからないか。まあ、それもまた手ほどきのし甲斐があるというもの」

モク太監《テガム》は目をとろんとさせて、ラオンに近づいてきた。歩くたびに腹が揺れた。その肉の揺れが恐ろしくなり、ラオンは思わず後退った。すると、モク太監《テガム》は下卑た笑いを浮かべ、ラオンに飛びついた。そして、何が起こっているのかわからずに怯えるラオンを乱暴に壁に押しつけた。そのせいで鈍い呻き声が出そうになり、ラオンはとっさに堪えた。

モク太監《テガム》は荒い息を吐きながら、ラオンの全身を舐め回すような視線を向けてきた。酒の臭いのする息が頬にかかる。ラオンは今すぐ部屋を飛び出したかったが、相手は清の太監《テガム》、それも清の皇帝に代わって朝鮮を訪れた使節団の正使だ。

「な、何をなさるのです」

ラオンは顔を背け、そう言うのが精一杯だった。

「何をしていると思う?」

「わからないから、うかがっているのです」

すると、モク太監《テガム》はラオンの耳に寄せてささやいた。

「怖がることはない。お前は私に大人しく従っていればいいのだ。そうすれば極楽を見せてやる」

ラオンはぞっとした。

そんなラオンの反応を楽しむように、モク太監《テガム》はラオンの肩を撫で始めた。手は徐々に肩から胸へと滑り落ちていく。ラオンが震えていると、不意にモク太監《テガム》が手を止めた。

「おかしいな」

モク太監《テガム》は訝しそうにラオンを見つめた。

「何がおかしいのですか?」

「興奮しないのだ」

「こ、興奮?」

「いつもなら気持ちが昂るのだが、今日は立ちが悪い」

この人はいつもこんなことをしているのか!

気分が高揚しないのをラオンのせいだと言わんばかりのモク太監《テガム》に、ラオンは唖然となった。だが、モク太監《テガム》はなおも小難しい顔をして首をひねった。

「どうしたのだ、我が息子よ。今日に限ってどうして……」

すると、モク太監《テガム》は急に何かに気づいたような顔をした。

「お前、もしや」

怪しそうにラオンを見据え、モク太監《テガム》は再びラオンの胸元の紐に手をかけた。

「お許しください!」

「何を許せと言うのだ?」

「モク太監《テガム》様、いけません」

「私に逆らえばどうなるか、わからんのか!」

ラオンは必死で拒んだが、モク太監《テガム》に押さえ込まれてしまった。これ以上は、もたない。

もはやこれまでと思ったその時、部屋が壊れるほどの音がして、勢いよく戸が開いた。

「誰だ？」

楽しみを邪魔され、モク太監《テガム》は目を血走らせた。

「この、たわけが！」

モク太監《テガム》は背筋が凍り、動きを止めた。そしてゆっくりと振り向くと、そこには怒りを越え、殺意に満ちた目をした昊《ヨン》が立っていた。

三巻へつづく

雲《くも》が描《えが》いた月明《つきあか》り ②

初版発行　2021年　6月10日

著者　尹 梨修(ユン・イス)
翻訳　李 明華(イ・ミョンファ)

発行　株式会社新書館
〒113-0024　東京都文京区西片2-19-18
tel 03-3811-2631
(営業)〒174-0043　東京都板橋区坂下1-22-14
tel 03-5970-3840 fax 03-5970-3847
https://www.shinshokan.co.jp/
印刷・製本　中央精版印刷株式会社

ISBN978-4-403-22134-7 Printed in Japan